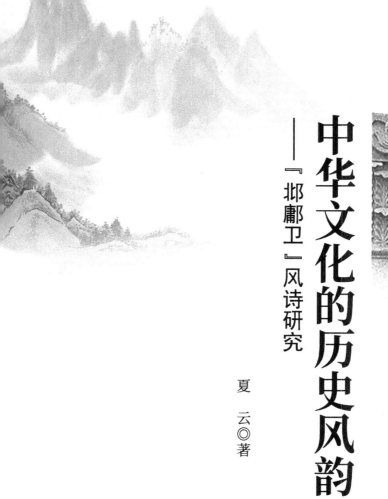

中华文化的历史风韵

——『邶鄘卫』风诗研究

夏　云◎著

知识产权出版社
全国百佳图书出版单位
——北京——

图书在版编目（CIP）数据

中华文化的历史风韵："邶鄘卫"风诗研究／夏云著. —北京：
知识产权出版社，2020.7
　ISBN 978-7-5130-7014-0

　Ⅰ.①中… 　Ⅱ.①夏… 　Ⅲ.①古典诗歌—诗歌研究—中国—
西周时代 　Ⅳ.①I207.22

　中国版本图书馆CIP数据核字（2020）第108446号

责任编辑：邓　莹　　　　　　**责任校对：谷　洋**
封面设计：博华创意·张冀　　　**责任印制：孙婷婷**

中华文化的历史风韵
——"邶鄘卫"风诗研究
夏　云　著

出版发行：知识产权出版社 有限责任公司　　网　　址：http://www.ipph.cn
社　　址：北京市海淀区气象路50号院　　邮　　编：100081
责编电话：010-82000860 转 8346　　　　责编邮箱：dengying@cnipr.com
发行电话：010-82000860 转 8101/8102　发行传真：010-82000893/82005070/82000270
印　　刷：北京建宏印刷有限公司　　　　经　　销：各大网上书店、新华书店及相关专业书店
开　　本：880mm×1230mm　1/32　　　印　　张：8.875
版　　次：2020年7月第1版　　　　　　印　　次：2020年7月第1次印刷
字　　数：215千字　　　　　　　　　　定　　价：48.00元
ISBN 978-7-5130-7014-0

目　录

前　言

一、概念的界定：风诗中的"邶鄘卫"

《邶风》《鄘风》《卫风》，历代注者往往将其统称为"卫风"。顾炎武《日知录》曰："邶、鄘、卫本三监之地，自康叔之封未久而统于卫矣。采诗者犹存其旧名，谓之邶、鄘、卫。邶鄘卫者，总名也。不当分某篇为《邶》，某篇为《鄘》，某篇为《卫》，分而为三者，意是后人编诗。"❶ 学界将《邶风》《鄘风》《卫风》三国风诗视为一体，在先秦时期早已有之。《左传·襄公十九年》记载"季札观乐"："美哉！渊乎！忧而不困者也。吾闻卫康叔、武公之德如是，是其《卫风》乎？"❷ 又《左传·襄公三十一年》载北宫文子言："卫诗曰：'威仪棣棣，不可选也。'"❸ 此处北宫文子所言的卫诗，即《邶风·柏舟》。上述内容说明，至少在公元前 6 世纪，"邶鄘卫"三风已经被视为一个整体。

（一）"邶鄘卫"三风皆言卫事

《邶风》《鄘风》《卫风》三风一体的现象，在《诗经》中有多处表现。

其一，地域上的统一性。"三监"之乱以后，邶地、鄘地并

---

❶　（清）顾炎武著，黄汝成集释．日知录集释［M］．石家庄：花山文艺出版社，1990：109.

❷　（西晋）杜预．春秋左传集解［M］．上海：上海人民出版社，1977：1120-1121.

❸　（西晋）杜预．春秋左传集解［M］．上海：上海人民出版社，1977：1163.

入卫，统称为卫。《钦定诗经传说汇纂》："邶、鄘、卫，三国名。在《禹贡》冀州，西阻太行，北踰衡漳，东南跨河，以及兖州桑土之野。及商之季，而纣都焉。武王克商，分自纣城朝歌而北谓之邶，南谓之鄘，东谓之卫，以封诸侯。邶、鄘不详其始封，卫则武王弟康叔之国也。卫本都河北朝歌之东，淇水之北，百泉之南。其后不知何时并得邶、鄘之地。至懿公为狄所灭，戴公东徙渡河，野处漕邑。文王（公）又徙居于楚丘。朝歌故城，在今卫州卫县西二十二里，所谓殷墟。卫故都，即今卫县。漕、楚丘皆在滑州。大抵今怀、卫、澶、相、滑、濮等州，开封大名府界，皆卫境也。"❶

其二，共同的社会生活关注点。"邶鄘卫"三风的政治生活描写，其背景多以卫国政治为主。例如，从后文笔者所列举的三风"君主世系与诗歌内容"表格来看，与庄姜有关者如《邶风·燕燕》《卫风·硕人》；涉及卫宣公及宣姜者，有《邶风·新台》《鄘风·墙有茨》《鄘风·君子偕老》等；涉及卫庄公者，有《邶风·考槃》；而描写卫文公者，见之于《鄘风·定之方中》；涉及卫武公者，有《卫风·淇奥》等。

其三，较为一致的描写对象。如淇水贯穿卫境，三地风诗中都有关于淇水的描写。《邶风·泉水》之"毖彼泉水，亦流于淇"。《鄘风·桑中》之"期我乎桑中，要我乎上宫，送我乎淇之上矣"。《卫风·淇奥》之"瞻彼淇奥，绿竹猗猗！"等。《水经注·淇水》："淇水又东，右合泉源水。水有二源，一水出朝歌城西北，东南流。……又东与左水合，谓之马沟水。……又东流与美沟水合。水

---

❶ （清）王鸿绪等. 钦定诗经传说汇纂 [M]. 文渊阁四库全书经部诗类83 册：131-133.

出朝歌西北大岭下……东经朝歌城北，为肥泉也。故《卫诗》曰：'我思肥泉，兹之永叹。'《博物志》谓之澳水。《诗》云：'瞻彼淇澳，菉竹猗猗'……然斯水即《诗》所谓源泉之水也。故《卫诗》云，'泉源在左，淇水在右'。卫女思归，指以为喻，淇水左右，盖举水所入为左右也。"**❶** 《邶风·凯风》中有"爰有寒泉，在浚之下"，《鄘风·干旄》有"孑孑干旄，在浚之郊。素丝纰之，良马四之"。两首诗都提到了"浚"。《水经注》："濮水枝津东，迳浚城南，西北去濮阳三十五里，城侧有寒泉岗。即《诗》所谓'爰有寒泉，在浚之下'"。**❷**

（二）"邶鄘卫"风诗的编写标准

卫地风诗本为一体，却又三分而编。有人认为是感伤故国，故留故名，以伤前朝者。《诗补传》："国史录诗，不与卫之灭国故。先《邶》《鄘》而后《卫》，因其诗所得之地而存其国之旧。"**❸** 《待轩诗记》："邹肇敏曰：说者以《邶》《鄘》之诗皆为卫作。夫风既列为三，何得尽属之卫？或曰圣人存'邶'、'鄘'，不与'卫'之灭国也。"**❹** 刘瑾："《绿衣》《燕燕》等诗，庄姜自作。共姜作《柏舟》。《桑中》作于卫国，而或系邶，或系鄘。《泉水》《载驰》《竹竿》皆作于外国，而一系邶，一系鄘，一系卫。意太师各从得诗之地而系之也，其所以必系邶鄘故名者。无乃欲寓兴

❶ （北魏）郦道元著，陈桥驿校证．水经注校证 [M]．北京：中华书局，2007：234-243.

❷ （北魏）郦道元著，陈桥驿校证．水经注校证 [M]．北京：中华书局，2007：566-568.

❸ （宋）范处义．诗补传 [M]．文渊阁四库全书经部诗类72册：455.

❹ （明）张次仲．待轩诗记 [M]．文渊阁四库全书经部诗类82册：12.

灭，继绝之心。"❶

按：周代统治者对殷商持宽容态度，并引以为鉴："殷鉴不远，在夏后之世。"卫地虽处殷商旧址，但殷畿之内尚有别国，如陈国、郑国等。如果是纪念前朝，为何选择"邶地""鄘地"为主，而基本没有涉猎他国，因而这个理由并不充分。考之历史文献，"邶""鄘""卫"的出现和周初的"三监"制度关系密切。"三监"之封，即是"邶鄘卫"风的三分时间。"三监"之乱被平定，"邶""鄘"之地尽入于"卫"，或许"卫诗"真正形成，也未可知。如朱熹《诗集传》所言："其诗皆为卫事，而犹系其故国之名，则不可晓。"❷

"邶鄘卫"风诗内容，皆与卫国有关，后世学者鲜有异议。但三风既属于一体，又为何一分为三，或许从"邶鄘卫"风诗内容中，能一窥三风编次的缘由。有关"邶鄘卫"风诗编次的说法大致有如下几种。

其一，诗篇的数量多少。顾炎武《日知录》："以此诗之简独多，故分三名，以各冠之，而非夫子之旧也。"❸朱右曾《诗地理征》："是知太师旧第不分三国矣。汉初师儒，《诗》以讽诵得传，迨乎著之竹帛，见其篇什繁多，较异他国，乃分之为三，犹雅之有什耳。"❹王国维也认为"邶鄘卫"风诗编次与其篇目的多寡有关，《北伯鼎跋》："太师采诗之目尚仍其故名，谓之'邶'，然皆有目

---

❶（清）王鸿绪等．钦定诗经传说汇纂［M］．文渊阁四库全书经部诗类 83 册：152.

❷（宋）朱熹．诗集传［M］．北京：中华书局，1958：15.

❸（清）顾炎武著，黄汝成集释．日知录集释［M］．石家庄：花山文艺出版社，1990：110.

❹（清）朱右曾．诗地理征［M］．上海：续四库全书 72 册：435.

无诗。季札观鲁乐，为之歌'邶鄘卫'，时犹未分三。后人以《卫》诗独多，遂分隶于《邶》、《鄘》。"❶

按：《诗经》诸风之中，以数量论，《郑风》有 21 首之多，未见分编之。若"邶鄘卫"风诗因数量达 39 首，而被一分为三，可以理解。但为何《邶风》独分 19 篇，而《鄘风》《卫风》各有 10 篇？因而，以篇目多寡为卫诗三分标准，但未有关键证据。

其二，以时间为标准。毛《序》论诗，多涉及诗歌与时代、政治的关系："至于王道衰，礼义废，政教失，国异政，家殊俗，而'变风''变雅'作矣。"❷ 对卫诗的产生背景，毛《序》多有言及，其中不乏穿凿之处。然而《诗序》中的部分解读，与其他先秦古籍相关记载，能够互相印证，不可一概否认。有鉴于此，本书以《诗序》为标准，将部分"邶鄘卫"风诗中涉及的社会政治事件，与卫国国君在位顺序、风诗中的编次一并列出（见表 0-1）。

表 0-1 "邶鄘卫"风诗君主世系及风诗顺序

君主顺序	篇目	《诗序》	风诗顺序
顷公	《邶风·柏舟》	言仁而不遇也。卫顷公之时，仁人不遇，小人在侧。	邶 1
共伯	《鄘风·柏舟》	《柏舟》，共姜自誓也。卫世子共伯早死，其妻守义，父母欲夺而嫁之，誓而弗许，故作是诗以绝之。	鄘 1
武公	《卫风·淇奥》	美武公之德也。有文章，又能听其规谏，以礼自防，故能入相于周，美而作是诗也。	卫 1

❶ 王国维. 观堂集林卷三：北伯鼎跋 [M]. 北京：中华书局，1984：884.

❷ (汉)毛亨传，(汉)郑玄笺，(唐)孔颖达疏，李学勤主编. 十三经注疏：毛诗正义 [M]. 北京：北京大学出版社，1990：3.

君主顺序	篇目	《诗序》	风诗顺序
庄公	《卫风·考槃》	刺庄公也。不能继先公之业，使贤者退而穷处。	卫2
	《邶风·绿衣》	卫庄姜伤己也。妾上僭，夫人失位，而作是诗也。	邶2
	《卫风·硕人》	闵庄姜也。庄公惑于嬖妾，使骄上僭。庄姜贤而不答，终以无子，国人闵而忧之。	卫3
州吁	《邶风·日月》	卫庄姜伤己也。遭州吁之难，伤己不见答于先君，以至困穷之诗也。	邶4
	《邶风·击鼓》	怨州吁也。卫州吁用兵暴乱，使公孙文仲将而平陈与宋，国人怨其勇而无礼也。	邶6
宣公	《邶风·新台》	刺卫宣公也。纳伋之妻，作新台于河上而要之，国人恶之而作是诗也。	邶18
	《邶风·雄雉》	刺卫宣公也。淫乱不恤国事，军旅数起，大夫久役，男女怨旷，国人患之，而作是诗。	邶8
	《邶风·匏有苦叶》	刺卫宣公也。公与夫人并为淫乱。	邶9
	《卫风·氓》	刺时也。宣公之时，礼义消亡，淫风大行，男女无别，遂相奔诱，华落色衰，复相弃背，或乃困而自悔，丧其妃耦，故序其事以风焉。	卫4
	《邶风·二子乘舟》	思伋、寿也。卫宣公之二子争相为死，国人伤而思之，作是诗也。	邶19
惠公	《鄘风·墙有茨》	卫人刺其上也。公子顽通乎君母，国人疾之而不可道也。	鄘2
	《鄘风·鹑之奔奔》	刺卫宣姜也。卫人以为宣姜鹑鹊之不若也。	鄘5
	《卫风·芄兰》	刺惠公也。骄而无礼，大夫刺之。	鄘6
	《鄘风·载驰》	闵其宗国颠覆，自伤不能救也。卫懿公为狄人所灭，国人分散，露于漕邑。许穆夫人闵卫之亡，伤许之小，力不能救，思归唁其兄，又义不得，故赋是诗也。	鄘10
懿公	《卫风·木瓜》	美齐桓公也。卫国有狄人之败，出处于漕，齐桓公救而封之，遗之车马器服焉。卫人思之，欲厚报之，而作是诗也。	卫10

君主顺序	篇目	《诗序》	风诗顺序
文公	《鄘风·定之方中》	美卫文公也。卫为狄所灭，东徙渡河，野处漕邑。齐桓公攘戎狄而封之，文公徙居楚丘，始建城市而营宫室，得其时制，百姓说之，国家殷富焉。	鄘6
	《鄘风·干旄》	美好善也。卫文公臣子多好善，贤者乐告以善道也。	鄘9
	《鄘风·蝃蝀》	止奔也。卫文公以道化其民，淫奔之耻，国人不齿也。	鄘7
	《鄘风·相鼠》	刺无礼也。卫文公能正其群臣，而刺在位，承先君之化，无礼仪也。	鄘8
穆公	《邶风·式微》	黎侯寓于卫，其臣劝以归也。	邶11
	《邶风·旄丘》	责卫伯也。狄人迫逐黎侯，黎侯寓于卫，卫不能修方伯连率之职，黎之臣子以责于卫也。	邶12

按：由表 0-1 可知，"邶鄘卫"风诗若以时间为序划分，并无明证。如卫诗中以"卫宣公"为背景的内容最多，相关内容却散列于"邶鄘卫"风诗之中。此外，"邶鄘卫"风诗的编次与地理位置没有关系。如卫风中描写最多的淇水，《卫风·氓》中有"送子涉淇，至于顿丘"，《鄘风·桑中》有"送我乎淇之上矣"，《卫风·淇奥》有"瞻彼淇奥"，但并没有以类相从。同时，"邶鄘卫"风诗的编次与内容没有关系。按照传统分类方式之"美""刺"为标准，"邶鄘卫"风诗中的"美""刺"却是相互交织。

其三，以音韵为类。早在先秦时期，先贤就认为《诗经》是合于乐舞的，《墨子·公孟》："诵诗三百，弦诗三百，歌诗三百，舞诗三百。"❶《史记·孔子世家》亦言《诗》是可以配乐歌唱的：

---

❶ （清）孙诒让 . 墨子闲诂［M］. 上海：上海书店出版社，1996：274.

"三百五篇孔子皆弦歌之,以求合《韶》《武》《雅》《颂》之音。" "邶鄘卫"风诗的编次,以音乐来划分,在所有的分类标准中,这种观点是共识最多的。《朱子语类》:"诗,古之乐也,亦如今之歌曲。音各不同。卫有卫音,鄘有鄘音,邶有邶音,故诗有鄘音者,系之《鄘》。有邶音者,系之《邶》。若大雅小雅,则亦如今之商调、宫调作歌曲者。"❶

　　"邶鄘卫"风诗与音乐有关毫无疑问。《诗地理考》:"张氏曰:'卫并邶、鄘,邶、鄘之诗皆卫也。晋并魏,而魏之诗非晋,然其诗亦相附近,何也?其声类也,魏、唐皆俭故也。郑并郐,而郐独远于郑,何也?其声不类也。自郐以下,所不足叙也,以为是相去也无几尔。故季札观乐于鲁,歌邶、鄘、卫则合之,歌魏、歌唐则别之,歌郑、歌郐则远之,盖因以为识焉。'"❷ 关键问题是"邶鄘卫"风诗的编次标准,是否与音乐有关。三卫之地,地望广袤、山隔水阻,"邶鄘卫"风诗划分是否能以乐调为标准,尚待考证。"季札观乐"时,乐人为之歌"邶鄘卫",也仅能说明,"邶鄘卫"同属一风,并没有明确指出其为同一曲调系统。

　　《诗经》中有大量诗作的章节,呈现出重章复沓状态,或与音乐有关。笔者将"邶鄘卫"风诗的章节,以及"邶鄘卫"风诗的音韵系统列表(见表0-2)如下,借此找到"邶鄘卫"风诗的编次与音乐之间的关系。❸

---

　　❶ (宋)黎靖德.朱子语类(卷八十)[M].北京:中华书局,2011:2066.

　　❷ (宋)王应麟.诗地理考[M].文渊阁四库全书经部诗类75册:642.

　　❸ 表中的音韵归属,以王力先生的《诗经韵读》为标准。

表 0-2　"邶鄘卫"风诗韵部系统①

风类	篇目	章节	韵部	风类	篇目	章节	韵部	风类	篇目	章节	韵部
邶风	柏舟	五章	幽、鱼(铎)、铎、元、宵、微	鄘风	泉水	四章	之、脂、元、月、元、幽	卫风	相鼠	三章	歌、之、脂
	绿衣	四章	之、阳、之、侵		北门	三章	文、歌、锡、歌、文(微)、歌		干旄	三章	宵、脂(支)、鱼、耕、觉
	燕燕	四章	微、鱼、微、阳、缉、微、侵、真		北风	三章	阳、鱼、脂(微)、鱼		载驰	四章	侯、幽、元、脂(脂)、阳、职、之
	日月	四章	鱼、幽、阳、物		静女	三章	侯、元、微(脂)、脂、职(之)		淇奥	三章	歌、元、耕、元、锡、药
	终风	四章	药(宵)、之、质、微		新台	三章	脂(元)、文、歌		考槃	四章	元、歌、觉
	击鼓	五章	阳、侵、鱼、月、幽、月、真		二子乘舟	二章	阳、月		硕人	四章	微、脂、脂、真(文)、宵、月
	凯风	四章	侵、宵、真、鱼、侵		柏舟	二章	歌、真、职、真		氓	六章	之、元、铎、侵、月、文、阳、职、宵、元、之
	雄雉	四章	鱼、侵、之、阳		墙有茨	三章	幽、阳、物		竹竿	四章	之、之、歌、幽
	匏有苦叶	四章	盍、月、耕、幽、元		君子偕老	三章	歌、真、锡、元		芄兰	二章	支、物(质)、盍、质(物)
	谷风	六章	侵、鱼、微、脂、微、脂、之、侯、幽、幽、觉、侵		桑中	三章	阳、职、侵、东、侵		河广	二章	阳、宵
	式微	二章	微、鱼(铎)、微、侵		鹑之奔奔	二章	阳、阳、文		伯兮	四章	月、侯、东、质、职(之)
	旄丘	四章	月(质)、鱼、之、东、之		定之方中	三章	侵、职、鱼、阳、真		有狐	三章	阳、月、职
	简兮	四章	鱼、鱼、药、真		蝃蝀	三章	脂、鱼(之)、真		木瓜	三章	鱼、幽、宵、幽、之、幽

① 王力. 诗经韵读·楚辞韵读 [M]. 北京：中国人民大学出版社，2012.

据表 0-2 统计，"邶鄘卫"风诗的韵部使用状况，如表 0-3 所示。

表 0-3 "邶鄘卫"韵部统计

韵部第一组											
韵部	幽	鱼	元	微	之	侵	脂	阳	月	真	宵	歌
邶风	6	13	6	13	9	9	7	7	7	4	3	4
鄘风	1	2	1	0	1	3	1	5	0	5	0	2
卫风	5	2	6	1	8	1	6	4	4	1	5	4

韵部第二组											
韵部	物	耕	盍	文	觉	侯	缉	质	药	职	锡	东
邶风	1	1	1	3	1	2	1	2	1	3	1	0
鄘风	1	0	0	1	0	0	0	0	0	0	0	1
卫风	2	2	1	2	2	2	0	3	2	4	1	1

按：从章节看，《邶风》19 篇诗歌，章节以四章为最多，《鄘风》章节以三章为主，《卫风》章节分布情况较为均衡。由章节统计看，并不能明显地看出三风之间在音韵上的联系。同时，从韵部的使用情况来看，也没有清晰的规律可言。因此，"邶鄘卫"风诗的编次或与音乐有关系，但并不能就此得出其以"音乐"作为编次标准的结论。

综上，既然"邶鄘卫"风诗的编次标准，由诗歌内容无法推论，那么"邶鄘卫"风诗的采集之地，也是其分类标准的可能。《汉书·食货志》："孟春之月，群居者将散，行人振木铎徇于路以采诗，献之大师，比其音律，以闻于天子。故曰王者不窥牖户而知天下。此先王制土处民，富而教之之大略也。"❶ 三风时代的采诗

---

❶ （汉）班固撰，（唐）颜师古注. 汉书 [M]. 北京：中华书局，1962：1664.

之官，因其所采之地而编册，是有可能的："古人采诗之时，随其国而系之。圣人无容心于其间也。至于称其国之名号，亦然如三监之地。"所以，"一国之诗，而三其名。得于卫地者为《卫》，得于邶鄘者为《邶》《鄘》"。❶

二、本书的相关研究历史与现状

（一）先秦汉魏时期

《邶风》《鄘风》《卫风》存诗共三十九首，篇目上为十五国风之最。对"邶鄘卫"风诗的关注，在当时已经存在。《左传·襄公二十九年》记载了"季氏观乐"的情景，季子闻而曰："吾闻卫康叔、武公之德如是，是其《卫风》乎?"❷《左传·襄公三十一年》，北宫文子又引《邶风·柏舟》"威仪棣棣，不可选也"，说明时人或已经将邶、鄘、卫三地风诗视为一个整体，统称为《卫风》。

此时期，对《诗经》投入较大关注的，当以孔子为代表。孔子对"邶鄘卫"风诗的研究，是与其教育活动结合在一起的。《论语·学而》："子贡曰:《诗》云:'如切如磋，如琢如磨'，其斯之谓一与? 子曰:'赐也，始可与言《诗》已矣。告诸往而知来者。'"❸"如切如磋，如琢如磨"出自《卫风·淇奥》。《论语·八佾》子夏问曰:"'巧笑倩兮，美目盼兮，素以为绚兮'何谓也?'子曰:'绘事后素'。""巧笑倩兮，美目盼兮"出自《卫风·硕人》。孔子在教育中，以伦理道德灌入"三风"解读，也拉开了后世"诗教"解诗的序幕。

《论语》之外，上博简所存《孔子诗论》也涉及孔子对"邶鄘

---

❶　（元）刘瑾. 诗传通释［M］. 文渊阁四库全书经部诗类76册: 326.

❷　（西晋）杜预. 春秋左传集解［M］. 上海: 上海人民出版社，1977: 1120-1121.

❸　（清）刘宝楠. 论语正义［M］. 上海: 上海书店出版社，1998: 19.

卫"风诗的评价，有七篇之多。如第十六简："《绿衣》之忧，思古人也。《燕燕》之情，以其独也。"第十八简、第十九简："因《木瓜》之报，以喻其悁者也。""《木瓜》，有藏愿而未得达也。"第二十六简："忠，《柏舟》。闷，《谷风》。"❶ 上博简《孔子诗论》弥补了孔子论诗之教化有余，情感不足的缺憾。但整个先秦时期，对于邶鄘卫风诗的研究，更多的存于"赋诗言志"的用诗方式中，学术研究方面有很多空白。

及于汉，《汉书·地理志》首次提出"邶鄘卫"三诗同风的观点："河内本殷之旧都，周既灭殷，分其畿内为三国，《诗·风》邶、庸、卫国是也。邶，以封纣子武庚；鄘，管叔尹之；卫，蔡叔尹之。以临殷民，谓之三监。……故邶、鄘、卫三国之诗相与同风。"❷ "三风一体"说，为将"邶鄘卫"合体、系统地研究提供了新的关注点。

汉代学术之今古文两派，对"邶鄘卫"风诗的解读方向基本一致：或热衷诗史互证，对卫诗进行解读；或重在挖掘"邶鄘卫"风诗的政教、讽谏功能，比附经义。如对《邶风》的解读，除《柏舟》《燕燕》《式微》《旄丘》《北风》《静女》《二子乘舟》七诗相异外，其余观点基本类似。

汉儒们比较有代表性的研究作品有：第一，《毛诗故训传》。毛《传》论诗侧重于"美刺""教化"的阐发，开创了"汉儒言《诗》，不过美、刺两端"的模式。其对"邶鄘卫"风诗的主题解

---

❶ 马承源．上海博物馆藏战国楚竹书［M］．上海：上海古籍出版社，2001：240-249、257-258.

❷ （清）程廷祚．诗论，［M］//郭绍虞．中国历代文论选：第1册．上海：上海古籍出版社，2001：14.

读基本为"刺"。如，"《有狐》，刺时也。卫之男女失时，丧其妃耦焉。"❶ "《鹑之奔奔》，刺卫宣姜也，卫人以为宣姜鹑鹊之不若也。"❷ 毛《诗》在《诗经》解读方面拥有强大的话语权。其在"美刺"之外，侧重于以史论诗，如"《二子乘舟》，思伋、寿也。卫宣公之二子争相为死，国人伤而思之，作是诗也。"并予以补充说明："二子，伋、寿也。宣公为伋取于齐女而美，公夺之，生寿及朔。朔与其母诉伋于公。公令伋使齐，使贼先待于隘而杀之。寿知之，以告伋，使去之。伋曰：'君命也，不可以逃。'寿窃其节而先往，贼杀之。伋至，曰：'君命杀我，寿有何罪？'贼又杀之。国人伤其涉危遂往，如乘舟而无所薄，泛泛然迅疾而不碍也。"❸ 这种论诗方式虽有"史""诗"互补之用，但后世解诗穿凿之风，亦实由其始。同时，毛《诗》亦提出"风雅正变"之说，对卫诗解读具有启发性意义。

　　第二，郑玄笺《诗》。《郑笺》对"邶鄘卫"风诗的解读，基本上是对《毛传》的继承。郑玄博通古今，在解读《卫》诗时，能够结合周代的礼乐制度。其对"邶鄘卫"风诗涉及的典章制度，但诗义有隐晦处，会给予一定说明，开"以礼笺诗"的先河。如《匏有苦叶》"匏有苦叶，济有深涉"句，笺之："瓠叶苦而渡处深，谓八月之时，阴阳交会，始可以为昏礼，纳采问名。"❹ 此外，

　　❶ （汉）毛亨传，（汉）郑玄笺，（唐）孔颖达疏，李学勤主编．十三经注疏：毛诗正义［M］．北京：北京大学出版社，1999：244.
　　❷ （汉）毛亨传，（汉）郑玄笺，（唐）孔颖达疏，李学勤主编．十三经注疏：毛诗正义［M］．北京：北京大学出版社，1999：193.
　　❸ （汉）毛亨传，（汉）郑玄笺，（唐）孔颖达疏，李学勤主编．十三经注疏：毛诗正义［M］．北京：北京大学出版社，1999：177.
　　❹ （汉）毛亨传，（汉）郑玄笺，（唐）孔颖达疏，李学勤主编．十三经注疏：毛诗正义［M］．北京：北京大学出版社，1999：138.

郑《笺》论诗虽以毛《传》为主，却也能"如有不同，即下己意，使可识别"，尝试情感体悟式论诗。在汉代谶纬之学影响下，郑《笺》对风诗的解读也走向了经学方向。《君子偕老》句："胡然而天也？胡然而帝也。"毛《传》："尊之如天，审谛如帝。"郑《笺》："胡，何也。帝，五帝也。何由然女见尊敬如天帝乎？非由衣服之盛，颜色之庄与？反为淫昏之行。"❶

第三，《汉书·地理志》。《汉书·地理志》拓展了"邶鄘卫"风诗研究的空间，它较为详备地探讨了各地域的地理、物产、风俗、文化等，这对探索"邶鄘卫"风诗的地域文化内涵有重要参考价值。其论述卫地说："卫地有桑间濮上之阻，男女亦亟聚会，声色生焉，故俗称'郑卫之音'。"❷《汉书·地理志》的研究方法，为后世《括地志》《诗地理考》等沿袭、拓展。

魏晋南北朝时期，对"邶鄘卫"三风的研究，多由"毛传"而非"郑笺"。比较有代表性的作品有《毛诗义驳》《毛诗问难》《毛诗注》等，但惜乎已多数仅留其名，而文本湮灭不传。

（二）唐宋时期

隋代研究《诗经》的著作，也多已失传，如刘悼的《毛诗义疏》、刘炫的《毛诗述义》等对"邶鄘卫"风诗的解读，仅在《毛诗正义》中偶得一窥。

唐代《诗经》研究的集大成之作是孔颖达等撰述的《毛诗正义》。《毛诗正义》在阐释卫风方面，总原则为"疏不破注"，尽可能地保留《传》《笺》的原貌。如《雄雉》一文，毛《传》"刺卫

---

❶（汉）毛亨传，（汉）郑玄笺，（唐）孔颖达疏，李学勤主编．十三经注疏：毛诗正义［M］．北京：北京大学出版社，1999：185.

❷（汉）班固撰，（唐）颜师古注．汉书［M］．北京：中华书局，1962：1647.

宣公也。淫乱不恤国事"。郑《笺》："淫乱者，荒放于妻妾，烝于
夷姜之等。"《正义》补充说明："淫谓色欲过度，乱，谓犯悖人
伦，故言'荒放于妻妾'，以解淫也，'烝于夷姜'以解乱也。《大
司马职》曰：'外内乱，鸟兽行，则灭之。'"❶ 同时，《毛诗正义》
对二者语焉不详处，也会进行补充，如《柏舟》："觏闵既多，受
侮不少。"毛《传》、郑《笺》："闵，病也。"《正义》疏之："又
小人见困病于我既多，又我受小人侵侮不少，故怨之也。"❷ 接着
在串讲了二句大意后，复析其语法："言'觏'，自彼加我之辞，
言'受'，从己受彼之称耳。"孔《疏》对《传》《笺》的保存与
流传功不可没。

　　《毛诗正义》被有些学者批评为"有胶柱鼓瑟之嫌"，但其并
不是简单的继承，它对毛、郑的认识也常常加以批评纠正。如《北
门》一诗，毛《诗》提出"风化"论，孔《疏》则认为诗的意义
在于："但举其夫妇离绝，则知风俗败矣；言己独劳从事，则知政
教偏矣，莫不取众之意以为己辞。一人言之，一国皆悦。"❸ 在阐
释过程中，已经触及诗歌产生的问题。

　　宋代自欧阳修始，在《诗经》的解读上，疑古思潮兴起，"邶
鄘卫"风诗的研究也不例外。疑经、思辨的思潮给"邶鄘卫"三
风研究带来新的气象。相比较汉唐经学家将《诗》作为"美刺"
或"谏书"，欧阳修论诗侧重从人情角度出发，如解读《静女》：

❶ （汉）毛亨传，（汉）郑玄笺，（唐）孔颖达疏，李学勤主编．十三经
注疏：毛诗正义［M］．北京：北京大学出版社，1999：135．
❷ （汉）毛亨传，（汉）郑玄笺，（唐）孔颖达疏，李学勤主编．十三经
注疏：毛诗正义［M］．北京：北京大学出版社，1999：136-137．
❸ （汉）毛亨传，（汉）郑玄笺，（唐）孔颖达疏，李学勤主编．十三经
注疏：毛诗正义［M］．北京：北京大学出版社，1999：169．

"据文求义，是言静女有所待于城隅，不见而彷徨尔……"❶ 为后世以"情"解《诗》提供了良好的借鉴。欧阳修《诗本义》对《毛传》《郑笺》的解读，在继承中，也融入自己的思辨。如《击鼓》一文，郑玄认为"执子之手，与子偕老"是卒伍之间约誓，欧阳修驳之"其卒伍岂宜相约偕老于军中？此又非人情也"。❷ 此时期，疑经派亦有作品，如王质《诗总闻》的"邶鄘卫"研究，也重在因情达义，如《旄丘》引《陇头歌》释"流离之子"，《卫风·伯兮》引潘岳《寡妇赋》追溯源流。❸

朱熹的《诗集传》代表了宋代《诗经》研究的最高水准，为疑古学派的代表。《诗集传》对"邶鄘卫"诗歌研究，重在文本研究，因诗求义。认为"学者当'兴于诗'。须先去了《小序》，只将本文熟读玩味，仍不可先看诸家注解。看得久之，自然认得此诗是说个甚事"。如《序》言："《简兮》，刺不用贤也。卫之贤者仕于伶官，皆可以承事王者也。"朱熹注曰："此序略得诗意，而词不足以达之。"❹

朱熹的研究或以情解诗，《木瓜》"疑亦男女相赠答之词"，《有狐》："国乱民散，丧其妃耦，有寡妇见鳏夫而欲嫁之，故托言有狐独行，而忧其无裳也。"或从地域文化角度解读卫诗："张子曰：卫国地滨大河，其地土薄，故其人气轻浮。其地平下，故其人质柔弱。其地肥饶，不费耕耨，故其人心怠惰。其人情性如此，则

---

❶ （宋）欧阳修．诗本义 [M]．文渊阁四库全书经部诗类 70 册：194.

❷ （宋）欧阳修．诗本义 [M]．文渊阁四库全书经部诗类 70 册：198-199.

❸ （宋）王质．诗总闻 [M]．文渊阁四库全书经部诗类 72 册：第 466-467，487-488.

❹ （宋）朱熹集注．诗集传 [M]．上海：上海古籍出版社，1958：23.

其声音亦淫靡。故闻其乐，使人懈慢而有邪僻之心也。"❶ 朱熹对"邶鄘卫"风诗的研究，广采众家，博涉先典，"朱子言……《柏舟》妇人之诗，则取刘向……《简兮》《思齐》《斯于》中'张子曰'，乃取张载之言；《泉水》《北门》《墙有茨》中'杨氏曰'，乃取杨时之言；《君子偕老》中'东莱吕氏曰'，乃取吕祖谦之言。"等等，不一而足。《诗集传》解经亦会将理学概念融入学术研究过程中，如论及《卫风·淇奥》："言其乐易而有节也……然犹可观而必有节焉。则其动容周旋之间，无适而非礼，亦可见矣。"❷ 总之，朱熹在解经之时，惯常将"知行""格物"等理学概念融入其中。此种解经方式，也使《诗经》学研究继汉学"穿凿"风后，又新添了"虚妄"之言。

（三）元明清时期

"故有元一代之说《诗》者，无非朱《传》之笺疏。"注本如朱公迁《诗经疏义会通》、刘瑾《诗传通释》等。元代学者对"邶鄘卫"风诗的研究，其方法多是对《诗集传》的继承，少有异说，因而缺少创造性。如刘瑾的《诗传通释》，其学术宗旨很明显是重在对朱熹《诗集传》的阐发。本书力求广征前说，旁征博引，并辅之以典籍、史料，将朱熹诗学观的发展演变过程较为清晰地展示出来。

至明代，"邶鄘卫"风诗研究的学术方法，分为两派。一派是明儒解《诗》依然是承袭、衍义《诗集传》，如梁寅《诗演义》、胡广《诗传大全》、朱善《诗解颐》等。一派是明中期后，学者多

---

❶ （宋）朱熹集注．诗集传［M］．上海：中华书局上海编辑所编辑，1958：40.

❷ （宋）朱熹集注．诗集传［M］．上海：中华书局上海编辑所编辑，1958：35.

兼采"汉宋",有李先芳《读诗私记》、何楷《诗经世本古义》、朱谋㙔《诗故》等。

明代的文人开始从文学角度审视、赏析、解读"邶鄘卫"三风。如徐光启《诗经六帖》、戴君恩《读风臆评》、钟惺《诗经评点》等。戴君恩《读风臆评》一书,自觉总结创作方法,如"无中生有"论,引《载驰》为例:"无中生有,大奇大奇。……总是托以写其悲思迫切之意,非实事也。开口即说'载驰载驰'已奇,无端更说'大夫跋涉'又奇,涉邱行野亦又大奇。"其评《泉水》一文说:"(《泉水》)'有怀于卫,靡日不思',诗题也。以下俱籍以描写有怀之极思耳。"❶

这一时期对"邶鄘卫"三风的研究,也进入感性体悟的境界。虽然不少专著或仅存目,或多已亡佚,但仍可从《诗类存目》提要中获知一二。如万时华撰《诗经偶笺》评价《静女》:"'搔首踟蹰',自写光景似肖;'匪女之为美',情致婉然可掬。"❷ 基本是将"邶鄘卫"三风诗歌当作纯粹的文学作品去赏析、评价。

但总体而言,明人之"邶鄘卫"诗学研究,在义理方面,不如宋人精细。在考证方面言,不及汉唐严密。如谢无量的《诗经研究》用"无甚精义"概括明代《诗》学。皮锡瑞认为"季本、郝敬多凭臆说,杨慎作伪欺人,丰坊造《子贡诗传》、《申培诗说》以行世而世莫能辨,是明又不及元也。"❸

清代,《诗经》学的研究进入集大成阶段。学者对"邶鄘卫"

---

❶ (明)戴君恩.读风臆评 [M].上海:上海古籍出版社,续四库全书58 册:162,178.

❷ (明)万时华.诗经偶笺 [M].上海:上海古籍出版社,续四库全书61 册:159.

❸ (清)皮锡瑞,周予同注释.万有文库本第三册:经学历史 [M].上海:商务印书馆,1934:292.

风诗的研究，时有新见，异彩纷呈。这一时期，名家辈出，成果斐然。如胡承珙、马瑞辰、陈奂、姚际恒、方玉润、牟庭、牟应震、魏源、王先谦等。

清代前期，对卫风的研究，由"宋学"向"汉学"回归，一些学者重举毛《传》。梁启超说："清学自当以经学为中坚，其最有功于经学者，则诸经殆皆有新疏也。……其在《诗》，则有陈奂之《诗毛氏传疏》、马瑞辰之《毛诗传笺通释》、胡承珙之《毛诗后笺》。"❶ 其他研究者也多杂采汉宋，吸取精华，如朱鹤龄《诗经通义》、陈启源《毛诗稽古编》等。胡承珙的《毛诗后笺》多申《毛》义，如认为《静女》："《三百篇·序》凡有美刺，而指其人其事以实之者，当时必有依据，断非凿空臆造。"❷ 对他人遵《序》之举往往加以肯定，如其称扬许伯政的《诗深》对《鹑之奔奔》的解读："《诗》如史之文与事，而《序》则圣人之所取义。"❸

清代在《诗经》的音韵、训诂研究方面，超越前人。马瑞辰的《毛诗传笺通释》发挥了清代学者擅长音韵学、文字学、训诂学和名物考证的优势。如《相鼠》之"相鼠有皮"句，马瑞辰按："陈第《相鼠解义》云：'相鼠似鼠，颇大，能人立。见人则立，举其前两足，若拱揖然，故《诗》以起兴。'又明陈耀文《天中记》：《诗》相鼠，陆玑云：'河东有大鼠，能人立，交前两脚于头上跳舞，善鸣。'孙奕《示儿编》云：'相，地名。'按《地志》，相州与河东相邻。则知相州有此鼠，诗人善取譬焉。今按相州以河亶甲

---

❶ 梁启超．清代学术概论［M］．上海：上海古籍出版社，2000：49-50.

❷ （清）胡承珙．毛诗后笺［M］．上海：上海古籍出版社，续四库全书67册：111.

❸ （清）胡承珙．毛诗后笺［M］．上海：上海古籍出版社，续四库全书67册：127.

迁于相得名，则地之名相已久，相鼠或以此得名。相鼠一名礼鼠，韩昌黎《城南联句》诗所云'礼鼠拱而立'也。又名雀鼠，见《尔雅翼》。又名拱鼠，《关尹子》所云'师拱鼠制礼'也。"❶ 引用诸家介绍说明相鼠命名的由来、形貌、习性，使上下文义清晰、贯通。

清代中晚期，今文诗学在清代复兴，对"邶鄘卫"三风的解读，侧重于"三家诗"学。主要有范家相的《三家诗拾遗》、陈乔枞的《三家诗遗说考》、冯登府的《三家诗异文疏证》、魏源的《诗古微》、王先谦的《诗三家义集疏》等。魏源提倡经世致用的今文经学，《诗古微》"豁除《毛诗》美、刺、正、变之滞例，而揭周公、孔子制礼正乐之用心于来世"。❷ 值得注意的是，《诗古微》在"邶鄘卫"风诗的研究中，关照了社会经济与文学的关系。魏源认为卫地"三河为天下之都会，卫都河内，郑都河南，故齐、晋图伯争曹、卫，晋楚图伯争宋、郑……商旅之所走集也。商旅集则财货盛，财货盛则声色辏……春秋之郑、卫，亦犹后世之吴、越，人物美秀而文，文采风流……大川异气，民生其间，刚柔异俗，不竞于武者每娴于文，宜郑、卫之诗亹亹斐斐，皆善言情，岂尽风教使然哉？"❸ 这种观点在《诗经》学研究中比较少见，很有历史前瞻性。

而王先谦《诗三家义集疏》则辑录了汉至清的今文《诗经》研究资料，其对"邶鄘卫"风诗文献资料的保存，作出了宝贵贡

---

❶ （清）马瑞辰撰，陈金生点校．毛诗传笺通释［M］．北京：中华书局，1989：188．

❷ （清）魏源．诗古微［M］．上海：上海古籍出版社，续四库全书77册：19．

❸ （清）魏源．诗古微［M］．上海：上海古籍出版社，续四库全书77册：197．

献，是"三家诗"研究的集大成之作。如《新台》"燕婉之求"句，《诗三家义集疏》说《毛诗》作"燕"，鲁、韩作"婉"，而"《说文》曰：'曤，目相戏。从目，晏声。'《诗》曰：'燕婉之求。'"则《说文》所引是《齐诗》，"作'曤'者乃《齐诗》也"。

清代《诗经》学研究中，有一个较独特的流派，侧重从文学角度治学。有姚际恒的《诗经通论》，崔述的《读风偶识》，方玉润的《诗经原始》，吴闿生的《诗义会通》等。如《诗经通论》解读"邶鄘卫"三风，认为解诗的基本原则是："惟是涵泳篇章，寻绎文义，辨别前说，以从其是而黜其非，庶使诗意不致大歧，埋没于若固、若妄、若凿之中，其不可详者，宁为未定之辞，务守阙疑之训，俾原《诗》之真面目悉存，犹愈于漫加粉蠹，遗误后世而已。"❶

方玉润《诗经原始》善从创作手法、艺术特点等方面"推原诗人始意"，如认为《木瓜》："《集传》于诗词稍涉男女字，即以为淫奔之诗，说《诗》，如此，未免有伤忠厚，恐非诗人意也。夫《诗》中固有淫奔者，然非实见其所以然，不可概指为淫奔。如此诗绝无男女字，而何必指其为《静女》类耶？"指出《伯兮》："宛然闺阁中语，汉魏诗多袭此调。"论《桑中》则称其："三人、三地、三物，各章所咏不同，而所期、所要、所送之地则一也，章法板中寓活。"❷

崔述《读风偶识》在就诗求义基础上，更擅长从史学角度探明诗旨，认为"《邶》《鄘》《卫》风三十九篇，直指为某君者十有七，王风十篇，直指为某王者五……此何以说焉？即果真有所传，

❶　（清）姚际恒著，顾颉刚．诗经通论［M］．北京：中华书局，1958：7.
❷　（清）方玉润撰，李先耕点校．诗经原始［M］．北京：中华书局，1986：161，186，188.

何以此二国独不知其为某公？况邶亡于鲁惠之世，魏亡于鲁闵之世，且在齐哀、陈幽烛之后二百年，何以远者知之历历，而近者反皆不知之乎？"❶ 打破了历代经学家的附会。

有清一代，不管是师法宋学，还是远追汉学，"邶鄘卫"风诗研究在厚度和宽度上，都能够比肩于前代。

（四）近现代时期

20 世纪初，随着西方学术思想、现代科学研究方法的引入、运用，《诗经》研究的传统学术开始与社会学、文化学等新兴学科相结合。"邶鄘卫"三风的研究途径得以拓宽，但"邶鄘卫"风诗的研究，并没有专门性的论著，所涉及的学术观点、学术方法等依然是包含于《诗经》的整体研究当中。

此时期的代表性学者有王国维、闻一多等。王国维的《诗经》研究方法之一，是结合金石材料运用"二重证据法"研究文学，如《观堂集林》中的《北伯鼎跋》一文，对"邶国""鄘国"的地望提出新解。该文结论的正确与否尚待商榷，但其为"邶鄘卫"风诗的研究，开拓了一条新的路径。名物考证与文献研究相结合，从此成为"邶鄘卫"风诗研究的重要手段。

民俗学、考古学、语言学等学科被综合运用于阐释《诗经》，肇自闻一多。他的《匡斋尺牍》指出了"你只记住，在今天要看到《诗经》的真面目，是颇不容易的，尤其那圣人或圣人们'赐给'它的点化，最是我们的障碍。当儒家道统面前的香火正盛时，自然《诗经》的面目正因其不是真的，才更庄严，更神圣。但在今天，我们要的恐怕是真，不是神圣。……读诗时，我们要了解的是

---

❶ （清）崔述．读风偶识［M］．上海：上海古籍出版社，续四库全书64册：259-260.

诗人，不是圣人"。❶ 闻一多认为《诗经》中有诸多 "隐语"，如《诗经》中的 "鸟" 意象，闻一多认为，"鸟" 不是比喻而是图腾崇拜的体现，如《氓》中 "于嗟鸠兮" 的 "鸠"。"邶鄘卫" 风诗中，有 "鱼" 的意象，其《诗经通义·汝坟》又说："《国风》中凡言鱼皆两性间互称其对方之廋语，无一实指鱼者。"❷ 此外，闻一多将分类学视野引入《诗经》中，成为《诗经》分类研究的开创者。

这个时期，新的解《诗》观念、解《诗》路径时有出现。胡适认为："《诗经》所说的国政、民情、风俗、思想，都有史料的价值。" 掀起了《诗经》学研究的疑古思潮，于是大量的质疑、否定传统《诗经》学术方法的研究成果也随之出现。"你要懂得《诗经》的文字和文法，必须要用归纳比较的方法。你要懂得三百篇中每一首的题旨，必须撇开一切《毛传》、《郑笺》、《朱注》等等，自己去细细涵咏原文。但你必须多备一些参考比较的材料：你必须多研究民俗学、社会学、文学、史学。"❸ 如学者们将《诗经》与 "民间歌谣" 作比较，顾颉刚在《论诗经歌词转变书》中说："我想做一篇《歌谣的转变》，说明……《邶风》中的《谷风》和《小雅》中的《谷风》同是一首弃妇之歌。"❹

"疑古派" 大家更是对《毛诗》的 "经典化" 方法进行批判，其中以 "古史辨派" 为代表。讨论的焦点，主要集中在《邶风·柏舟》《邶风·静女》上。其中，对《静女》一诗的讨论最热烈，

❶ 闻一多. 闻一多全集：匡斋尺牍 [M]. 武汉：湖北人民出版社，1994：199.
❷ 闻一多. 闻一多全集：诗经通义 [M]. 武汉：湖北人民出版社，1994：314.
❸ 胡适. 胡适文集 4：谈谈诗经 [M]. 北京：北京大学出版社，2013：470.
❹ 顾颉刚. 古史辨（第一册）[M]. 上海：上海古籍出版社，1982：51.

如"荑"和"彤管"的解释，董作宾《〈邶风·静女〉篇"荑"的讨论》，❶ 考证了"荑"的种类、用途；魏建功《〈邶风·静女〉的讨论》考订"彤"之颜色。

另外，还有部分研究偏重历史学、社会学，增加了"邶鄘卫"风诗研究的学术厚度。如朱自清的《诗言志辨》、胡朴安的《诗经学》、朱东润的《读诗四论》，等等，都对"邶鄘卫"风诗的研究提出新见。如谢无量的《诗经研究》擅长从社会学角度，研究"邶鄘卫"风诗中的宗法制度、思想观点等。他认为"诗可见当时女功之大要。通观封建社会盛时，教育、军事、农事、制度之整齐，及乡射诸礼之雍容和平，也足证其国力充实，风俗淳厚，所以后人往往梦想三代呀！"❷

这一时期，文字、音韵、训诂等传统学术方法，也被广泛运用于《诗经》学研究领域。在此基础上，新发现的古文字新资料等相关学术成果，也被应用于"邶鄘卫"风诗研究。胡适、黎锦熙、丁声树等都曾在此方面作过很好的尝试。其他，如杨伯峻的《诗经句法偶谈》、杨合鸣的《诗经句法研究》、向熹的《诗经语言研究》等也获得丰硕的成果。这类学术著作，系统精密、资料丰富，在语汇、用韵、句法、章法等方面开辟了"邶鄘卫"风诗语言学研究的新局面。

（五）1949 年至今

20 世纪 50~80 年代，因受政治环境影响，"邶鄘卫"风诗研究多采用唯物论、阶级分析法进行研究，成果乏善可陈。比较有影响的是孙作云在《诗经》民俗学方面的研究，如其《诗经与周

---

❶ 董作宾.《邶风·静女》篇"荑"的讨论 [M]. 现代评论, 1926 (4).
❷ 谢无量. 诗经研究 [M]. 上海：商务印书馆, 1923：69.

代社会研究》认为古人在仲春有会合男女的风俗，并引《管子》一文论证："凡国都皆有掌媒。丈夫无妻曰'鳏'，妇人无夫曰'寡'；取鳏寡而合和之，予田宅而家室之，三年然后事之，此之谓合独。"他认为这里的"合独"，就是《周礼》的"会男女"。《桑中》是卫地的"桑林之社"的遗风。《卫风·淇奥》诗中的"善戏谑兮！不为虐兮！"之"谑而不虐"，实际是桑林社祀所唱歌谣。孙作云的研究代表了这一时期"邶鄘卫"风诗研究的最高成果以及重大突破，但由于受时代影响，相关研究并没有继续深入。❶

　　20世纪80年代以来，对"邶鄘卫"三风的研究开始呈现出多元化的新局面。《诗经》研究的相关历史学、社会学、博物学、民俗学等研究成果陆续出现。如李炳海《诗经解读》中的《春娶秋嫁》，有助于从文化学角度界定"邶鄘卫"地区婚期问题；❷姚小鸥的《诗经三颂与先秦礼乐文化》，从社会制度角度解读"邶鄘卫"风诗中的《桑中》《载驰》《泉水》《竹竿》等篇目；❸于省吾《泽螺居诗经新证》在训诂学方面，对"邶鄘卫"风诗的解读也颇有成果，如《北门》"王事适我"、《伯兮》"谁适为容"中的"适"字解读，毛《传》："（《北门》）适，之。"郑《笺》："又若国有王命役使之事，则不以之彼，必来之我。"毛《传》："（《伯兮》）适，主也。"于省吾按："'适'、'敌'古通'王事适我'，言王事当之于我也。'谁适为容'，言当谁为容也。……如此于各篇

❶　孙作云．诗经与周代社会研究［M］．北京：中华书局，1966：298-299.

❷　李炳海．诗经解读［M］．北京：中国人民大学出版社，2008：342.

❸　姚小鸥．诗经三颂与先秦礼乐文化［M］．北京：北京广播学院出版社，2000：226-233.

上下文义，皆相连贯。传、笺或训之，或训主并失之。"❶ 其他如扬之水的《诗经名物新证》、李山的《诗经的文化精神》、晁福林的《先秦民俗史》等著作，涵盖民俗文化、经济生产、审美品格等，都有助于从宏观上研究"邶鄘卫"风诗。

地方文化的相关研究成果，亦加深了对"邶鄘卫"风诗研究的深度。因为卫地地望主要集中在河南地区，所以这些研究有助于推进"邶鄘卫"风诗所在地区之历史形态、民俗文化等相关研究。如专著有张振犁的《中原古典神话流变论考》，文献如《安阳古都研究》《濮阳民俗志》《河南通史》，等等。这些著作，既有考证严谨的学术著述，也有特色鲜明的地域文化之作。

与"邶鄘卫"风诗相关的论文，也发表了很多。单篇论文以"邶鄘卫"三风为研究对象的有190多篇。截至2000年，单篇论文出现逐年递增趋势。这些论文或侧重主旨研究，如翟相君《北门臆断》、卜师霞《诗经〈载驰〉诗意考辨》、孟伟《诗经〈邶风·旄丘〉诗意新说》、尹海江《诗经〈木瓜〉主旨论析》、王伟论《邶风〈简兮〉为祭祖祈雨诗》等；或侧重训诂考据，如王志芳《诗经〈鄘风·蝃蝀〉中"蝃蝀"意象的文化内涵》、王伟《诗经"氓"字考辨》、卜仁海《"蝃蝀"释义辨正》、李沁杰《〈静女〉释义考》、梁高燕《从对〈邶风·静女〉中"彤管"的考证谈有关诗句的重译》、常燕娜《从出土文献看〈诗经·墙有茨〉"蕣"字的训诂》等；或侧重地域文化，有夏凤《诗经〈邶风〉中的石家庄古歌》、赵会莉《〈邶风〉〈鄘风〉〈卫风〉中的地域文化风俗》、别亚飞《从〈鄘风〉〈邶风〉〈卫风〉探卫国之民风》、邱奎《诗〈卫风〉意象的地域文化特征：以〈淇奥〉竹意象为例》等；或侧

---

❶ 于省吾. 泽螺居诗经新证 [M]. 北京：中华书局，1982：101-103.

重文学鉴赏，如王志芳《季札叹〈邶〉〈鄘〉〈卫〉美哉渊乎之"渊"》、孙艳平《邶风〈绿衣〉与唐风〈葛生〉两性抒情视角下的情感探析》、李晓雯《〈氓〉与〈谷风〉叙事风格与艺术特色比较探析》、丁桃源《诗经〈式微〉艺术特色浅谈》等；或侧重诗史探微，如王尔《国风〈邶风·二子乘舟〉诗史稽考》、叶当前《诗经〈邶风·燕燕〉诗本事的纷争》、翟相君《诗〈鄘风·载驰〉原始》、邬玉堂《〈墙有茨〉与"昭伯烝于宣姜"无干——兼论收继婚制》等；或侧重年代考论，如邵炳军《诗〈鄘风〉创作年代考论》、王伟《论〈邶〉〈鄘〉〈卫〉三风的称名之异及编次意义》、冯浩菲《论卫诗三分的时间》、魏建震《邶国考》等；或侧重名物研究，如吕华亮《从诗经名物的研究纠正今人对诗意之误解》、杨维娟《从诗经〈鄘风·君子偕老〉的服饰看周代社会的审美》、朱国伟《诗经〈硕人〉中几个名物考释》等；或侧重文化考量，如倪晋波《"蟋蟀"的文化衍义》、林光华《诗经〈邶风·燕燕〉质疑与文化阐释》、任向红《〈静女〉中国古代文化对女性形象的一种期待》、金荣权《诗经〈邶风·匏有苦叶〉与先秦婚俗》等，不一而足。

　　学位论文方面，相关的研究性硕士论文较多，按照研究对象划分，主要有以下几类。第一，关注《卫风》。如沈阳师范大学毕丽丽《先秦两汉"卫风"文献研究》，❶ 文章主要探讨"卫风"在两汉前被史传、诸子类文章征引的问题。河北大学李勇的《卫地风诗与商周礼俗研究》，❷ 探讨卫地风诗的文化特征、祭祀问题、婚姻问题，但对商周文化与卫地风诗的关系判断不是很明确。西藏大学

---

❶　毕丽丽．先秦两汉"卫风"文献研究［D］．沈阳：沈阳师范大学，2014.

❷　李勇．卫地风诗与商周礼俗研究［D］．保定：河北大学，2010

陆莉的《〈诗经〉"三卫"与齐、秦风诗地域性比较研究》❶ 侧重"邶鄘卫"风诗的历史研究，对卫诗的地域性研究有一定的启发。宁夏大学胡亚萍的《"郑卫之音"批评与秦汉儒家诗学观》❷ 中论述"郑卫之音"的内容，对"邶鄘卫"风诗的音韵研究有一定的反映，但对前说继承较多，创新不足。此外，还有渤海大学严晓飞的《郑卫婚恋诗女性情感经历研究》，❸ 从文本出发，结合相关史料，探讨"邶鄘卫"风诗中反映的周代女性的情感问题。四川师范大学谢竹峰的《〈诗经·卫诗〉民俗研究》❹ 中有关卫地的婚恋习俗、服饰习俗等的内容，对笔者有一定启发。第二，关注《邶风》。有关《邶风》的硕士研究论文，有山东师范大学孙兴爱的《〈诗经·邶风〉》研究》一文，❺ 将《邶风》诗歌作为一个整体，梳理《邶风》文本中的民风习俗。文章优点是其所关注的研究内容相对较全面，缺点是对相关问题研究，宏观讨论较多，微观分析较少。山西大学聂权的《〈邶风·日月〉篇研究》❻、关婧的《〈诗经·邶风·凯风〉研究》❼ 等硕士论文，立足于单篇文章考论，问题意识较强，能从一点切入以小见大地展示《邶风》全貌。第三，将"邶鄘卫"风诗作为一个整体研究。此类硕士论文有曲阜师范大学

❶ 陆莉.《诗经》"三卫"与齐、秦风诗地域性比较研究 [D]. 拉萨：西藏大学，2015.

❷ 胡亚萍."郑卫之音"批评与秦汉儒家诗学观 [D]. 银川：宁夏大学，2015.

❸ 严晓飞.郑卫婚恋诗女性情感经历研究 [D]. 锦州：渤海大学，2013.

❹ 谢竹峰.《诗经·卫诗》民俗研究 [D]. 成都：四川师范大学，2009.

❺ 孙兴爱.《诗经·邶风》研究 [D]. 济南：山东师范大学，2011.

❻ 聂权.《邶风·日月》篇研究 [D]. 太原：山西大学，2011.

❼ 关婧：《诗经·邶风·凯风》研究 [D]. 太原：山西大学，2011.

陈艳霞的《地域文化与诗经〈邶〉〈鄘〉〈卫〉三风研究》，❶ 重点着眼于"邶鄘卫"风诗中民俗文化学的文学表现。

　　博士论文方面，与"邶鄘卫"风诗有关的博士论文不多。如2012 年首都师范大学谷丽红的《〈诗经·国风·邶鄘卫〉考论》❷一文，先讨论了"邶鄘卫"风诗的编纂问题，接着将周代礼乐文化与战争诗、美刺诗、婚恋诗歌结合起来，展示了卫风时代的礼乐制度从兴起到渐趋破坏的过程。该文结合文献学、文化人类学等学科，以《诗经》文本研读为基础，考量周代礼乐文化精神，很有创新意义。2015 年山东师范大学杨洁的《〈诗经〉郑、卫诗歌研究》，❸ 对郑、卫诗歌产生的地域进行界定，同时考量郑、卫诗歌中蕴含的地域风俗文化。同时，对郑、卫诗歌的主题、艺术风貌进行探讨。该文能够对"郑、卫"二风进行横向对比研究，结构较为严谨，显示出扎实的史料功夫。这两篇文章对"邶鄘卫"风诗中蕴含的历史地理学信息，"邶鄘卫"风诗的主旨探索、名物考辨等方面研究尚有一定的空间，而这成为本书研究努力的方向之一。

　　三、写作缘起与难点

　　（一）选题意义

　　本书以《"邶鄘卫"风诗研究》为题，主要有两点考量。第一，"邶鄘卫"风诗产生于商灭、周继的年代。它的文学土壤位于殷商王畿故地，而其文化内涵又受宗周礼乐文明熏陶，具有比较独特的殷周双重文化特性。"邶鄘卫"风诗所产生的地域，包括商代

---

　　❶ 陈艳霞. 地域文化与诗经《邶》《鄘》《卫》三风研究 [D]. 曲阜：曲阜师范大学，2007.

　　❷ 谷丽红.《诗经·国风·邶鄘卫》考论 [D]. 北京：首都师范大学，2012.

　　❸ 杨洁.《诗经》郑、卫诗歌研究 [D]. 济南：山东师范大学，2015.

的朝歌及其附近区域。文化辐射所在，在地理位置上，大致囊括了今天河北南部、河南北部、河南东部、山东西部等广袤区域。同时，在"周礼达于天下"的时代，"邶鄘卫"诗歌又表现了周代礼乐文明在卫地传递、渗透的渐进过程。因此，"邶鄘卫"风诗是殷周社会文化的文学见证。它在内容上，涵盖了殷周时期的天文、历法、地理、风俗、名物、历史等诸多方面。因此，对"邶鄘卫"三风进行系统的研究，可以见微知著，管窥卫地在殷周文明双重影响下的社会、历史、文化状况。

第二，将"邶鄘卫"作为一个整体研究对象，目前学术界研究还存在诸多空间。以往的"邶鄘卫"风诗研究比较零散，在研究成果方面，多数成果是以单篇文章的形式展现。还有部分研究成果，是在对《诗经》的整体性研究中偶有涉及。在研究内容方面，前贤有关"邶鄘卫"风诗的研究，或突出其形成历史，或探讨其艺术特性，或探讨其文章主旨，或关注风诗中展现的某一方面文化表现，缺乏整体性与系统性的研究。

因此，"邶鄘卫"风诗的研究，尚有很大空间。如，以往的研究对"邶鄘卫"风诗中蕴含的自然地理信息，及其与"邶鄘卫"风诗的文学互动，缺乏一定的认识。"地域对文学的影响，实际上通过区域文化这个中间环节而起作用，即使自然条件，后来也是越发与本区域的人文因素紧密联结，透过区域文化的中间环节才影响和制约着文学的。"❶ 此外，"邶鄘卫"风诗中隐含的社会文化内容，需要在民俗学、考古学、历史学等基础上进行交叉式多角度的研究。即使有些研究偶尔涉及，也多侧重文献考证的传统方法，而

---

❶ 严家炎，朱晓进. 二十世纪中国文学与区域文化丛书 [M]. 长沙：湖南教育出版社，1995：总序.

没有结合新出土的实物材料进行考辨。总之，整体性的"邶鄘卫"风诗研究目前依然少有问津，迄今为止，有关的博士研究论文成果也不过两篇而已。有鉴于此，笔者将"邶鄘卫"风诗作为本书的研究方向。

（二）写作难点

本书的创新点在于：以往的多数研究，往往将文学研究与文化形态研究割裂开来，对"邶鄘卫"风诗诞生的原生环境缺少关注。所以，本书第一章从历史地理学角度，探讨"邶鄘卫"风诗诞生的地理环境与其文学表现之间的互动。地理环境是文学创生的土壤，是地域文化品格形成的关键要素之一，将文化地理学的相关研究成果与"邶鄘卫"文学作品相结合探讨，是较新的学术研究角度。

本书的研究难点在于："邶鄘卫"风诗的总数达 39 首，而相关的研究材料非常少。史志材料、相关实物佐证的稀少，给笔者的研究带来较大困难。传统的学术研究多倚重传世文献，而这些文献或多或少有后人加工的痕迹。部分文献或者在流传的过程中与原典出现了文字上的偏差，可信度存疑。因此，在研究过程中，笔者还有许多辨伪工作需要展开。在这种情况下，还需要借助出土资料的帮助，以期做到言之有据，这更增加了学术研究的难度。

四、研究方法与学术目标

（一）研究方法

第一，历史文献法。《诗经》学研究有着悠久的研究历史，也取得了丰硕的研究成果。因此，研究中需要对以往的成果进行借鉴、汲取。这些都建立在对历史文献的归纳、整合基础上。"邶鄘卫"三风文本研究，需要历史依据、文献支撑。《诗经》的相关研究资料，先唐以前十分缺乏，大多数的研究材料或散落在史志中，或存在于古人的诗话、笔记，部分学者的传、笺、注等作品中。另外，地理类、方志类、《四库全书》等文献资料也能够提供一定的材料支持。因此，本书写作前主要是对相关材料进行整理、分类、校对、注解。在材料收集基础上，再对相关文本、资料进行辨伪。

第二，比较分析的研究方法。"邶鄘卫"风诗所处文化区域，地处中原，与同地区其他风诗，如郑风、王风有千丝万缕的联系。同时，"邶鄘卫"风诗又受殷商文化的深远影响，殷商文化来源于东夷，"邶鄘卫"风诗又与东夷遗风下的齐诗相关。因此，在本书的研究过程中，需要运用比较、分析方法，在动态的学术视野中，拓展研究的深度与广度。

第三，综合归纳的研究方法。"邶鄘卫"风诗研究，需要综合运用各种学科知识，如历史学、训诂学、文化地理学、人类学等。如历史学的考证法，能够辨析相关史料；训诂学知识有助于文本理解。只有多学科知识、方法综合运用，才有可能拓宽研究领域，增加理论深度。对"邶鄘卫"风诗文本的研读，需要运用训诂学、音韵学等传统学术方法，同时，借鉴历史学、民俗学、文化人类学等新学术领域成果。此外，辅之以出土材料的验证，分析"邶鄘卫"风诗背后的历史文化渊源，解决"邶鄘卫"风诗研究中存在的相关问题，从而得出较为接近真相的认知。

（二）学术目标

第一，本书拟以史料文献、研究成果、地下出土材料为据，勾勒"邶鄘卫"三风的历史、文化、文学动态。不求详尽，但求实事求是。

第二，以"邶鄘卫"风诗为切入点，对涉及的"邶鄘卫"风诗进行文学研究、地域文化研究，学术辨识，以求对"邶鄘卫"三风的研究，由平面到立体。

五、本书主要内容

"邶鄘卫"风诗，是卫地地理、历史、社会、文化等信息的文学载体。卫地风诗因其典型的殷商文化二重性特征，在《诗经》作品中独树一帜。笔者主要从四个方面展开对"邶鄘卫"风诗的探讨、研究。

第一章是"邶鄘卫"风诗的历史、地理、人文考辨，考量"邶鄘卫"风诗产生的地理环境、历史环境、人文环境，以及这些要素与卫诗文学之间的关系。地理、历史环境是文学现象活动的空间，地理、历史、人文环境对"邶鄘卫"风诗的内容、审美等有巨大的影响。其中，第一节探讨"邶鄘卫"风诗与自然地理，从自然地貌、气候、植被、动物分布等几个方面，探索卫地地理环境与文学之间的互动。《诗经》蕴含、保存有丰富的历史、人文地理学材料。第二节分析"邶鄘卫"风诗中的人文地理现象，具体从卫国社会状况、卫国形势、外交等方面再现卫国风云。"邶鄘卫"风诗对卫国的经济活动多有描绘，如农业、手工业、商业等，这些有关经济形态的记载，亦是西周、春秋时期经济地理的重要参考。第三节探讨"邶鄘卫"风诗与政治地理关系，界定"邶鄘卫"风诗诞生的地域范围，分析其地缘状况对诗歌内容的影响。其中最主要的内容之一，就是对"三监"的界定。"三监"的界定，有助于界定"邶""鄘""卫"地望的区域范围，得出比较接近真相的考量。"邶鄘卫"三风中所反映的人物、地名、事件等，也给卫地政治地理环境的界定，提供一定的参考。

第二章的内容是对"邶鄘卫"风诗中的风俗文化进行考辨。春秋各国政治、经济发展不平衡，道德观念、风俗有巨大的差异。对"邶鄘卫"风诗中反映的殷周两种文化进行动态分析，有助于更好地理解"邶鄘卫"风诗。"邶鄘卫"风诗地处殷商旧地，又受到周代礼制的窠臼，因而，其文化特征呈现出一种二元性状态。历代学者对《诗经》的文本研读，对诗中的文化习俗研究，多少有所涉猎，但不够深入。本章从婚恋习俗、宗教祭祀、生活习俗三个方面，探讨卫风殷周文化二重性特征。第一节分析"邶鄘卫"风诗文化二元性产生的原因。卫国与殷商有地缘上的承继关系，卫国与殷商有种族上的承继关系，加之殷代移民的族群心理，所以卫地风俗与殷商旧习有不可割裂的继承性。同时，卫地风俗也反映着周制，这源于周人对殷商文化选择性地保留，或积极吸收，或因地制宜。卫地风俗文化中，殷周文化相互冲突，而又完美融合。第二节探讨"邶鄘卫"风诗中的殷周审美习俗。卫地殷商旧俗较重外在之美，周礼则注重雕刻内在规范。卫诗即反映殷商文化重乐的习俗，如尚白、崇美、好色、逸酒等；也表现了周代文化重德的特质，如尚赤、重德、崇勇等。第三节是关注"邶鄘卫"风诗中的婚恋习俗。"邶鄘卫"婚恋习俗的殷商传统，反映了卫地婚恋自由之风的盛行，以及收继婚俗的存在。卫地的婚恋习俗又必须遵循周礼的窠臼，如婚姻程序中"六礼"的完善，婚嫁时间的界定，以及同姓不婚之制、媵婚制在"邶鄘卫"风诗都能找到对应的表现。两周时期，宗教祭祀是社会活动的重要内容。第四节就探讨了"邶鄘卫"风诗中的殷周宗教祭祀习俗。"邶鄘卫"风诗记载了卫人重占卜，举凡祭祀多以歌舞娱神的传统，以及崇尚生殖崇拜、自然崇拜的习俗。与此同时，卫文化在这种事神的活动中，又将周礼的克制、冷静融入其中。本章重在分析"邶鄘卫"风诗的二元性文化表现，以期感受"邶鄘卫"风诗，在商周二元性文化品格影响下，作品所展现出来的情感气质、艺术技巧等。

第三章希冀用博物学的方法研读经典，内容是有关"邶鄘卫"风诗中的名物研究。朱熹："解《诗》，如抱桥柱浴水一般，终是

离脱不得鸟兽草木。"❶"邶鄘卫"风诗如《诗经》其他作品一样，
富含有大量的植物、动物、器物、天象、交通、服饰等名物词汇。
本章第一节是"邶鄘卫"动物名物研究，选择了卫诗中的动物意
象。卫地有良好的自然环境，作品中动物意象触目皆是。卫诗动物
意象的运用，成为解读卫地生活的文字密码。它是"情"的载体，
亦是"礼"的标准。"邶鄘卫"风诗中，以"鸟"起兴的诗篇比重
较大，是卫地文化习俗"飞鸟情结"的见证。第二节探讨"邶鄘
卫"诗中的植物名物，关注"邶鄘卫"风诗中的植物，卫地风诗
中的植物意象，即可以识名，也可以一窥西周、春秋时期的生态状
况。体悟"邶鄘卫"风诗植物名物的文化生成，是植物名物研究目
的之一。卫地先民在植物交感思维的基础上，出现了"桑间濮上"
传统，本节以《桑中》一文为例，考辨之。第三节卫地风诗是
《诗经》时代服饰传统最为详备的记录者，是服饰名物感知。因此
第三节关注卫诗服饰名物，及其与周代礼制之间的关系，感知周代
礼制对社会秩序的规范。这个研究过程，既有对研究对象的名称、
用途等的直观认知，也包括探求其物象所承载的命名理据、作品情
感、文化含义等。"邶鄘卫"风诗中有关服装、首饰、佩玉等习俗
的描写，折射着周文化森严的等级制度，亦是周代礼制的见证者。

　　第四章的内容是"邶鄘卫"风诗题旨考。"邶鄘卫"风诗与
《诗经》其他篇章一样，因时代久远，且缺乏关键的史料佐证，一
首诗歌的主旨往往存在多种解读方式。主旨是文学作品的灵魂，卫
诗主旨解读，是一个复杂的问题。"邶鄘卫"风诗主旨历来多有争
论。治《诗》者或奉毛《序》为圭臬，或创意独出，如《诗序补

---

❶　（宋）黎靖德．朱子语类卷（八十一）［M］．北京：中华书局，
2011：2096.

义》所言:"有诗人之意,有编诗之意。如《雄雉》为妇人思君子,《凯风》为七子自责,是诗人之意也。《雄雉》为刺宣公,《凯风》为美孝子,是编诗之意也。朱子顺文立义,大抵以诗人之意为是诗之防。国史明乎得失之迹,则以编诗之意为一篇之要。"❶ "邶鄘卫"风诗有 39 首之多,全部考量,非一书所能容纳,所以本章主旨研究,是在不另立新说的前提下,以《邶风·燕燕》《邶风·终风》《卫风·考槃》为例,进行诗旨考辨。本章主旨考量的标准,是从文本出发。第一节是《卫风·燕燕》的主旨探索,从先贤观点的辨析、"燕子"的文化内涵、"寡人"身份界定等三个方面展开。第二节是《邶风·终风》诗旨的考辨。本节更多运用训诂学理论,对"终风且暴""谑浪笑敖,中心是悼""莫往莫来,悠悠我思"等几个关键词句进行考辨。而《终风》中,天象与诗旨之间的关系,史料中有关庄公、庄姜关系的记载,亦是诗旨考量的标准。第三节《卫风·考槃》主旨的考辨,则综合了文学与训诂学手段,并结合关键词句的解读,进行文本解读,得出相应的结论。

---

❶ (清)姜炳璋. 诗序补义 [M]. 文渊阁四库全书经部诗类 89 册:5.

第一章 "邶鄘卫"风诗地理考

文学与地理环境之间有着密不可分的关系。文学诞生所依赖的地理环境，能够影响到先民的生活方式。同时，这种环境对人的影响，积淀至作品中，表现为作品的文学心理、文学情感、文学品格等。

第一节 "邶鄘卫"风诗与自然地理

社会生活需要依托地理空间，卫人的生产、生活方式，无不受到历史时期地理环境的影响。这些影响，又会以某种文化形态呈现。地理空间环境的差异，与区域文化的形成息息相关。地理环境在一定程度上决定其地域内，人类社会的经济生活、文化内容等。

一、卫地自然地貌

地理状况有助于较深入地了解时人的生活环境。卫地地望虽有争议，但主要区域为殷之旧都，及其周朝之地，这没有太多疑问。所以，"邶鄘卫"地域大致范围在黄河以北，古称"河内"，"踞大河南北，当齐晋郑楚之孔道。"[1] 河内地区处于从太行山地向平原过渡的地带，地势以平原为主，较为平缓。因而，卫多平原，地理、气候条件适宜人类休养生息。

---

[1] （清）顾栋高辑，吴树民、李解民点校.春秋大事表 [M].北京：中华书局，1993：286.

但卫地亦如《春秋大事表》所言，"其地多奇零，与诸国交错"。卫地无大山关隘，无一名山，"邶鄘卫"三风之地，地貌类型多为三种。"山"，如《定之方中》："望楚与堂，景山与京"之"景山"。"丘"，如《旄丘》："旄丘之葛兮，何诞之节兮。"《载驰》："陟彼阿丘，言采其蝱。"《氓》："送子涉淇，至于顿丘。"❶《说文》："丘，土之高也，非人所为也。"❷ 第三种就是《考槃》中所载的："考槃在阿，硕人之薖"之"阿"。"阿"，《尔雅·释地》："偏高曰阿丘。"《释名》："阿，荷也。如人担荷物，一边偏高也。"

卫地亦多水泽。卫国地势山少，海拔较低，大致范围在豫北洹水之滨，为晋、冀、鲁、豫四省交汇的要冲，"左孟门而右漳釜，前带河，后被山"。❸ 卫国境内多水道、润泽，如《硕人》《新台》中都提到了黄河，《淇奥》《有狐》《氓》等都写到淇水，《竹竿》《泉水》中则有对"泉"的描写。

"邶鄘卫"风诗显示了卫地有丰富的水资源（见表1-1）。

表1-1 "邶鄘卫"风诗中的水资源

篇名	诗 句	水名
《邶风·凯风》	爰有寒泉？在浚之下。	泉
《邶风·匏有苦叶》	雍雍鸣雁，旭日始旦。士如归妻，迨冰未泮。	冰
《邶风·谷风》	泾以渭浊，湜湜其沚。宴尔新昏，不我屑以。毋逝我梁，毋发我笱。	泾、渭、梁

❶ （汉）毛亨传，（汉）郑玄笺，（唐）孔颖达疏，李学勤主编．十三经注疏：毛诗正义 [M]．北京：北京大学出版社，1999：228.

❷ （汉）许慎撰，（宋）徐铉校定．说文解字 [M]．北京：中华书局，2013：166.

❸ 何健章．战国策注释 [M]．北京：中华书局，1990：813.

续表

篇名	诗　　句	水名
《邶风·泉水》	毖彼泉水，亦流于淇。有怀于卫，靡日不思。	泉水、淇水
	出宿于泲，饮饯于祢。女子有行，远父母兄弟，问我诸姑，遂及伯姊。	泲、祢
	我思肥泉，兹之永叹。思须与漕，我心悠悠。	肥泉
《卫风·竹竿》	泉源在左，淇水在右。女子有行，远兄弟父母。	泉水
	籊籊竹竿，以钓于淇。岂不尔思？远莫致之。	淇水
《邶风·新台》	新台有泚，河水弥弥。燕婉之求，蘧篨不鲜。	河水
《卫风·淇奥》	瞻彼淇奥，绿竹青青。有匪君子，充耳琇莹，会弁如星。	淇水
《卫风·有狐》	有狐绥绥，在彼淇梁。心之忧矣，之子无裳。	淇水
《卫风·硕人》	河水洋洋，北流活活。施罛濊濊，鱣鲔发发。	河水
《卫风·氓》	淇水汤汤，渐车帷裳。女也不爽，士贰其行。	淇水

卫地平原多，土壤湿润，富含腐植质，土地肥沃。加之卫地处冲积平原，海拔不高，因而植物物种资源较为丰富，地理环境得天独厚。如《淇奥》"瞻彼淇奥，绿竹猗猗""瞻彼淇奥，绿竹青青""瞻彼淇奥，绿竹如篑"，描写了春秋时期淇水河畔的风光，说明当时这里竹林茂盛，自然环境良好。

二、卫地气候

有关"邶鄘卫"风诗之地气候环境的直接记载，在卫诗中并不多见，但一些史料能够提供些气候状况的旁证。《今本竹书纪年》载，周孝王时期，公元前903年、公元前897年长江支流曾经两次结冰。《太平御览》八十四引《史记》："厉王生，冬大雨雹，牛马死，江、汉俱冻。"❶《今本竹书纪年》："夷王七年，冬，

---

❶　（宋）李昉. 太平御览［M］. 北京：中华书局，2011：373.

雨雹，大如砺。"❶《纪年》又提到结冰之后，紧接着就是大旱，还出现了沙尘暴天气，《终风》中有相关记载："终风且霾，惠然肯来。"闻一多《风诗类钞》："大风扬尘，从上而下曰霾。"❷

周朝早期的寒冷情况延续时间不长，气温逐渐转暖。竺可桢说："周代早期的寒冷情况没有延长多久，大约只一、二个世纪，到了春秋时期（公元前 770—481 年）又和暖了。"❸ 由物候的情况也能推出，当时温度高于现在。如花开的时间比现在要提前，《竹书纪年》载周昭王六年："冬十二月，桃李华。"另外，《礼记·月令》也载"仲春之月……始雨水，桃始花……玄鸟至。"❹ 竹子在卫地普遍种植，也说明当时气温较为湿暖，竺可桢认为："方块字中如衣服、帽子、器皿、书籍、家俱、运动资料、建筑部分以及乐器等名称，都以'竹'为头，表示这些东西最初都是用竹子做成的。"❺《竹竿》诗中写道："籊籊竹竿，以钓于淇，岂不尔思，远莫致之。"以竹制作的器具很是普遍，甚至用来做钓竿。卫都附近淇水流域尤多竹子，《述异记》载："卫有淇园，出竹，在淇水之上。"❻《竹谱》："淇园，卫地，殷纣竹箭园也。见班彪《志》。"❼ 卫国境内竹子的茂盛情况一直持续到汉代，《水经注》："汉武帝塞决河，斩淇园之竹木以为用。寇恂为河内，伐竹淇川，治矢百余万

❶ 王国维撰，黄永年点校. 古本竹书纪年辑校·今本竹书纪年疏证［M］. 沈阳：辽宁教育出版社，1997：92.

❷ 闻一多. 闻一多全集：风诗类钞［M］. 台北：里仁书局，2000：85.

❸❺ 竺可桢. 中国近五千年来气候变迁的初步研究［J］. 中国科学，1973（2）：15-38.

❹ （汉）郑玄注，（唐）孔颖达疏，李学勤主编. 十三经注疏：礼记正义［M］. 北京：北京大学出版社，1999：537.

❻ （梁）任昉. 述异记［M］. 北京：中华书局，1992：25.

❼ （后晋）刘昫. 旧唐书［M］. 北京：中华书局，1975：889.

以输军资。今通望淇川，无复此物。"❶

在地球的历史环境里，气候总处于不断波动中，"邶鄘卫"三风之地气候也是如此。西周早期相对温暖的气候条件没有持续太久，开始出现降温。周代中叶以后的后半期正是中国有史以来第一个冷期，也是中国有史以来第一个小冰河期。此时起直至西周末期，卫地也进入了一个较为寒冷时期。这些气候状况，在诗篇中有一定的反映。如《绿衣》："絺兮綌兮，凄其以风"之"凄风"；《终风》："终风且霾，惠然肯来……终风且曀……曀曀其阴，虺虺其雷"之"终风""霾""曀"；《北风》："北风其凉，雨雪其雱"之"北风""雨雪"，等等。

气候对"邶鄘卫"风诗中的诗歌意象、诗歌情绪也产生了一定的影响，《文心雕龙·物色篇》："情以物迁，辞以情发。一叶且或迎意，虫声有足引心；况清风与明月同夜，白日与春林共朝哉！"❷卫地风诗主要产生于寒冷期，寒冷干燥的气候影响了卫地的植物种类。"邶鄘卫"风诗作者在进行诗歌创作时，应该会不自觉地将身边的植物物种写到诗里。因而，"邶鄘卫"风诗中出现了许多生长在寒带的植物意象，如栗树、椅树、桐树、梓树、漆树、桑树等。这也证明，气候环境对诗歌意象的使用有一定的影响。环境、气候与时人的心理产生共鸣，"邶鄘卫"风诗诗歌总体感情基调忧伤，或与气候有一定关系。

三、卫地植被、动物分布

"邶鄘卫"风诗中有些与农业活动相关的诗篇，是深入了解当

---

❶ （北魏）郦道元著，陈桥驿校证. 水经注校证 [M]. 北京：中华书局，2007：225.

❷ （梁）刘勰著，陆侃如、牟世金译注. 文心雕龙 [M]. 济南：齐鲁书社，1996：548.

时社会的植物、动物地理分布状况的珍贵文献，"邶鄘卫"三地物种呈多样性。

卫地植物物种较多，卫诗里有许多谷物、瓜果、蔬菜记录，甚至还有用来疗疾的药草，凡此种种反映了卫人采摘的植物品种，以及膳食习惯。如《卫风·硕人》"葭菼揭揭"之"葭"；《卫风·硕人》之"菱"；《邶风·谷风》之"荼""荠"；《邶风·简兮》之"苓"；《鄘风·墙有茨》之"茨"；《卫风·芄兰》之"芄兰"；《卫风·伯兮》之"谖草"等。

"邶鄘卫"三风之地树木繁茂，灌木丛生。如"邶鄘卫"风诗中出现了不同的树木种类，如《邶风·凯风》之"棘"；《邶风·简兮》之"榛"；《鄘风·定之方中》"树之榛栗，椅桐梓漆"之"栗""椅""桐""梓""漆"；《鄘风·桑中》"期我乎桑中，要我乎上宫"之"桑"等。这些相关诗篇反映出，在西周至春秋的一个相当长的历史时期内，卫地具备较为良好的植被状况。如《邶风·击鼓》所记："于以求之，于林之下。"

卫地到处水草肥美，森林茂密。良好的植被、丰沛的水源，也适合动物的生存。"邶鄘卫"诗中提到的动物也是种类繁多，如狐、马、鸿、燕、鹑等。卫地河流水网密闭，《竹竿》《硕人》等诗篇反映了卫人捕鱼、钓鱼、食鱼等生活情境。

总之，地理环境与人类生存状况息息相关，其会影响时人的精神风貌，而这些影响亦会折射于文学文本之中。因而，"邶鄘卫"风诗也隐含了大量人类学、民俗学等文化信息。地理环境与文学景观、生活方式、民俗文化等方面互为因果，使得"邶鄘卫"三诗，呈现出保守、开放于一体，延续、流动为一炉的特征。

第二节 "邶鄘卫"风诗与历史人文地理

历史人文地理学是研究历史发展过程中的人类活动、政治、经济、人口、文化、军事等状况的学科。《诗经》蕴含着丰富的历史人文地理学资料，是深入了解西周、春秋时期历史人文地理状况的珍贵文献。"邶鄘卫"风诗为深入了解卫国生产配置、交通发展、政治兴衰以及文化发展等社会生活状况提供了大量旁证。

一、卫国社会状况

西周初封时，卫国是诸侯大国，《西周青铜器铭文分代史征》指出："殷东五国当指卫、宋、齐、鲁、晋五国的诸侯。"❶卫在五侯之首，显然地位较齐、鲁、宋、晋等国远为重要，然而在诸侯逐鹿中，卫国不但未能称霸，反而每况愈下，岌岌可危。

(一)国内政治混乱

卫国内政呈现出矛盾交织的现象，既有明君善政，更有恶主乱治。纵观卫国史，内乱贯穿始终。从卫桓公到卫懿公仅80余年，更君达7次之多，频繁的内部斗争，造成国弱民贫。上述情况在"邶鄘卫"风诗中多有或隐或显的展现。

第一，明君善政。卫始封君康叔奠定了卫国基业，《史记·卫康叔世家》："康叔之国，既以此命，能和集其民，民大说。成王长用事，举康叔为周司寇，赐卫宝祭器，以章有德。"❷康叔以下九世至武公的卫国，发展迅速，享有"君子之国""诸侯之长"的美誉。此后，又有卫文公受命于卫懿公"好鹤失国"之际，形成

---

❶ 唐兰. 西周青铜器铭文分代史征 [M]. 北京：中华书局，1986：64.

❷ (汉) 司马迁. 史记 [M]. 杭州：浙江古籍出版社，2000. 499.

"文公中兴"的局面。

第二，恶主乱治。卫国的乱政在诸侯各国中甚为罕见，灾难深重。卫宣公好淫；卫庄公引发"工匠起义"不断；卫懿公"好鹤失国"，《左传·闵公二年》："卫懿公好鹤，鹤有乘轩者。"狄人伐卫，公欲战，"国人受甲者皆曰：'使鹤，鹤实有禄位，余焉能战！'"❶ 狄遂灭卫。卫都曾经数迁，先迁漕，又迁楚丘，国家实力大损。

第三，卿权、君权之间权利争夺激烈。如卫文公中兴之后独揽军政大权，卫国政局相对稳定，君权增强，卿权只是君权的附庸。然而，从卫成公到卫定公的 60 余年内，卿权强化，卿族、公室之间的矛盾逐渐浮出水面。卫献公至卫灵公时候，卿权干预君权、君权利用卿权，结果卿权气涨、君权威灭。卿权、皇权之争严重消耗卫国国力，国势更趋式微。

（二）外交缺少思想导向

从地理位置看，卫国地处中原，介于鲁、齐、晋、郑、宋等诸大国包围之中，为诸大国争霸必争、必经之地。而卫之领土奇零，与周围诸国犬牙交错，地以平原为主，无天险屏障，易攻难守，想向外扩张十分困难。

"邶鄘卫"三诗历史时期，卫国深受战乱之苦。先是州吁骄奢黩武，继之惠公兴兵伐周。卫国屡与郑国交战，卫桓公十三年、十四年、十六年，卫宣公六年、十二年，以及卫惠公元年，卫、郑交战 6 次，卫遭郑沉重打击。

春秋时期，外交上诸国交侵，卫国亦多参与其中。卫国遭到晋国进攻，欲依靠齐国，结果亦遭到齐国的进攻。鲁国原是卫国之

---

❶ （西晋）杜预. 春秋左传集解［M］. 上海：上海人民出版社，1977：222.

友，卫却帮郑攻鲁；卫联陈抗郑，陈却与郑结盟，等等。内忧外患之中，卫国由强变弱，在春秋格局中，难以再现昔日诸侯大国的风光，直至灭亡。

二、卫国经济繁荣

《诗经》是研究西周、春秋时期社会生活、农林畜牧渔猎、商业乃至手工业等经济地理的重要史料。"邶鄘卫"风诗亦承载着经济地理的功能，记录了当时卫国的经济生活。卫地多在殷商旧址，族群上多是殷商之后。殷人擅长经商，风俗沿革之下，卫国有较好的经济发展条件。卫初立国，周公训诫卫康叔："纯其艺黍稷，奔走事厥考厥长。肇牵车牛，远服贾，用孝养厥父母。"[1] 春秋后期，卫国工商业发展水平甚高，《左传·定公八年》载卫国君臣不堪忍受晋国辱迫，准备摆脱其控制，征询国人意见，王孙贾曰："苟卫国有难，工商未尝不为患，使皆行而后可。"[2] 特别强调考虑工商者的意愿，可见当时工商业者在卫国经济构成中的举足地位。"邶鄘卫"风诗时代，卫经济强盛，农业、手工业、商业等都比较发达。

(一) 农林渔业

农林业方面。周王朝以农业立国，卫国康叔在受封之初，被周公要求"启以商政，疆以周索"。杜预注："索，法也。"[3] 即因风用政，但在土地治理、使用方面要遵守周法，明确要求卫国君主重视农业生产。麦子是"邶鄘卫"风诗之地的重要农作物之一，《卫风》中有两处提到麦子。如《载驰》："我行其野，芃芃其麦。"

---

[1] （汉）孔安国注，（唐）孔颖达疏，李学勤主编．十三经注疏：尚书正义 [M]．北京：北京大学出版社，1999：376.

[2] （西晋）杜预．春秋左传集解 [M]．上海：上海人民出版社，1977：1660.

[3] （西晋）杜预．春秋左传集解 [M]．上海：上海人民出版社，1977：1620.

《桑中》："爰采麦矣？沬之北矣。"卫风亦多处提到经济作物：《匏有苦叶》中的"匏"，葫芦的一种；《谷风》中有"葑""菲"，即芜菁、萝卜；《桑中》中提到"唐"，又名菟丝子，可以入药；《凯风》有"棘"，即酸枣等，不一而足。

"邶鄘卫"风诗中，有关林业方面的记载也不少。卫地有丰富的树种，前文已有说明。卫地有数目不少的经济树木，如有的地方已形成桑林，"星言夙驾，说于桑田"。（《定之方中》）桑树用途广泛，各地大面积地栽桑、养蚕，可以做成纺织品，"氓之蚩蚩，抱布贸丝"（《氓》）。而"桑葚"还可食用，"于嗟鸠兮，无食桑葚！"（《氓》）

渔业方面。卫国境内多河流，如黄河、淇水、濮水、百泉等，水资源丰富，因而渔业发达。"邶鄘卫"风诗有关其地渔猎情况的内容也较为丰富，如《新台》中提到了如何设网捕鱼："鱼网之设，鸿则离之。"鱼网有不同的种类："施罛濊濊，鳣鲔发发。"（《硕人》）"罛"是鱼网。《尔雅·释器》："鱼罟谓之罛。"❶"罛"就是大鱼网（见图1-1）。《竹竿》中还描写了竹质的鱼竿："籊籊竹竿，以钓于淇。"远嫁的卫女想起了儿时用长长的钓竿，在淇水之畔钓鱼的情景，引发了对父母、故园的无限思念。

卫风还专门描写了捕鱼的方法，《谷风》："毋逝我梁，毋发我笱。""梁"指的是石堰，是卫人设置的捕鱼通道。《周礼·天官》："渔人掌以时渔为梁。"❷即渔人根据时机，在河中设"梁"拦住水流，中间留一个缺口，鱼可以从中通过。先民将"梁"和"笱"

---

❶ （晋）郭璞注，（宋）邢昺疏，李学勤主编. 十三经注疏：尔雅注疏[M]. 北京：北京大学出版社，1999：138.

❷ （汉）郑玄注，（唐）贾公彦疏，李学勤主编. 十三经注疏：周礼注疏[M]. 北京：北京大学出版社，1999：11.

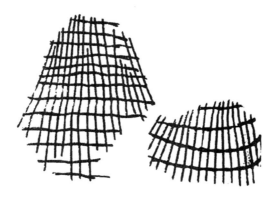

图1-1　河南信阳出土竹编的鱼罩

《华夏考古》，1989年第2期，第9页

配合进行捕鱼。"笱"是捕鱼的工具，《说文解字》："笱，曲竹捕鱼具也。从竹句，会意。句亦声。承于石梁之孔，鱼入不得出，又有以薄为梁笱承之者，谓之寡妇之笱。"❶《周礼》："季冬，命鱼师为梁。"郑注："梁，水偃也。偃水为关空，以笱承其空。"❷ 随着捕鱼工具的不断改进（见图1-2），先民捕捞鱼类的能力随之提高，收获的鱼类品种、数量有明显增加，"邶鄘卫"风诗中随之出现了众多的鱼类，如鳣、鲤等十几种。

（二）手工业

卫国的手工业分工精细，技术水平较高。"邶鄘卫"风诗中涉及的手工业门类众多，诸如纺织业、青铜铸造业、玉石骨竹加工业等，几乎囊括了当时所有的门类。

---

❶ （汉）许慎撰，（宋）徐铉校定．说文解字［M］．北京：中华书局，2013：45.

❷ （汉）郑玄注，（唐）贾公彦疏，李学勤主编．十三经注疏：周礼注疏［M］．北京：北京大学出版社，1999：79.

图1-2　河北藁城台商朝遗址出土的网坠

《藁城台西商代遗址》，文物出版社 1985 年版，第 61 页

其一，纺织业。纺织业是卫国的主要手工业部门之一，如《简兮》所写："有力如虎，执辔如组。""组"就是织布过程中，穿梭纺织。诗中男主人公武舞时，手执缰绳左右驰骋，如穿梭织锦一般。"邶鄘卫"风诗对卫国手工业的原料、技术、产品、染色工艺等方面亦多有记载。

卫国的纺织原料主要是丝、麻、葛、皮毛等。首先是丝织品，《安阳》："'蚕'这个字确在一片甲骨刻辞中出现，并受某种祭享。看来殷商人已植桑养蚕。"❶ 卫风时期，黄河流域的周、晋、郑、卫、曹等国普遍种桑养蚕。桑园的规模很大，桑树成林，枝叶繁茂，成为人们采摘、游玩、自由约会的场所。《桑中》："期我乎桑中，要我乎上宫。""桑"被制作成"丝"等织物，制作水平也较以往大为提高。《硕人》记载的"衣锦褧衣"之"锦"，《干旄》中的"旄""旟""旌"等各种各样的旗帜，它们都是用丝线制成的（见图1-3）。

其次是葛麻织品。丝织品主要是贵族们使用，一般老百姓穿着最多的还是用麻、葛制成的衣物。《诗经》中涉及"葛"的采集、种植和纺织的为数不少。《绿衣》："绤兮绤兮，凄其以风。"《君子

---

❶　李济. 安阳 ［M］. 上海：上海人民出版社，2007：98.

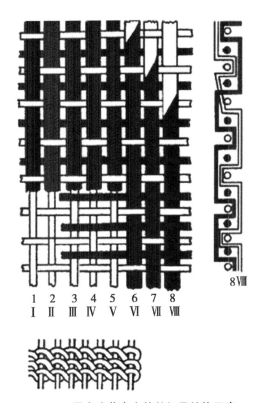

图1-3 周人殉葬出土的丝织品结构示意

上为两色织锦，下为编织网，山东临淄郎家庄1号东周墓

《考古学报》，1977年第1期，第84页

偕老》："蒙彼绉絺，是绁袢也。"《毛传》："絺之靡者为绉。"❶
《说文》："絺，细葛也。"❷ 麻又分大麻、芒麻、葛麻等，《陈风·

---

❶ （汉）孔安国注，（唐）孔颖达疏，李学勤主编.十三经注疏：尚书正义［M］.北京：北京大学出版社，1999：376.

❷ （汉）许慎撰，（宋）徐铉校定.文解字［M］.北京：中华书局，2013：278.

东门之池》所说的"东门之池，可以沤麻。彼美淑姬，可与晤歌"。"沤麻""沤菅"，说明人们已经懂得对麻进行加工处理。

染色在西周已发展成一项专门的技术，所以《周礼》中有专掌染色的官职，《周礼·地官》："掌以春秋敛染草之物。"❶ 还有"染人""设色之工"等。《邶风·绿衣》里有"绿衣黄裳"句，指的是绿色的上衣、黄色的下衣，可以看出当时的卫人已经可以将"丝""麻"等织物染成鲜亮的颜色。《论语·阳货》："恶紫之夺朱"❷，不仅说明礼制的变化，也反映了当时染色技术的发展和提高。这说明春秋时服装色彩的多样化，已成为时代的趋势。

其二，青铜制造业。"邶鄘卫"风诗时代，青铜制造业是最重要的手工行业之一。卫国继承商代先进的青铜铸造技术，并有所发展，这一点在考古发掘中已经得到印证。如河南浚县辛村卫国墓、辉县琉璃阁卫国墓等考古发掘，出土物品有鼎、壶、缶等青铜礼器，铜戈、矛、镞等青铜兵器，也有青铜车马、佩饰等。精美的出土青铜器，证明了卫国青铜制造业的发达。20 世纪 30 年代，浚县辛村卫国墓地的发掘，曾震动中国考古界，著名的康侯簋就出土于此（见图 1-4）。

"邶鄘卫"风诗中，有相关青铜器的记载。如《击鼓》中的"鼓"："击鼓其镗，踊跃用兵。"《周礼》："以鼖鼓鼓军事，以鼛鼓鼓役事，以晋鼓鼓金奏。以金镯和鼓，以金镯节鼓，以金铙止鼓，以金铎通鼓……凡军旅，夜鼓鼜，军动，则鼓其众。"❸《司马法》：

---

❶ （汉）郑玄注，（唐）贾公彦疏，李学勤主编. 十三经注疏：周礼注疏 [M]. 北京：北京大学出版社，1999：188.

❷ （清）刘宝楠. 诸子集成：论语正义 [M]. 上海：上海书店出版社，1998：370.

❸ （汉）郑玄注，（唐）贾公彦疏，李学勤主编. 十三经注疏：周礼注疏 [M]. 北京：北京大学出版社，1999：315—318.

图 1-4　河南浚县辛村卫国贵族墓地出土的康侯簋

《商周彝器通考》，上海人民出版社 2008 年版，第 259 页

"千人之师执鼙，万人之师执大鼓。"❶ "兵"指的是戈、戟类的兵器，《芄兰》有"容兮遂兮，垂带悸兮"句，"容"，《诗集传》："容刀，容饰之刀也。"《释名·释兵》："佩刀，在佩旁之刀也；或曰容刀，有刀形而无刃，备仪容而已。"❷ 还有其他青铜器皿，如《简兮》"赫如渥赭，公言锡爵"句之"爵"，是酒器的一种；《柏舟》"我心匪鉴，不可以茹"句之"鉴"，即镜子，也是青铜制品。

其三，玉石加工业。"邶鄘卫"风诗中，有大量的玉、石、骨制品的记载。春秋时用玉、石、骨制成的装饰品，尤为各级贵族珍视。"玉"是交往、祭祀、随葬时所用的重要器物，于文献中常有记载。人们身体随饰众多玉石："有匪君子，充耳琇莹，会弁如星"中说的"琇"，《木瓜》中的"琼琚""琼瑶""琼玖"等都是佩玉。卫风中还有关于玉石制造技术的描写："有匪君子，如切如磋，如琢如磨。"《尔雅·释器》："金谓之镂，木谓之刻，骨谓之切，象谓之磋，玉谓之琢，石谓之磨。"❸ 可见彼时的玉石业制作已有

---

❶　（汉）郑玄注，（唐）贾公彦疏：周礼注疏．十三经注疏［M］．上海：上海古籍出版社，2019：836.

❷　（汉）刘熙．释名［M］．北京：中华书局，1985：111.

❸　（晋）郭璞注，（宋）邢昺疏，李学勤主编．十三经注疏：尔雅注疏［M］．北京：北京大学出版社，1999：148.

刀斧切割、打磨、雕刻，以及抛光等工序。近年来在卫国故城东发现有 9 万平方米的冶铁遗址，还有面积为近 3 万平方米的制骨作坊，反映了卫国古代手工业的繁荣。❶

其四，其他手工制造业。《卫风》中的竹制品种类也很多。有竹席，《柏舟》："我心匪席，不可卷也。"有遮蔽车子的竹帘，《硕人》"翟茀以朝，大夫夙退，无使君劳"中的"茀"即是。孔《疏》："妇人乘车不露见，车之前后设障以自蔽隐，谓之茀。"❷ 竹子还被制成武器、乐器等，如《伯兮》："伯也执殳，为王前驱。""殳"，朱熹解释为"长丈二而无刃"，应为一种长矛类武器。❸《静女》中"贻我彤管"之"彤管"，其解释之一是竹类乐器，《说文》："管，如篪，六孔，十二月之音。物开地牙，故谓之管。"❹《历代诗话》卷一"彤管"："王介甫言：'俟我于城隅，静女之俟我以礼也。贻我彤管，静女之贻我以乐也。'徐安道注音辨云：'彤，赤漆也。管，谓笙箫之属。'"❺ 而《定之方中》"椅桐梓漆，爰伐琴瑟"中，有关于漆树种植的记载，也从侧面反映了当时漆器业的发展（见图 1-5）。

（三）商业

殷代商业繁荣，《商颂·殷武》载"商邑翼翼，四方之极。赫赫厥声，濯濯厥灵"。殷商延续几百年的繁荣商业对卫国产生很大

---

❶ 陈静. 卫国故城：见证古城朝歌的繁荣昌盛 [J]. 淇河文化研究，2013（8）.

❷ （汉）毛亨传，（汉）郑玄笺，（唐）孔颖达疏，李学勤主编. 十三经注疏：毛诗正义 [M]. 北京：北京大学出版社，1999：224.

❸ （宋）朱熹集注. 诗集传 [M]. 上海：上海古籍出版社，1958：40.

❹ （汉）郑玄注，（唐）贾公彦疏，李学勤主编. 十三经注疏：周礼注疏 [M]. 北京：北京大学出版社，1999：93.

❺ （清）吴景旭. 历代诗话 [M]. 上海：世界书局，1961：76.

湖北随县曾乙侯墓出土的殳

《文物》，1990 年第 2 期，第 72 页

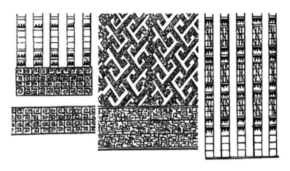

图 1-5　山西长子县东周出土漆箱残片花纹

《考古学报》，1984 年第 4 期，第 52 页

影响。周代亦农亦商的产业政策，也促进了卫国商业的兴盛。"邶鄘卫"风诗中所载的商业活动比较丰富，大到国计民生，小到个体商贩都有记载。狄人灭卫后，文公迁都楚丘，《左传·闵公二年》："卫文公大布之衣，大帛之冠，务材训农，通商惠工，敬教劝学，授方任能。"❶"通商惠工"是卫文公中兴卫国的主要政策，卫国国

---

❶（西晋）杜预. 春秋经传集解［M］. 上海：上海人民出版社，1977：219.

力迅速得到有效恢复："元年革车三十乘，季年乃三百乘。"文公实行的"务材、训农、通商、惠工"等政策，对卫国农工商业的发展是有利的。卫国境内河流众多，为摆渡者提供了生活机会，也是小的商业活动表现。《匏有苦叶》："招招舟子，人涉卬否。"靠摆渡挣钱，亦是一种商业行为。

魏源《诗古微》"桧郑答问"中，对"邶鄘卫"之地及周边东方各国的商业情况有切当的评述："三河为天下之都会，卫都河内，郑都河南……据天下之中，河山之会，商旅之所走集也，商旅集则货财盛，货财盛则声色辏。"❶当时列国经济都会有"富比陶卫"之说，如刘向《战国策》所言："裂地定封，富比陶卫。"❷《史记·货殖列传》也陈述了当时商业的繁荣："北通燕、琢，南有郑、卫。"❸卫国商业繁荣景象可见一斑。

卫国有较为广袤的贸易地域，形成了更多的商品交易场所。《氓》："送子涉淇，至于顿丘。""顿丘"是历史上繁华的商业城邑，《史记·五帝本纪》谓舜："就时于负夏"，《尚书大传》："（舜）贩于顿丘，就时负夏。""就时"，《史记索隐》："就时犹逐时，若言乘时射利也。"❹这个抱布贸丝的小商人来往于顿丘、乡村间进行商业活动。

三、卫国水陆交通

社会经济的繁荣离不开便利的交通，《春秋大事表》载，"卫

---

❶ （清）魏源. 诗古微［M］. 长沙：岳麓书社，2004：266.

❷ （西汉）刘向编，何建章注. 战国策注释［M］. 北京：中华书局，1990：464.

❸ （汉）司马迁. 史记［M］. 杭州：浙江古籍出版社，2000：985.

❹ （唐）司马贞. 史记索隐（《史记三家注》合本）［M］. 北京：中华书局，1959：368.

地西邻晋，东接齐，北走燕，南拒郑宋"❶，陆路为南北交通之要津。"邶鄘卫"风诗显示，在出行方面，卫地交通水陆工具比较齐备。其中，陆路以车马为主，水路以舟船为主（见表1-2）。

表1-2　"邶鄘卫"风诗中的交通状况

交通工具	篇名	交通信息	疏证
陆路交通	《邶风·匏有苦叶》："济盈不濡轨，雉鸣求其牡。"	軓/轨	《说文》："軓，车轼前也"。孔《疏》引文校正"軓"为"轨"。《考工记》："五分其毂之长。去一以为贤，去三以为轵。郑司农云：贤，大穿也。轵，小穿也。"郑玄《周礼注》："大穿，径八寸十五分寸之八；小穿，径四寸十五分寸之四。大穿甚大，似误矣。"
	《邶风·简兮》："有力如虎，执辔如组。"	辔	《释名》："辔，拂也，牵引拂戾以制马也。"《初学记》："辔之为饰，有衔、勒、镳、羁、缰、靷之类。以成其用也。衔，在口中之言也；勒，络也，络其头而引之；镳，包也，在镳包敛其口也；羁，捡也，所以持制之也；缰，疆也，系之使不得出疆限也。"
	《邶风·泉水》："载脂载辖，还车言迈。"	辖	《说文》："辖，从车害声。一曰辖，键也。"《淮南子·人间训》："车之所以能转千里者，以其要在三寸之辖。"
	《邶风·泉水》："驾言出游，以写我忧。"	驾	《说文》："驾，马在轭中。"《后汉书·舆服志》："所御驾六，余皆驾四，后从为副车。……许慎以为天子驾六、诸侯及卿驾四、大夫驾三、士驾二、庶人驾一。"
	《卫风·淇奥》："宽兮绰兮，猗重较兮。"	重较	《释文》："较，古岳反。车两傍上出轼者。"《考工记》："舆人为车，轮崇、车广、衡长参，如一，谓之参称……以其广之半为之式崇，以其隧之半为之较崇。"朱熹《集传》："重较，卿士之车也。较两轓上出轼者，谓车两傍也。"

❶　（清）顾栋高辑，吴树民、李解民点校．春秋大事表［M］．北京：中华书局，1993：297．

续表

交通工具	篇名	交通信息	疏证
陆路交通	《卫风·硕人》："四牡有骄，朱幩镳镳。"	幩	《说文》："马缠镳，扇汗也。"毛《传》："人君以朱缠镳，扇汗，且以为饰。"宋徐锴《说文解字系传》卷十四："幩，以帛缠马口旁铁，扇汗，使不汗也。"
	《硕人》："朱幩镳镳，翟茀以朝。"	翟茀	《释器》："舆革，前谓之鞎，后谓之茀。"孔《疏》："妇人乘车不露见，车之前后设障以自蔽隐，谓之茀。"毛《传》："翟，翟车也，夫人以翟羽饰车。茀，蔽也。"陈奂《诗毛氏传疏》："茀即车笭"。
	《卫风·氓》："淇水汤汤，渐车帷裳。"	帷裳	《周礼·春官·巾车》："王后之五路……皆有容盖。"郑玄："容，谓襜车。山东谓之裳帏，或曰幢容。"《释名·释床帐》："幢容：幢，童也，施之车盖，童童然以隐蔽形容也。"
水路交通	《邶风·匏有苦叶》："匏有苦叶，济有深涉。"	匏	《诗缉》："匏经霜叶枯落，干之腰以度水。"《国语·鲁语下》："苦匏不材于人，共济而已。韦昭注：'材读若裁。不裁於人，言不可食也。共济而已，佩匏可以渡水也。'"
	《邶风·柏舟》："泛彼柏舟，在彼中河。"《竹竿》："淇水滺滺，桧楫松舟。"	舟	《说文》："舟，船也。古者共鼓货狄，刳木为舟，剡木为楫，以济不通。象形。"《释名》："舟，言周流也。"
	《卫风·竹竿》："淇水滺滺，桧楫松舟。"	楫	《说文》："楫舟，棹也。"《玉篇》："行舟具。檝、檝同。"《释名》："楫，捷也。拨水舟行捷疾也。"《扬子·方言》："楫谓之桡，或谓之櫂。"
	《卫风·河广》："谁谓河广？曾不容刀。"	刀	郑玄《笺》："不容刀，亦喻狭。小船曰刀。"朱熹《诗集传》："小船曰刀。"《正韵》："小船形如刀。"
	《邶风·谷风》："就其深矣，方之舟之。"	方	《说文》："方，併船也。象两舟省总头形。"《尔雅注》："方舟，并两船。"高亨注："方，以筏渡；舟，以船渡。"

（一）陆路交通

"车"在卫国较为普遍，卫地风诗里有很多描写驾车出行的例子。《泉水》写"驾言出游，以写我忧"，指乘马车出游。同时，《泉水》述卫女思归："载脂载辖，还车言迈。"毛《传》："脂辖其车，以还我行也。"郑《笺》："言还车者，嫁时乘来，今思乘以归。"❶《硕人》有"四牡有骄，朱幩镳镳。翟茀以朝"。其描写了婚礼马车的华丽（见图1-6）。

图1-6 青铜器上的一车二马

《殷商青铜器通论》，文物出版社1984年版，第119页

"邶鄘卫"风诗中所言的车乘，在轮舆结构、尺寸大小，以至牵力等方面都有等级配备要求。如《匏有苦叶》"济盈不濡轨，雉鸣求其牡"中的"轨"，《周礼·考工记》："国中九经九纬，经涂九轨。"郑《注》："轨谓辙广，乘车六尺六寸，旁加七寸，凡八尺，是谓辙广。"❷《淇奥》："宽兮绰兮，猗重较兮。"毛《传》：

---

❶ （汉）毛亨传，（汉）郑玄笺，（唐）孔颖达疏，李学勤主编．十三经注疏：毛诗正义［M］．北京：北京大学出版社，1999：168．

❷ （汉）郑玄注，（唐）贾公彦疏，李学勤主编．十三经注疏：周礼注疏［M］．北京：北京大学出版社，1999：1149．

"宽，能容众。绰，缓也。重较，卿士之车。"❶

（二）水路交通

卫国境内河流众多，水路交通也很便利。"邶鄘卫"风诗中出现的"舟"，按照建造材质，有"柏舟""松舟""杨舟"等。如《柏舟》："泛彼柏舟，亦泛其流。"《柏舟》："泛彼柏舟，在彼中河。""柏舟"，原材料为柏木，因其耐寒经霜而异常结实耐用。"邶鄘卫"风诗中有用松木制舟船的记载，《竹竿》有"桧楫松舟"句，"桧楫"是指用桧木做成的船桨，"松舟"是用松木做成的小船。

"邶鄘卫"风诗中，交通工具还有木筏编就的"方"："就其深矣，方之舟之。就其浅矣，泳之游之。"（《谷风》）"方"，《说文》："方，并船也。象两舟，省总头形。"（见图1-7）卫地还保

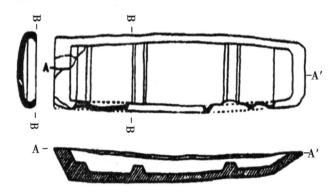

图1-7　胶东半岛出土的古代独木舟剖面

《考古与文物》，1987年第5期，第63页

---

❶　（汉）毛亨传，（汉）郑玄笺，（唐）孔颖达疏，李学勤主编. 十三经注疏：毛诗正义 [M]. 北京：北京大学出版社，1999：219.

留有用葫芦渡水的古风遗韵，《匏有苦叶》："匏有苦叶，济有深涉。深则厉，浅则揭。"《国语》："诸侯伐秦，及泾莫济。晋叔向见叔孙穆子。曰：'诸侯谓秦不恭而讨之，及泾而止，于秦何盖?'穆子曰：'豹之业，及《匏有苦叶》矣。'……叔向退，召舟虞与司马，曰：'夫苦匏不材于人，共济而已。'"❶

第三节 "邶鄘卫"风诗与政治地理

人的生存环境与社会生活密切相关，人类互动需要一定的政治地理空间单位。"邶鄘卫"的研究，需要对"邶鄘卫"风诗地望进行界定。

一、"三监"考

邶国、鄘国、卫国的初立，与周灭商关系很大。商亡之后，武王分封诸叔兄弟，立"三监"以治殷遗。"三监"的界定，对于考证"邶鄘卫"风诗存于的地理空间至关重要。

（一）"三监"问题的形成历史

"三监"问题是周代的历史悬案之一。在"清华简"出现之前，《诗谱·邶鄘卫谱》是所见有关"三监"说法的最早文献记载："武王杀纣，立武庚，继公子禄父。使管叔、蔡叔监禄父，禄父及三监叛。"❷《郑谱》将管、蔡二叔视为"监"，但又提到"禄父及三监叛"。王引之《经义述闻》谓："武庚不数，而以管、蔡、

---

❶ （春秋）左丘明著，邬国义等．国语译注［M］．上海：上海古籍出版社，1994：146.

❷ （汉）毛亨传，（汉）郑玄笺，（唐）孔颖达疏，李学勤主编．十三经注疏：毛诗正义［M］．北京：北京大学出版社，1999：108.

霍为'三监',则自康成始此说。"❶

《逸周书·作雒解》:"武王克殷,乃立王子禄父,俾守商祀。建管叔于东,建蔡叔、霍叔于殷,俾监殷臣。"❷ 此说未提到"三监",亦未言及霍叔结局:"降辟三叔,王子禄父北奔,管叔经而卒,乃囚蔡叔于郭凌。"❸ 司马迁《史记·周本纪》也未出现"三监"之名。《史记·卫康叔世家》则言:"武王已克殷纣,复以殷余民封纣子武庚禄父,比诸侯,以奉其先祀勿绝。为武庚未集,恐其有贼心,武王乃令其弟管叔、蔡叔傅相武庚禄父,以和其民。"❹

班固首次将武庚、管叔、蔡叔三人并为"三叔","河内本殷之旧都,周既灭殷,分其畿内为三国,《诗·风》邶、鄘、卫国是也。邶,以封纣子武庚;鄘,管叔尹之;卫,蔡叔尹之:以监殷民,谓之三监。故《书序》曰:'武王崩,三监叛。'周公诛之,尽以其地封弟康叔,号曰孟侯,以夹辅周室;迁邶、鄘之民于洛邑,故邶、鄘、卫三国之诗相与同风。"❺ 班固认为"邶鄘卫"即"三监"的封地,周公平叛后,三国之地尽归康叔所有,总称为"卫"。

随后,《诗谱·邶鄘卫谱》明确了邶、鄘、卫三地的具体范围:"邶鄘卫者,商纣畿内方千里之地。其封域在《禹贡》冀州大行之东。北逾衡漳,东及兖州桑土之野。周武王伐纣,以其京师封纣子武庚为殷后。庶殷顽民,被纣化日久,未可以建诸侯,乃三分其

❶ (清)王引之. 经义述闻(四部备要第11册)[M]. 北京:中华书局,1989:477.

❷❸ 黄怀信、张懋镕、田旭东撰,李学勤审定. 逸周书汇校集注 [M]. 上海:上海古籍出版社,1995:569.

❹ (汉)司马迁. 史记 [M]. 杭州:浙江古籍出版社,2000:502.

❺ (汉)班固撰,(唐)颜师古注. 汉书 [M]. 北京:中华书局,1962:1647.

地，置三监，使管叔、蔡叔、霍叔尹而教之。自纣城而北谓之邶，南谓之鄘，东谓之卫。……三监导，武庚叛。成王既黜殷命，杀武庚，复伐三监。更于此三国建诸侯，以殷余民封康叔于卫，使为之长。后世子孙稍并二国，混而名之。七世至顷侯，当周夷王时，卫国政衰，变风始作。故作者各有所伤，从其国本而异之，为邶鄘卫之诗焉。"❶ 因此，"邶""鄘""卫"三国地望范围，与"三监"问题关系密切。

(二) "三监"人物的界定

有关"三监"人物的看法，主要分为以下两种。一种观点认为，"三监"是管叔、蔡叔、霍叔。如《帝王世纪》："自殷都以东为卫，管叔监之；殷都以西为鄘，蔡叔监之；殷都以北为邶，霍叔监之。"❷《逸周书》："东谓卫。殷，邶、鄘。霍叔，相禄父也。"❸另一种观点认为，"三监"人物是管叔、蔡叔、武庚。《史记》认为管、蔡、武庚共同叛周："周公乃奉成王命，兴师东伐，作《大诰》。遂诛管叔，杀武庚，放蔡叔。"❹《淮南子》亦言："周公诛管叔、蔡叔，以平国饵乱，可谓忠臣也，而未可谓弟也。"❺ 也未言霍叔之事。此说认为管叔主鄘，蔡叔主卫，武庚主邶，武庚是"三监"之一。

❶ （汉）毛亨传，（汉）郑玄笺，（唐）孔颖达疏，李学勤主编. 十三经注疏：毛诗正义 [M]. 北京：北京大学出版社，1999：108-111.

❷ 山东省古籍整理规划项目组. 二十五史别史：帝王世纪 [M]. 济南：齐鲁书社，1998：43.

❸ 黄怀信、张懋镕、田旭东撰，李学勤审定. 逸周书汇校集注 [M]. 上海：上海古籍出版社，1995：572.

❹ （汉）司马迁. 史记 [M]. 杭州：浙江古籍出版社，2000：480.

❺ （汉）刘安著，（汉）高诱注. 淮南子注 [M]. 上海：上海书店出版社，1996：347.

历代典籍言及管、蔡二叔者最众，凡称"三监"，莫不言管叔，或称管、蔡，或称管、霍。尤其"管叔及其群弟乃流言于国"❶，"立王子武庚，命管叔相"❷，"周公使管叔监殷"❸ 的说法，更表明管叔乃"三监"之首。所以"三监"有管叔，当无可辩驳。

"三监"的部分文献如下。

《尚书正义》："武王死，周公摄政，其弟管叔及蔡叔、霍叔乃放言于国，以诬周公。"❹

《商君书·赏刑》："昔者周公旦杀管叔，流霍叔，曰犯禁者也。"❺

《尚书·周书》："惟周公位冢宰，正百工，群叔流言。乃致辟管叔于商；囚蔡叔于郭邻，以车七乘；降霍叔于庶人，三年不齿。"❻

《史记·管蔡世家》："武王同母兄弟十人。母曰太姒，文王正妃也。其长子曰伯邑考，次曰武王发，次曰管叔鲜，次曰周公旦，次曰蔡叔度，次曰曹叔振铎，次曰成叔武，次曰霍叔

---

❶ （汉）孔安国注，（唐）孔颖达疏，李学勤主编．十三经注疏：尚书正义 [M]．北京：北京大学出版社，1999：376.

❷ 黄怀信、张懋镕、田旭东撰，李学勤审定．逸周书汇校集注 [M]．上海：上海古籍出版社，1995：337.

❸ （清）焦循．孟子正义 [M]．上海：上海书店出版社，1996：172.

❹ （汉）孔安国著，（唐）孔颖达疏，李学勤主编．十三经注疏：尚书正义 [M]．北京：北京大学出版社，1999：337.

❺ （清）严可均．商君书（诸子集成本）[M]．上海：上海书店出版社，1996：29.

❻ （汉）孔安国著，（唐）孔颖达疏，李学勤主编．十三经注疏：尚书正义 [M]．北京：北京大学出版社，1999：451.

处，次曰康叔封，次曰冄季载。"❶

《史记·管蔡世家》："武王之弟，管、蔡及霍。周公居相，流言是作。狼跋致艰，鸱鸮讨恶。"❷

《诗地理考》："《郑氏谱》：邶、鄘、卫者，商纣畿内方千里之地。其封域在《禹贡》冀州大行之东，北逾衡漳，东及兖州桑土之野。周武王伐纣，以其京师封纣子武庚为殷后。庶殷顽民，被纣化日久，未可以建诸侯，乃三分其地，置三监，使管叔、蔡叔、霍叔尹而教之。"❸

上述典籍或称管叔一人监殷，或称管、蔡，但不能因此就断定三监只有管、蔡二人，而没有霍。古人称举或以少概全，或仅言主要，如《尚书·金縢》所说的"群弟"，"武王既丧，管叔及其群弟乃流言于国，曰：'公将不利于孺子'。"❹ 蔡叔一人不成"群"，因此应该有霍叔，不可全视为伪书或窜人。

那么，武庚是不是三监人物之一？

第一，考之以考古材料。2008 年，清华大学公布了部分整理报告《清华大学藏战国竹简》（壹、贰）。《清华简系年》第三章有部分内容与周初武王克商有关，亦是目前所见最早关涉"三监"史事的记载，弥足珍贵。其对重新考量"三监"人物之争，具有重要的史料价值。《系年》相关简文如下："周武王既克殷，乃设三监于殷。武王陟，商邑兴反，杀三监而立彔子耿。成王欨

---

❶ （汉）司马迁．史记［M］．杭州：浙江古籍出版社，2000：491.

❷ （汉）司马迁．史记［M］．杭州：浙江古籍出版社，2000：493.

❸ （宋）王应麟．诗地理考［M］，文渊阁四库全书经部诗类 75 册：643.

❹ （汉）孔安国注，（唐）孔颖达疏，李学勤主编．十三经注疏：尚书正义［M］．北京：北京大学出版社，1999：376.

伐商邑，杀𪾢子耿，飞廉东逃于商盖氏。成王伐商盖，杀飞
（廉）。"❶

　　简文中的"𪾢子耿"，李学勤、白川静等学者都认为，"𪾢子
耿"即为《大保簋》铭文中的"录子𣄰"。《大保簋》铭文："王伐
录子𣄰，𣩾厥反。王降征令于大保。大保克敬亡遣。王迎大保，赐
休余土，用兹彝对令。"❷ 也即《逸周书》和《史记》所载的"王
子禄父""武庚禄父"。"大保簋"之"大"，金文中"大"通
"太"，"大保"即太保召公奭，《尚书·君奭》载："召公为保，周
公为师，相成王为左右。"❸《史记·燕召公世家》："召公奭与周同
姓，姓姬氏，周武王之灭纣，封召公于北燕。"❹"大保簋"被多数
学者定为成王时期所作，而铭文又与成王令大保讨伐录叛乱有关。
清华简文《系年》的出现，恰好与大保簋铭文互证，说明成王征伐
"禄父之乱"这一西周早期的重要史事。所以"禄父"是谁，是考
量三监人物的关键（见图1-8）。

　　关于禄父的来历，汉代已有异说。太史公以为禄父即武庚，
《史记·周本纪》："封商纣子禄父殷之余民。武王为殷初定未集，
乃使其弟管叔鲜、蔡叔度相禄父治殷。"❺《白虎通·德论》亦言：
"禄甫元言武庚名。"《尚书大传·洪范》郑玄注："武庚字禄父，

　　❶ 李学勤．清华大学藏战国竹简下册（二）［M］．上海：中西书局，
2011：141.

　　❷ 马承源．商周青铜器铭文选（一）［M］．北京：文物出版社，
1986：24.

　　❸ （汉）孔安国注，（唐）孔颖达疏，李学勤主编．十三经注疏：尚书正
义［M］．北京：北京大学出版社，1999：438.

　　❹ （汉）司马迁．史记［M］．杭州：浙江古籍出版社，2000：489.

　　❺ （汉）司马迁．史记［M］．杭州：浙江古籍出版社，2000：18.

《系年》简13　　《系年》简14
放大版　　　　放大版

图1-8　清华简·系年

《清华大学藏战国竹简》，中西书局 2011 年版，第 114 页

纣子也。"❶ 颜师古《汉书·地理志》注："武庚即禄父也。"也指

---

❶ （清）陈立撰，吴则虞点校. 白虎通义疏证 ［M］. 北京：中华书局，
1994：370.

"录子"与"武庚"为同一个人。《竹书纪年》先言"武庚叛",后又言"王师灭殷,杀武庚禄父"。《逸周书·作雒解》:"王子禄父北奔"只言禄父,不言武庚。《毛诗·邶鄘卫谱》引《尚书大传》曰:"武王杀纣,立武庚,继公子禄父。"《论衡·恢国》篇:"立武庚之义,继禄父之恩。"❶ 此二者将武庚、禄父视为两人。然而《尚书大传》又说"使管叔、蔡叔监禄父,禄父及三监叛",与孔《疏》引文之前说矛盾,把武庚和禄父又当作了一个人。

关于"录子耴"的"子"字,朱凤瀚的《商周家族形态研究》指出:"此所谓畿内之国,实即商王畿地区内微子家族属地,微是族名,亦是地名,为商人习俗。'子'在这里是指族长而非爵称。"❷ 如微子、箕子等人为王子身份,又是所建宗族的族长。"录子"的称呼,应该与殷王室贵族的称名方式一致。而有关"武庚"的称呼,在诗经、甲骨卜辞等典籍中,商朝统治者如太乙号武王、武汤,小乙称武父乙,文丁称文武、文武丁等,"武庚"可能也是庙号。《风俗通义·佚文》:"禄氏,殷纣子武庚字禄父,其后以王父字为氏。"❸ 武庚的称呼同商人对先王的称呼一致是有可能的。

武王克殷后,即在殷王畿立"三监",而清华简又言"杀三监而立录子耴"。李学勤《清华简〈系年〉及有关古史问题》一文中认为,"至于商邑叛乱杀三监,当然不是杀了三叔,所指大约是参预临管的周人官吏军士。"❹ 认为此处的"杀"或指"录子"抗击"三监"之军。时局如《尚书大传》所云:"奄君、薄姑谓禄父曰:

❶ (汉) 王充. 论衡 [M]. 上海:上海书店出版社, 1996:192.

❷ 朱凤瀚. 商周家族形态研究(增订版)[M]. 天津:天津古籍出版社, 2004:280.

❸ (汉) 应劭撰, 王利器校. 风俗通义校注 [M]. 北京:中华书局, 1981:550.

❹ 李学勤. 清华简《系年》及有关古史问题 [J]. 文物, 2011 (3):73.

'武王既死矣，今王尚幼矣，周公见疑矣，此百世之时也，请举事！'"❶ 殷人之叛，于周公三年东征正式拉开帷幕。

第二，考之以"监"字。有关"监"字含义，《说文》："监，临下也。"❷ 甲骨文中也有"监"字，在甲骨卜辞中，"监"字多作监督、监察解。如"癸丑卜，惟口髭令监凡"（《合集》27740）"王其呼监，大吉"（《屯南》721）❸ 等。《殷代的"史"为武官说》一文认为："由甲骨卜辞看来，史官者正是出使的或驻在外地的一种武官。"❹《礼记·王制》说："天子使其大夫为三监，监于方伯之国，国三人。"❺

另一种解释，认为"监"字为"监国"。郑玄注《周礼·大司马》："建牧立监，以维邦国"，"监，监一国，谓君也。"《周礼·大宰》："乃施典于邦国，而建其牧，立其监"，郑玄注："监谓公侯伯子男，各监一国。"❻ "监国"即国君有事，可代之掌国，在先秦时期这种现象是存在的。《左传·鲁闵公二年》："君行则守，有守则从。从曰抚军，守曰监国，古之制也。"❼《国语·晋语》："非

---

❶ （清）皮锡瑞．《尚书大传》疏证［M］．师伏堂丛书影印本卷五，光绪丙申年间：2-3.

❷ （汉）许慎撰，（宋）徐铉校定．说文解字［M］．北京：中华书局，2013：45.

❸ 胡厚宣总编．甲骨文合集［M］．北京：中华书局，1978：82.

❹ 胡厚宣．殷代的"史"为武官说［C］//，全国商史学术讨论会论文集，1985：188.

❺ （清）朱彬撰，饶钦农点校．礼记训纂［M］．北京：中华书局，1998：171.

❻ （汉）郑玄注，（唐）贾公彦疏，李学勤编．十三经注疏：周礼注疏［M］．北京：北京大学出版社，1999：46.

❼ （西晋）杜预．春秋左传集解［M］．上海：上海人民出版社，1977：225.

故也。君行，太子居，以监国也。"❶ 凡此种种说明，在周代可能存在监国制度。青铜刻文也可以与此互证，西周早期铜器《应监甗》有铭文："应监作宝尊彝。"郭沫若《释应监甗》认为："作器者自称'监'，监可能是应侯或者应公之名，也可能是中央派往应国的监国者。"❷ 综上，"监"字不是统治的意思，而与监督、监国等有关，三监的身份是监视者、监国者。

因此，依据相关史料及清华简文，可以推断，"三监"之人应该是管、蔡、霍三叔。《逸周书·作雒》明言管、蔡、霍三叔，"俾监殷臣"，指明所监的对象为"殷臣"。所谓"殷臣"者，主要是武庚及其部属，当然殷遗也在被监视之列。蔡、霍二叔，对守商祀的武庚近监。管叔则监于朝歌之东，总揽机宜，权力最重。《逸周书·大匡》云："惟十有三祀，王在管。管叔自作殷之监，东隅之侯咸受赐于王。王乃旅之，以上东隅。"❸ 认为武庚不是"三监"人物之一，应包括在被监视的殷臣之内，是被监视的对象。将武庚与管、蔡并称三监，以监殷民，与当时形势和记载不合。❹ 《尚书·大诰》："武王崩，三监及淮夷叛"❺，没有提到武庚，或因为武庚之叛在意料之外、情理之中。而"三监"作为周之王室骨亲，却最后叛乱，事态更为严重。

---

❶ （春秋）左丘明著，邬国义、胡果、李晓路撰．国语译注［M］．上海：上海古籍出版社，199：237.

❷ 郭沫若：释应监甗［M］．《考古学报》，1960：109-110.

❸ 黄怀信、张懋镕、田旭东撰，李学勤审定．逸周书汇校集注［M］．上海：上海古籍出版社，1995：394.

❹ 杨宽．论西周初期的分封制［C］//纪念顾颉刚学术论文集，成都：巴蜀书社，1990.

❺ （汉）孔安国注，（唐）孔颖达疏，李学勤主编．十三经注疏：尚书正义［M］．北京：北京大学出版社，1999：341.

"三监"消亡后，邶、鄘、卫地望随之发生变化，周公尽以"三监"之地封于康叔。

二、"邶鄘卫"地望考

"邶鄘卫"地望，汉以来有三种说法影响最大。一种情况是从郑玄始，以管叔、蔡叔、霍叔为"三监"。"邶鄘卫"地望就是"邶"在殷都北、"鄘"在殷都南、"卫"在殷都东。晋代孔晁、皇甫谧，唐代颜师古等都沿袭此说。此外，以《汉书·地理志》为开端，历代学者多认为"三监"人物为武庚、管叔、蔡叔，那么"邶鄘卫"三风所在地望，则"邶"在殷都北，"鄘"在殷都东，"卫"在殷都旧地。近现代以来，王国维、陈梦家、顾颉刚等大家则持邶、鄘、卫的地望范围更大的观点。

（一）"邶国"考

古代邶国，具体史事从目前文献记载来看，无法详考，可征考的痕迹，也仅存于些许载籍中。周初，武王灭商，封武庚以殷之遗民，三分其地于"三监"，"三监"是谁？邶国封于谁？邶国之地望何处？典籍中说法不一，甚至有相互抵牾之处。"三监"之乱后，邶鄘二地虽然很快便被并入卫国，邶、鄘之名相继废弃，但关于邶地的具体地理位置仍在讨论中。

关于邶国地望的观点一般有下面几种说法："易水涞水有北国说""邶国在朝歌北部附近""两邶国说"等。

其一，易水涞水的"北国"。光绪庚寅年（1890）间，河北涞水张家洼出土一批"北伯"铜器，后在易州又出土"大且""大父""大兄"三戈等西周铜器。王国维据此在《北伯鼎跋》中提出："彝器中多北伯北子器，不知出于何所，光绪庚寅，直隶涞水县张家洼又出北伯器数种，余所见拓本有鼎一、卣一……北盖古之邶国也……今则殷之故虚得于洹水，《大且》《大父》《大兄》三戈

出于清苑，则邶之故地自不得不更于其北求之。余谓邶即燕，鄘即
鲁也。"❶ 此说一出，从者甚多。如丁山《殷商氏族方国志》也认
为："北在涞水，庸在易水。"❷

　　"北伯""北子"铜器确实制作于邶国，清代《捃古录金文》
《缀遗斋彝器款识考释》早有此说。如《缀遗斋彝器款识考释》论
"北伯鬲鼎"："按：'北'字为二人相背之形，说详前《背父乙鼎
铭》，释此曰'北伯'，自是国名，字又作邶，《说文》：'邶，故商
邑，在河南朝歌以北。'《诗谱》曰'自纣城而北谓之邶'。《汉书
·地理志》集注：'邶或作部。'是邶之命名正以其在殷都之北。
武王克商，分纣城而封之者，特其事不详，得此铭，知其爵为伯，
可补经传之阙。"❸ 但出土铜器可以因种种原因远迁。1961年，湖
北江陵万城出土一批铜器，其中有一个"北子"铜甗，为西周中期
制作。关于这批铜器的国别，郭沫若认为就是《诗经》中邶、鄘、
卫之"邶"，原出自中原地区，后因某种原因辗转流徙于湖北。因
此杨宽等学者认为，单凭一些出土文物就界定器物原出国在哪里，
不能完全令人信服。如，依照此种方法推论，辽宁喀左一墓中同时
出土有孤竹国器物和箕国器物就无法解释。❹

　　商代在国都殷以北，确实有一块较大的直属统治区。《史记·
殷本纪》说商王祖乙建都于邢，《通典》卷一七八"巨鹿郡邢州"

　　❶ 王国维. 观堂集林 [M]. 北京：中华书局，1977：885-886.
　　❷ 丁山. 殷商氏族方国志 [M]. 北京：中华书局，1988：87.
　　❸ 刘庆柱，段志洪，冯时. 金文文献集成（14册）[M]. 北京：线装书
局，2005：80.
　　❹ 郭大顺，秋山进午. 东北亚考古学研究——中日合作研究报告书 [M].
北京：文物出版社，1997：217-236.

条，谓"古祖乙迁于邢，即此地"。❶ "邢"，《世本》和《书序》都作"耿"，"耿"与"邢"古音同，通用。近年在此地发现早商文化遗址，可以证明《通典》之说可信。《竹书纪年》载："自盘庚徙殷至纣之灭，二百七十三年，更不徙都。纣时稍大其邑，南距朝歌，北拒邯郸及沙丘，皆为离宫别馆。"❷ 因此，朝歌与沙丘之间应当也属商纣之地。《括地志》："沙丘台在邢州平乡东北二十里。"❸ 可见纣时商王畿已达邢台一带。邢台附近有个漳河，古名漳水，为卫河支流，有清漳河与浊漳河两源，两源在河北西南合漳村汇合后称漳河。《水经·浊漳水》载："（浊漳水）又东北过曲周县东，又东北过巨鹿县东，又东北过信都县西。"郦道元："衡水又北，径昌城县故城西，《地理志》曰：'信都有昌城县。'"❹ 可见，殷商之地最北界限，与《竹书纪年》所载北距沙丘说所指地域基本一致，均认为商地北界在邢台一带。《泉水》有诗句："出宿于干，饮饯于言。载脂载辖，还车言迈。遄臻于卫，不瑕有害。"《元丰九域志》邢州古迹"干言山"条引《水经注》："'浥水又经干言山'《邶诗》曰：'出宿于干，饮饯于言'是也。"❺ 《一统志》："《卫

❶ （唐）杜佑撰，王锦文、王永兴等点校．通典［M］．北京：中华书局，1992：4699.

❷ 王国维撰，黄永年点校．古本竹书纪年辑校·今本竹书纪年疏证［M］．沈阳：辽宁教育出版社，1997：122.

❸ （唐）李泰著，贺次君辑校．括地志［M］．北京：中华书局，1980：91.

❹ （北魏）郦道元著，陈桥驿校证．水经注校证［M］．北京：中华书局，2007：198.

❺ （宋）王存撰，王文楚、魏嵩山点校．元丰九域志［M］．北京：中华书局，198：80.

风》'出宿于干，饮饯于言'即此地。"❶ 说明邶国地界离邢台不远。

《逸周书·作雒解》："武王克殷，乃立王子禄父，俾守商祀。"❷ 武王封武庚目的之一是"奉守商祀"，商祀社在安阳，故封武庚于安阳附近才能守商祀，则邶地望应离安阳不远。安阳县东 30 里有个汲县，汲县 1988 年改名为卫辉市，清顾栋高《春秋大事表·爵姓存灭》："今河南卫辉府东北有邶城。"二者互相印证。此外，武王设置三监的目的，在于加强控制商代原王畿之地，而商祀之地不会远到河北涞水、易县，西周初邶国自不会封于此地。如此，邶国之境更不会远到燕地。

如果王国维先生所说的"邶国"非"邶鄘卫"之"邶国"，那么它又是哪里？它或指的是殷墟卜辞中所说的"北方"，如：

　　　1. 于北方奴擒？（《合集》2170）

　　　2. 于北方乎南飨？（《合集》1379）

　　　3. 辛亥卜，北方其出？（《合集》32030）

　　　4. 庚寅贞：王其征北方？（《合集》1066）

考之甲骨卜辞，"北"基本有两种意思，第一种指"北方"，如"辛亥卜，内贞：帝于北方曰伏风。"（《合集》14295）"北方受禾?"（《合集》33244）等。但"北"指北方的含义比较少见。先秦时期，❸ 在更多情况下，典籍中的东、西、南、北方位多用"土"字表示。

---

❶ （清）王士禛 撰，赵伯陶点校. 古夫于亭杂录 [M]. 北京：中华书局，1988：2.

❷ 黄怀信、张懋镕、田旭东撰，李学勤审定. 逸周书汇校集注 [M]. 上海：上海古籍出版社，1995：394.

❸ 郭沫若主编，胡厚省总编. 甲骨文合集 [M]. 北京：中华书局，1982.

《左传·昭公九年》："我自夏以后稷，魏、骀、芮、岐、毕，吾西土也。及武王克商，蒲姑、商奄，吾东土也；巴、濮、楚、邓，吾南土也；肃慎、燕、亳，吾北土也。"● 魏、商奄、濮等为方国名，那么，"北方"也应该是方国名。北国既然在商代晚期已是一独立的方国，就不可能是周代所封的"三监"之所。所以，"邶入于燕"说是不正确的，其与"邶鄘卫"之"邶国"是两个不同的"北国"。《孟子·万章下》云："天子之制，地方千里。公、侯皆方百里，伯七十里，子男五十里。"❷ 周公封康叔为卫，从版图上也不可能扩大到河北。

其二，邶国在"朝歌北部附近"界定。关于邶在"朝歌北部附近"的观点，传统说法大多主张邶国在今豫北地区。

《说文》："邶，故商邑，自河内朝歌以北是也。"

《续汉书·郡国志》："河内郡朝歌亦称'北有邶国'。"

《说文句读》："《诗》曰：'商邑翼翼'，则商邑者为邦故也。云故者，谓周分朝歌以北建邶国，而求其故，则本是商邑也。"

《玉篇》："纣城东曰卫，南曰鄘，北曰邶。"

《诗毛氏传疏》："武庚以邶为国都，称邶国。在朝歌北。"

《诗谱·邶鄘卫谱》："自纣城而北谓之邶。"

《帝王世纪》："殷都以北为邶。"

《诗经解说》："邶：古国名。周武王封殷纣王的儿子武庚于邶。一说，周武王封其弟管叔、蔡叔、霍叔为三监，霍叔居

● （西晋）杜预. 春秋左传集解［M］. 上海：上海人民出版社，1977：1323.

❷ （清）焦循. 孟子正义［M］. 上海：上海书店出版社，1996：405.

邶。'邶，故商邑，自河内朝歌以北是也'。"❶

上述文献在邶、鄘、卫具体地望上，看法各异，但共同点是，都认为邶国位于原殷都朝歌之北。从文献看，《左传·定公四年》载，春秋时卫国大夫记载卫国初封的疆界是："自武父以南，及圃田之北竟，取于有阎之土，以共王职……取于相土之东都，以会王之东蒐。"❷ 卫大夫自论本国封地，应该是比较可信的。杜注："有阎，卫所受朝宿邑，盖近京畿。"杨伯峻："相土之东都为今河南商丘市。然《通鉴地理通释》四云：'商丘当作帝丘。'则东都当为今河南濮阳县。"❸

考之考古发现。今河南汤阴县东南瓦岗乡有个邶城村，乾隆《汤阴县志》载："邶城在县东三十里，此武王灭殷、分封诸侯，封纣子武庚于此。"❹ 汤阴县邶城村位置，正好在殷都朝歌东北方向，距今淇县县城约 40 千米。河南门户网站"大河网"于 2013 年 1 月 7 日发表了题为《汤阴发现邶城商周古城墙　距今 3050 多年历史》的新闻："汤阴县邶城商周古城考古调查获得重要发现。一段有着 3050 多年历史的邶城古城墙，在汤阴县东南 16 公里瓦岗乡邶城村被找到，内含商代晚期陶片，夯土清晰，夯窝整齐，商周特征明显。邶城遗址东西长 1564 米，南北宽 1050 米，总面积约 1642200 平方米。遗址西北角探沟显示，耕土与黄褐色扰土 0.50~0.60 米以下为商代文化层，依次由黄灰土、料礓石、黄褐土组成，土质坚硬，均为夯打而成。呈现有车轧痕迹、夯窝，出土有素面、

❶　陈铁镔．诗经解说 [M]．北京：书目文献出版社，1985：272．
❷　(西晋) 杜预．春秋左传集解 [M]．上海：上海人民出版社，1977：1323．
❸　杨伯峻．春秋左传注 [M]．北京：中华书局，1995：1539．
❹　殷时学校注．乾隆汤阴县志 [M]．汤阴：汤阴县志总编室，2003：78．

划线纹、细绳纹、蓝纹等泥质陶片。文化层厚 0.60~1.50 米。"
"邶城商周古城的更大范围，城门、宫殿区、平民区、作坊区、水
井、道路等设施的确切位置，尚待进一步调查。"邶城村已发掘的
可辨遗迹有：冢子，邶城村东北，传为古观兵台；教场路，村东，
传为古人习武处；城隍岭，村西 30 米处钻探发现。同时，地下发
现有方形城垣。此外，在观兵台东路东南有一块平地，发现有三棱
形铜镞，城内还可见到战国、汉代遗物，因此该城的沿用时间较
长。若言此地应为古邶国，当属可信。

考之"邶鄘卫"诗篇。《邶风》有《旄丘》一诗，但诗文中并
未提及"旄丘"的形状。《尔雅·释丘》："前高，旄丘。"❶ 朱熹
《诗集传》："前高后下曰旄丘。"❷ 在邢台中部，有个隆尧县，其西
半部，古为柏人县，有一座山，叫旄山。《太平寰宇记》："有宣务
山，一曰虚无山，高一千一百五十尺。"❸ 为东北往西南的走向，
南部高。山下，有个村庄叫"旄山村"。"旄"，甲骨文称"蘆"。
《颜氏家训集解》："柏人城东北，有一孤山。世俗或呼为宣务山，
或呼为虚无山，莫知所出。""余尝为赵州佐，共太原王邵读柏人城
西门内碑。碑是汉桓帝时柏人县民为县令徐整所立，铭曰：'山有
蘆嵍，王乔所仙。'方知此蘆嵍山也，'蘆'字遂无所出，'嵍'字
依诸字书，即《旄丘》之'旄'也。'旄'字，《字林》一音'亡
付反'，今依附俗名，当音'权务'耳。"❹ 而《太平寰宇记》卷

---

❶ （晋）郭璞注，（宋）邢昺疏. 十三经注疏：尔雅注疏 [M]. 北京：北
京大学出版社，1999：205.

❷ （宋）朱熹. 诗集传 [M]. 北京：中华书局，1958：23.

❸ （宋）乐史撰，王文楚等点校. 太平寰宇记 [M]. 北京：中华书局，
2007：98.

❹ 王利器. 颜氏家训集解（增补本）[M]. 北京：中华书局，2002：498.

五七载："旄丘在檀州临河县东，今大名府开州也。"❶ 今属于河南内黄县。另，《邶风·凯风》有"爰有寒泉，在浚之下"。《诗地理考》："《通典》：'寒泉，在濮州濮阳县东南浚城。'《水经注》：'濮水枝津东迳浚城南而北，去濮阳三十五里。城侧有寒泉冈，即《诗》'爰有寒泉，在浚之下'。案濮阳县，故城在今河北濮阳县南。"❷ 如前，则汤阴、邢台、濮阳、内黄等地在邶国故地境内。

综上，从前文可见，"邶在朝歌以北"的说法，是比较接近真相的。邶国的大致地理位置，即为今河南淇县（古朝歌）以北，辐射及河南北部、河北南部一带，包括濮阳、安阳等地方，治所在汤阴县，其北界可能抵达今河北南部的邢台。

（二）"鄘国"考

邶、鄘、卫三国中，地望有争论的，还有鄘国。《汉书·地理志》："武王崩，三监叛，周公诛之，尽以其地封弟康叔，号曰孟侯，以夹辅周室；迁邶、庸之民于洛邑，故邶、鄘、卫三国之诗相与同风。"❸ 鄘亡之后，其地并入卫国版图。《古今姓氏书辨证》谓："庸，出自商诸侯之国，以国为氏，仕卫为世侯。"❹ 说的就是鄘人仕卫的历史。关于鄘国地望问题，古文献上没有太多明证，有待于进一步的探索。

鄘国之名，仅在文献中有一些遗存。"鄘"，《康熙字典》：

❶ （宋）乐史撰，王文楚等点校. 太平寰宇记［M］. 北京：中华书局，2007：1180.

❷ （宋）王应麟撰，王京州、江合友点校. 诗地理考［M］. 北京：中华书局，1995：397.

❸ （汉）班固撰，（唐）颜师古注. 汉书［M］. 北京：中华书局，1962：1647.

❹ （宋）邓名世撰，王力平点校. 古今姓氏书辨证［M］. 南昌：江西人民出版社，2006：33.

"《广韵》《集韵》《韵会》馀封切，音庸。《说文》南夷国也。又《集韵》纣畿内地名。"公元前11世纪，周武王与"庸"等800诸侯一起讨伐商纣。周武王曰："……庸、蜀、羌、髳、微、卢、彭、濮人，称尔戈、比尔干，立尔矛，予其誓。"❶ 这是鄘国被提及的最早资料。鄘国是讨伐商纣的参战国，战胜后，可能获得了一些新的土地。后来，周营建都城洛邑，"迁邶、鄘之民于洛邑"。《新集天下姓望氏族谱》："洛州河南郡（今洛阳）二十三姓有庸氏。"❷若上述引证材料准确的话，"鄘"应该在成周附近。

关于"鄘"的位置，学界基本有三种观点。第一，朝歌之南。郑玄认为"鄘"在纣都之南。有"中卫、南鄘、东邶"之说。罗泌《路史·国名纪》卷四在"鄘"字下沿用郑说，认为"今卫之汲东北十三里有故鄘城，有鄘水"。❸《玉篇》："纣城东曰卫，南曰鄘，北曰邶。"❹《广雅》："东曰卫，南曰鄘，北曰邶。"朱熹《诗集传》也认为："朝歌而北谓之邶、南谓之鄘。"❺ 第二，朝歌之西。与郑玄同时的服虔、稍后的王肃认为"鄘在纣都之西"。孔颖达《正义》引皇甫谧《帝王世纪》也说："殷都以西为鄘。"第三，朝歌之东。魏源《诗古微》："盖朝歌本在沫邑，纣、武庚、康叔皆在于此。自都城而东谓之鄘，自都城而北谓之邶，自都城而南谓之卫，故周公临卫攻殷。其实邶、鄘即其附郭之地。同治一城，故

---

❶ （汉）孔安国注，（唐）孔颖达疏，李学勤主编．十三经注疏：尚书正义［M］．北京：北京大学出版社，1999：284．

❷ 郑炳琳．敦煌地理文书汇辑校注［M］．兰州：甘肃教育出版社，1989：326．

❸ （宋）罗泌．路史［M］：上海：上海古籍出版社，2003：162-163．

❹ （晋）顾野王撰，胡吉宣校注．玉篇校释［M］．上海：上海古籍出版社，1989．15．

❺ （宋）朱熹．诗集传［M］．北京：中华书局，1958：15．

谓卫为‘沬乡’，而不可谓‘沬南’也。”❶ 陈奂《诗毛氏传疏》：“武庚以邶为国都，称邶国，而鄘与卫皆其下邑。成王时封康叔于纣之故都，更名曰卫，称卫国，而邶与鄘又皆其下邑。卫即朝歌，邶在朝歌北，鄘在朝歌东。”❷

其一，“鄘”在朝歌西说。从地形地貌看，鄘在朝歌之西可能性不大，因淇县以西属于太行山脉，为朝歌的天然屏障，设置卫所没太大必要。相对而言，监国地望设置在朝歌以南、以北、以东之地，比较符合军事要求。既然不能在朝歌西部，鄘的西界在哪里？《水经注》有文：“河水又东，合庸庸之水……河水又东，迳平阴县北……河水又会瀑水。”“瀑”，《水经注》“水出垣县王屋西山瀑溪”“堵水又东北迳上庸郡，故庸国也”。❸《竹山县志》载：“堵河，史书称堵水，一名庸水，亦称武陵水。堵河北源竹溪汇湾河，南源官渡河。”瀑水、堵水在地图上均指向今河南济源附近。所以鄘的西界可能接近这个地方。

其二，“鄘”在朝歌东说。鄘在朝歌东部，是否有一定道理？侯外庐《中国古代社会史论》认为，在西周“封国即是筑城”“城市=国家”❹，所谓“纣城以南谓之鄘”只是个含糊的概念。《逸周书·作雒解》：“武王克殷，乃立王子禄父，俾守商祀。建管叔于东，建蔡叔于殷，俾监殷臣。武王既归，乃岁十二月，崩，镐殡于岐周。周公立相，天子三叔及殷东徐奄及熊盈以略。周公、召公内

❶ （清）魏源．诗古微［M］．长沙：岳麓书社，2004：68.

❷ （清）陈奂．诗毛氏传疏［M］．上海：商务印书馆，1933：50.

❸ （北魏）郦道元著，陈桥驿校证．水经注校证［M］．北京：中华书局，2007：132.

❹ 侯外庐．中国古代社会史论［M］．石家庄：河北教育出版社，2001：143.

弨父兄，外抚诸侯。元年夏六月，葬武王于毕。二年，又作师旅，临卫政殷，殷大震溃。降辟三叔，王子禄父北奔，管叔经而卒，乃囚蔡叔于郭凌。凡所征熊盈族十有七国，俘维九邑。俘殷献民，迁于九毕。俾康帅宇于殷，俾中旄父宇于东。"❶ 从"殷东徐奄"这几个字来看，"东"应该与"奄"相对，为地名。鄘、东二字查古音系统，古韵皆属于东部，清浊音互转，"鄘"古音可以读如"东"。

陈逢衡《逸周书补注》认为"东"指鲁、卫间地，地在大河以东，秦汉的东郡便是沿用旧称。根据商周历史，东郡系因商周时代"小东"而来。商以朝歌为都，以东为东方，近处为"小东"，泰山以东为"大东"。商灭后，地域观念沿袭下来。❷ 如果此说确实，按照刘师培"东"即"鄘"之说，鄘就应在殷的东南地区（见图1-9）。而关于周初的疆域，《左传·定公四年》说："子鱼曰：'昔武王克商，成王定之，选建明德，以藩屏周。故周公相王室，以尹天下，于周为睦。……分康叔以大路、少帛、綪茷、旃旌、大吕，殷民七族，陶氏、施氏、繁氏、锜氏、樊氏、饥氏、终葵氏；封畛土略，自武父以南，及圃田之北竟，取于有阎之土，以共王职。"杜预注："武父，卫北界。圃田，郑薮名。"❸ 孔颖达《疏》："武父，其地缺，无处，故直云卫北界也。《尔雅·释地》：'郑有圃田'，郭璞曰：'今荥阳中牟县西圃田泽是也。'"❹ 《列

---

❶ 黄怀信、张懋镕、田旭东撰，李学勤审定. 逸周书汇校集注 [M]. 上海：上海古籍出版社，1995：570.

❷ 王健. 西周政治地理结构研究 [M]. 郑州：中州古籍出版社，2004：168.

❸ （西晋）杜预. 春秋左传集解 [M]. 上海：上海人民出版社，1977：1620.

❹ （春秋）左丘明撰，（西晋）杜预注，（唐）孔颖达疏. 春秋左传正义 [M]. 北京：中华书局，2001：527.

共 1 条	前一条	后一条	第 1 条	
中古声母 端	中古声调 平		中古开合	合
中古韵母 東	中古摄 通		中古等	一等
高本汉 tuŋ	XXV/32部	李方桂	tuŋ	東
王力 toŋ	東	白一平	toŋ	東部
郑张尚芳 tooŋ	東部	潘悟云	tooŋ	東部
反切 德红				
注释 種（種籽）初文，甲金文象種皮甲坼萌生根芽，参敕字陈字注。字见《说文》				
输入所查询的汉字 东				查询

共 1 条	前一条	后一条	第 1 条	
中古声母 以	中古声调 平		中古开合	合
中古韵母 鍾	中古摄 通		中古等	三等
高本汉 $di̯uŋ$	XXV/32部	李方桂	ruŋ	東
王力 ʎioŋ	東	白一平	ljoŋ	東部
郑张尚芳 loŋ	東部	潘悟云	loŋ	東部
反切 餘封				
注释 字见《说文》				
输入所查询的汉字 鄘				查询

图 1-9　东方语言学网——古音查询系统

子·仲尼第四》："郑之圃泽多贤，东里多才。"[1] "圃泽"与"东里"应该是互文。郑州管城区现在仍有东里路，而且恰在郑州商城宫殿区。所以鄘在东部，具体说延伸到朝歌东南部的郑州，不能否认有这个可能性。

其三，"鄘"在朝歌南说。考诸史料，光绪《彭县志》卷一《沿革志》："庸城县在今怀庆府修武县。"修武，东周称宁邑，秦王朝称修武县。西汉，南越国丞相吕嘉叛乱，武帝派大兵讨伐，获吕嘉首级，置县，赐名"获嘉"。朝代更替，名称几经变动。明清，

---

[1]　（晋）张湛. 列子注 [M]. 上海：上海书店出版社，1996：41.

修武隶属卫辉府，1960 年并入新乡。《河南通志》卷五十一 "古迹" 也有 "今新乡西南有古鄘国" 之说。《通典》卷一百七十八 "古冀州上"："新乡县：县西南三十二里有鄘城，即鄘国"。❶《太平寰宇记》明确指出位置，认为鄘在汲县东北十三里，《大清一统志》也说："在汲县东北，周初所封之国，郑氏《诗谱》，自纣而南谓之鄘。"❷ 而清《康熙新乡县志·古迹》条目下，有 "古鄘城，在县西南三十三里"。其具体位置应在今卫辉市倪湾乡。

考诸考古资料。《中华人民共和国地名词典（河南卷）》载，卫辉倪湾乡内发现有明万历三十五年重修关帝庙石碑一座，记有 "大明国河南卫辉府汲县北固社人氏居民人等见（现）在鄘城村居住等字样"。此地北距今淇县城 18 千米，又有沿用 "鄘城" 地名的文物资料，很有可能与周初的 "鄘" 有关，也说明至少到明代当地仍沿用鄘城之称。此外，卫辉市太公泉乡六度寺内，立有 "重修坛山六度寺碑记"。碑文说到寺院的位置时，称 "鄘城之西北四十里许"，与倪湾乡的距离、方向相符合。再有，倪湾乡东北发现有龙山晚期遗存，村西有东周和汉代的堆积，还发现有夯土城墙。1994 年为配合安新高速公路建设，省、市文物部门曾进行了抢救性发掘，但因发掘面积较小，有关城的时代与范围仍有待进一步研究。据新乡市文管会参与倪湾考古发掘的专家称，初步探方已见 "龙山" 和隋唐两时期城垣各一，说明那里早已形成聚落，并一直延续。

考诸《诗经·鄘风》作品。《鄘风》作为三风之一，部分诗

---

❶ （唐）杜佑撰，王锦文，王永兴等点校．通典［M］．北京：中华书局，1992：4690．

❷ 四部丛刊续编史部，嘉庆重修一统志：卷200［M］．上海：上海书店出版社，1985．

歌，可能涉及"鄘"之地望。如《定之方中》，描写卫文公在楚丘（今河南滑县）重建宗庙。在今倪湾乡东，距滑县县境约 20 千米的距离；《干旄》，歌颂卫文公招贤纳士："孑孑干旄，在浚之郊……孑孑干旟，在浚之都……孑孑干旌，在浚之城。"浚即浚县，距倪湾乡大概十几千米；《桑中》有"要我乎于上宫"句，《读史方舆纪要》："在废卫县（卫贤集）东北有苑城，其东二里为上宫台。《鄘风》者也。"❶ 所以，"鄘"在南之说，即在倪湾乡一带是比较合乎情理的。

考之实际地理位置。倪湾乡距古朝歌仅十几千米，对管叔监视武庚、殷遗，并和蔡、霍二叔形成犄角，比较方便。倪湾乡东南五六千米处，是古黄河棘津渡口，在它的西南七八千米处，是武王伐纣时筑城屯兵的牧邑。而且周公平叛之后，《逸周书》有"俾中旄父宇于东"句。西周早期的《小臣言速簋》铭载："东夷大反，伯懋父以殷八师征东夷。"❷ 可见东夷作乱是殷八师镇压的。文中的伯懋父，据郭沫若考证，就是中旄父，所谓的"牧师"，就是驻于牧邑的师旅。成周八师驻守在雒邑，以保卫成周。所以管叔的"鄘"与牧邑比较接近是合理的。

因此，郑玄《诗谱》说"鄘"位于纣城之南，是比较合理的。王应麟《诗地理考》："《通典》卫州新乡县西南三十二里有鄘城，即鄘国。《九域志》熙宁六年省新乡为镇，入汲，鄘在汲县东北。补传曰，鄘本庸姓之国，汉有庸光及胶东庸生是其后也。古或作庸，传氏曰孟良当是鄘国之姓，鄘为卫所灭，故其后有仕于卫者。孔氏曰，王

---

❶ （清）顾祖禹撰，贺次君、施和金点校．读史方舆纪要［M］．北京：中华书局，2005：772.

❷ 国家文物局．中国文物精华大辞典（青铜卷）［M］．上海：上海辞书出版社，2002：386.

肃、服虔以鄘不在纣之西,孙毓云据《鄘风·定之方中》,楚丘之歌,鄘在纣都之南明矣。"❶ 卫州,就今天的地理位置而言,含新乡、鹤壁等地,而治所长期在汲县。新乡古称"古鄘""鄘南",新乡文人有称"鄘南"的习惯,这与王应麟的考证是吻合的。

但同时,据前文所言,又无法完全否定"鄘"在东这个说法。因此,两者结合考量,笔者认为"鄘"的地望,在今河南淇县朝歌以南至卫辉、新乡一带,治所在新乡。西部延伸到济源,并向东南部延伸至郑州一带。

(三)"卫地"考

卫地地望相对于邶地、鄘地来说,还是比较清晰可辨的。郑玄《诗谱》:"自纣城而北,谓之邶,南谓之鄘,东谓之卫。"❷ 从史料记载看,殷纣灭亡时的国都在朝歌,朝歌位置在今河南淇县。"三监"之乱后,周公尽归邶、鄘、卫三地与康叔,更名为卫,建都朝歌。

> 《诗地理考》:"《地理志》:'河内,朝歌县。纣所都,康叔所封,更名卫。'《通典》:'古殷朝歌城在卫州卫县西,宋忠云:康叔从康徙卫。'《括地志》'故康城在许州阳翟县西北三十五里'。"❸

> 《括地志》:"纣都朝歌,在卫州东北七十三里,朝歌故城是也,本妹邑,殷王武丁始都之。"❹

---

❶ (宋)王应麟 撰,王京州,江合友点校.诗地理考 [M].北京:中华书局,1995:79.

❷ (汉)毛亨传,(汉)郑玄笺,(唐)孔颖达疏,李学勤主编.十三经注疏:毛诗正义 [M].北京:北京大学出版社,1999:229.

❸ (宋)王应麟 撰,王京州,江合友点校.诗地理考 [M].北京:中华书局,1995:166.

❹ (唐)李泰著,贺次君辑校.括地志 [M].北京:中华书局,1980:127.

《括地志》："卫州城，故老云周武伐纣至商郊牧野，乃筑此城。"

《大清一统志》："朝歌故城，在淇县东北，古沫邑，武乙所都，纣因之，周武王灭殷，封康为卫国，《书·酒诰》明大命于妹邦，后传，纣所都，朝歌以北是也。《春秋》闵公二年狄灭卫，地后属晋，《左传》襄公二十三年，齐伐晋，取朝歌，战国属魏国，《史记》秦始皇六年，伐魏取朝歌，汉元年项羽封司马卬为殷王都朝歌即此地。晋灼曰《史记·乐书》纣为朝歌之音，朝歌者，歌不时也。故墨子闻之，恶而回车，不迳其邑，《和志》故城在卫县西二十二里，《县志》在今县北关西社，其故卫县。"❶

朝歌位置确定，卫的地望就比较好界定了。朱熹《诗集传》："卫本都河北朝歌之东，淇水之北，石泉之南，其后不知何时并得邶鄘之地，至懿公为狄所灭，戴公东徙渡河，野处漕邑。文公又徙居于楚丘，……卫故都者，即今卫县。"❷《大清一统志》："卫县故城，在浚县西南五十里，隋县也。初名朝歌，大业初改曰卫，为汲郡治。卫县在卫州东北六十八里，《县志》今为卫贤集。"❸ 据今《淇县县志》载，朝歌邑，唐属卫州，宋隶安利军，后废为镇，因"县"与"贤"谐音，因改称为卫贤。《中国古今地名大词典》(1949 年前出版) 也说"卫县，故城在河南浚县西南五十里，今为卫县集"。

从历史遗迹看。淇县有众多有关纣王的传说、生活遗迹等。酒池、鹿台、巨桥、摘星楼等与殷纣王相关的古迹均在今淇县。如"鹿

❶ 嘉庆重修一统志 (影印本) [M]. 四部丛刊续编史部：310.
❷ (宋) 朱熹. 诗集传 [M]. 北京：中华书局，1958：15.
❸ 嘉庆重修一统志 (影印本) [M]. 四部丛刊续编史部：314.

台"，《史记集解》引用如淳注说："《新序》云鹿台，其大三里，高千尺。瓒曰：鹿台，台名，今在朝歌城中。"❶《史记正义》引《括地志》云："鹿台在卫州卫县西南三十二里。"《通典》："卫，汉朝歌县，古殷朝歌城，在今县西，纣都。有鹿台，谓之殷墟上宫台。"❷ "酒池"，《史记正义》引《括地志》："酒池在卫州卫县西二十三里。《太公六韬》云：'纣为酒地，回船糟丘而牛饮者三千余人为辈。'"❸《淇县志》："酒池，在县西北十五里灵山社大洼村。传为殷纣观牛饮处，至今遗址尚存。"此外，《桑中》诗中有"沫之北""沫之东"等记载。《水经注·淇水》载："其水南流东屈，迳朝歌城南。《晋书·地道记》曰：本沫邑也。《诗》云：爰采唐矣，沫之乡矣。殷王武丁始迁居之，为殷都也。纣都在《禹贡》冀州大陆之野，即此矣。有糟丘、酒池之事焉，有新声靡乐，号邑朝歌。……今城内有殷鹿台，纣昔自投于火处也。"❹《括地志》言"朝歌故城在卫县西二十三里，卫州东北七十二里，谓之殷墟。鹿台在卫州卫县西南三十二里，酒池在卫州卫县西二十二里"。❺

从实地考察看。淇县有关卫国的文物遗迹或纪念性建筑，后世遗存甚多。《史记·卫康叔世家》："以武庚殷余民封康叔为卫君，居河淇间故商墟。"❻ 《索隐》引宋忠曰：

---

❶ （刘宋）裴骃. 史记集解 [M]. 北京：中华书局，1959：396.

❷ （唐）杜佑撰，王锦文、王永兴等点校. 通典 [M]. 北京：中华书局，1992：4695.

❸ （唐）张守节. 史记正义 [M]. 北京：中华书局，1959：273.

❹ （北魏）郦道元著，陈桥驿校证. 水经注校证 [M]. 北京：中华书局，2007：98.

❺ （唐）李泰著，贺次君辑校. 括地志 [M]. 北京：中华书局，1980：89.

❻ （汉）司马迁. 史记 [M]. 杭州：浙江古籍出版社，2000：499.

"今定昌也。"❶ 定昌，在今淇县东街北头正北县医院一带。淇县城内阁南街北段路西旧有"康叔祠"，淇县城西北1千米耿家湾旧有"武公祠"，是为纪念卫康叔和卫武公而特意建造的。《淇县志》载，"武公祠"依山傍水，景色秀丽。卫国故墟曾被进行局部考古发掘，其故城遗址位于今淇县城的四周，南北长3100米，东西宽2100米，墙宽50米，残高8米。《中华人民共和国地名词典》（河南卷）："城周长14001米，城基宽50-70米，残高1.5-3.6米，城墙板筑，板眼明显均为平夯，在夯中发现有春秋、战国时期的陶豆柄、盘等残片，城东有作坊两座。"

而在淇县西北的鹤壁市辛村（原属浚县），淇水北岸，为西周时期卫国贵族墓地。前659年卫文公迁都楚丘后，开辟了辉县琉璃阁墓地，李学勤指出："按辉县古代名共，春秋时为卫国所有，到战国时改属于魏，不过何时归魏，载籍并无名文。琉璃阁墓葬群既然是从春秋延至战国前期，就只能是卫国的。"❷《河南濮阳县高城遗址发掘简报》一文载：2005年4月至2006年5月，河南省文物考古工作者又在濮阳县高城村南发现一处面积约916万平方米的古城址，受到考古界的关注。经中国社会科学院、北京大学以及河南省的考古专家成立专家组对该城址进行论证，专家一致认为这是东周时期卫国的都城。❸

所以，卫国地望最早应该在朝歌即今淇县，治所在卫贤集一带（今隶属于河南浚县）。后卫国数度迁都，卫地地望由淇县、浚县，辐射至鹤壁、辉县一带。

---

❶ （唐）司马贞. 史记索隐［M］. 北京：中华书局，1959：416.

❷ 李学勤. 东周与秦代文明［M］. 上海：上海人民出版社，1984：70.

❸ 张相梅，张文延. 河南濮阳县高城遗址发掘简报［J］. 考古，2008（3）：22.

(四)"邶鄘卫"风诗里的地望

"邶鄘卫"三风,或言卫事,或作于卫地。若仅凭三风中出现的地名,来判断邶鄘卫地望,是不够科学的。如《鄘风》有楚丘之诗,既不能证明"鄘"在南,也不能证明"鄘"在东。居住在邶、鄘、卫各地的人,都有资格以卫国的任何地方、事件为对象创作诗歌,当然也包括邶、鄘之地。有鉴于此,我们不能简单将三风诗篇中所反映的人物、地名、事件等,作为区分邶、鄘、卫三地方位的绝对证据。但这些出现在诗篇中的地理位置信息,还是能够给我们鉴定邶、鄘、卫三国地望提供一定的参考。如,"邶鄘卫"风诗描写最多的"淇水",《水经注·淇水》:"淇水出河内隆虑县西大号山……又东过内黄县南为白沟。"❶ 也就是说,淇水是贯穿卫国的一条大河,三卫诗篇对淇水的描述,说明周初的邶鄘卫三风地望,应该包括豫北地区。

《诗地理考》:"孔氏曰:诗人所作,自歌土风,验其水土之名,知其国之所在。《卫》曰'送子涉淇,至于顿丘',顿丘今为郡名,在朝歌纣都之东也。纣都河北,而《鄘》曰'在彼中河',鄘境在南明矣。都既近西,明不分国,故以为邶在北。三国之境地相连接,故《邶》曰'亦流于淇',《鄘》曰'送我乎淇之上矣',《卫》曰'瞻彼淇奥',是以三国皆言淇也。顷公之恶,邶人刺之,则顷公以前已兼邶,其鄘或亦然矣。周自昭王以后,政教陵迟,诸侯或强弱相陵,故得兼彼二国,混一其境,同名曰卫也。此殷畿千里,不必邶、鄘之地止建二国也。或多建国数,渐

---

❶ (北魏)郦道元著,陈桥驿校证.水经注校证[M].北京:中华书局,2007:109.

并于卫。"❶

笔者现将"邶鄘卫"风中出现的地名依据《诗地理考》列表如下（见表 3-1），或可对"邶鄘卫"风诗的整体地望界定有一定帮助。

表 1-3 "邶鄘卫"风诗中的地名

出处	地名	疏证
《击鼓》	城漕	《通典》：滑州白马县，卫国漕邑。 《方舆纪要》：白马废县，春秋时卫之漕邑也。 《毛诗类释》：漕今卫辉府滑县治，谨案卫都淇县在河北，至东徙渡河野处。漕邑则在河南矣。……未必有六十里之远。
《凯风》	寒泉浚	《通典》：寒泉在濮州濮阳县东南浚城。 《水经注》：濮水枝津东迳浚城南而北去，濮阳三十五里城侧有寒泉冈，即《诗》"爰有寒泉，在浚之下"，世谓之高平渠，非也。濮阳，今属开德府。 《舆地广记》：开封县有浚沟，《诗》所谓"浚郊""浚都"也。祥符县北有浚水，故谓浚仪有寒泉阪，《诗》"爰有寒泉，在浚之下"。
《谷风》	泾渭	《职方氏》：正西曰雍州……其川泾汭，其浸渭洛。 《地理志》：泾水出安定郡泾阳县西开头山，今原州百泉县。开，苦见反，又音牵。东南至京兆阳陵县入渭。今京兆府高陵县。渭水出陇西郡首阳县西南鸟鼠山西北南谷山，渭州渭源县，今熙州渭源堡。 《郑志略》：卫在东河，泾在西河，泾不在卫境，作诗宜歌土风，故言绝去。此妇人既绝，至泾而自比己志。
	中露泥中	《寰宇记》：始以为黎侯寓卫居之，故县得名。跨河东迳黎县故城南。 《水经注》：世谓黎侯城，昔黎侯寓于卫。《诗》所谓"胡为乎泥中"，毛云：邑名，疑此城也。土地污下，城居小阜，魏濮阳郡治也。 《郡县志》：黎丘在郓州郓城县西四十五里。黎侯寓于卫，因以为名泥中，盖恶其卑湿也。
《旄丘》	旄丘	《寰宇记》：在澶州临河县东。……临河县，东六十五里，旧十二乡，今三乡。古东黎县也。 《九域志》：开德府有旄丘。

❶ （宋）王应麟撰，王京州、江合友点校．诗地理考 [M]．北京：中华书局，1995：72．

续表

出处	地名	疏证
《泉水》	泉水	《诗说解颐》：泉水，即今卫州共城之百泉也。淇水出相州林虑县东流，泉水自西北来注之，故曰"亦流于淇"。而《竹竿》诗言泉源在左，淇水在右者，盖主山而言之。相卫之山东面，故以北为左，南右。 朱熹《诗经集注》：泉，即今卫州共城之百泉也。
	淇	《竹书纪年》：晋定公二十八年，淇绝于旧卫即此。淇水又东，右合泉源水。水有二源，一水出朝歌城西北，东南流。 《地理志》：出河内共县北山。 《说文》：淇水出河内北山，或曰，出隆虑西山。 《汉志》：河内郡共县北山，淇水所出。 《郡县志》：出共城县西北沮洳山。 《通典》：淇水至卫州卫县界入河，谓之淇水口，古朝歌也。卫居河、淇之间。……出共山，今卫州共城。东至黎阳入河。 《沟洫志》：遮害亭西十八里至淇水口。 《水经注》：顿丘县遮害亭。 《山海经》：沮洳之山，瀼水出焉，南流注于河。 郑《注》：今淇水出隆虑大号山，东过河内县，南为白沟。
	济	《禹贡》：导沇水，东流为济，入于河，溢为荥。 《地理志》：《禹贡》导沇水，东流为济。 《水经注》：泉出王屋山，名为沇，流去乃为济。东郡临邑有济庙。 《风俗通》：济出常山房子县赞皇山，庙在东郡临邑县。
	祢	《太平寰宇记》：大祢沟在曹州冤句县北七十里。今兴仁府冤亭县。 《诗地理考》：《九域志》：《诗》云"饮饯于祢"。朱氏曰：皆自卫来时所经之处。
	干言	《郡国志》：东郡卫国有干城。故发干县，今开德府观城。 《隋志·九域志》：邢州内丘县有干言山。李公绪曰：柏人县有干山、言山。柏人，邢州尧山县。 《隋书·地理志》：邢州内丘县有干言山。 《玉海》：故发干县，今开德府观城。 《路史》：《郡国志》"卫县南有干城"，《诗》"出宿于干"者。
	肥泉	《水经注》：马沟水出朝歌城北，又东流与美沟合，又东南注淇水，为肥泉。 《尔雅》：归异出同曰肥。
	漕	《括地志》：白马故城在滑州卫南县西南二十四里。 《西征记》：白马城，故卫之漕邑。卫南，今属开德府，本楚丘之地也。
	须	《一统志》：须城废县在兖州府东平州。

续表

出处	地名	疏证
《新台》	新台	《通典》：魏州黄县有新台。 《水经注》：鄄城北岸有新台。 《寰宇记》：在濮州鄄城县北十七里。 《舆地广记》：开德府观城县有新台。
《桑中》	桑中	郑《注》：其地尤宜蚕桑，因以名之。 《毛诗正义》：今濮水之上，地有桑间。濮阳在濮水之北，是有桑土明矣。 《郡国志》：东郡濮阳县有颛帝冢。……濮水在曹州南华县南五里。 《地理志》：卫地有桑间濮上之阻，男女亟聚会，声色生焉。故俗称卫之音乐，记桑间濮上之音，亡国之音也。注：桑间在濮阳南。
	沬	《水经注》：《晋书·地道记》，朝歌城本沬邑，武乙始迁居之，为殷都。 《论语比考谶》：邑名朝歌，颜渊不舍，七十弟子掩目，宰予独顾，由蹙堕车。 《括地志》：朝歌故城在卫州东北七十三里，卫县西二十二里。卫县今省为镇，属浚州黎阳县。 《毛诗正义》：《酒诰》注：妹邦于诸国属鄘，后三分殷畿，则纣都属鄘，朝歌即沬也。
	上宫	《通典》：卫州卫县有上宫台。 《诗集传》：桑中、上宫、淇上，又沬乡之中小地名也。
	楚丘 楚宫 楚室	《郑志》：张逸问："楚宫今何地？"答曰："楚丘在济河间，疑在今东郡界。" 《郡县志》：隋置楚丘县，属滑州，后改卫南，本汉濮阳县地。 《舆地广记》：漕、楚丘二邑相近，今拱州楚丘，非卫之所迁，县有景山、京冈，乃后人附会名之。 《通典》：滑州卫南县，卫文公迁楚丘即此城。五代属澶州，今为开德府。
	漕邑	《水经注》：济取名焉，故亦曰鹿鸣津，又曰白马济。津之东南有白马城，卫文公东徙，渡河都之，故济取名焉。 《通典》：卫州黎阳县北岸、滑州白马县南岸，皆有白马津，即郦生云"杜白马之津"，后魏改黎阳津。 《毛诗故训传》：漕，卫东邑。 《诗地理考》：《通典》：卫州黎阳县北岸、滑州白马县南岸，皆有白马津，即郦生云杜白马之津，后魏改黎阳津。 孔氏曰：卫本河北，东徙渡河，野处漕邑，则在河南。

出处	地名	疏证
《淇奥》	淇奥	《博物志》：谓之奥水，流入于淇。汉武帝塞决河，用淇园之竹；寇恂为河内，伐竹淇川治矢。今通望淇川，无复此物，唯王蒭、蔄草，不异毛与。 清马瑞辰《毛诗传笺通释·卫风·淇奥》；《正义》引陆玑疏云："淇 奥 二水名。"《释文》引《草木疏》曰："奥亦水名。"刘昭《郡国志》注引《博物志》云："有奥水流入淇水 。"
《硕人》	邢	《说文》：邢，周公子所封，地近河内怀。 《地理志》：赵国襄国县条"故邢国"。 《通典》：邢州治龙冈县，今信德府。祖乙迁于邢即此，亦邢国也。 《括地志》：邢国故城在邢州外城内西南角，《十三州志》云殷时邢侯国，周公子封邢侯都此。 《十三州志》：殷时邢侯国，周公子封邢侯都此。
《氓》	顿丘	《地理志》：东郡顿丘县。注：以丘名县，丘一成为顿丘，谓一顿而成。或曰一重之丘。 《舆地广记》：顿丘本卫邑，在淇水南，晋置顿丘郡，唐大历七年置澶州，晋天福四年以顿丘为德清军，熙宁四年省顿丘，入澶州清丰县。今开德府。 《一统志》：大名府清丰县，古顿丘，卫邑。汉为顿丘县，地属东郡。晋置顿丘郡，后废。故城在县西南二十五里。 《皇览》：颛顼冢在东郡濮阳顿丘城门外广阳里中。
	复关	《太平寰宇记》：澶州临河县复关城在南，黄河北皋也。复关堤在南三百步，自黎阳下入清丰县界。 《一统志》：复关，在直隶大名府开州城西南，古黄河岸北。卫诗以望复关即此。
《竹竿》	泉源	《诗集传》：泉源即百泉也，在卫之西北，而东南流入淇，故曰在左；淇在卫之西南，而东流与泉源合，故曰在右。 《寰宇记》：澶州顿丘县东北三十五里，有泉源祠。 《九域志》：大名府莘县有泉源河。
《邶鄘卫谱》	大行	《述征记》：大行山首始于河内。 《郡县志》：在怀州河内县北二十五里，修武县北四十二里，武德县北五十里。自河内北至幽州，凡有八陉。
	衡漳	《禹贡注》：漳水横流入河，谓之衡漳。衡，古横字。 《周易》：洺州洺水县，本汉斥漳县，地属广平国。有衡漳故渎，俗名阿难渠，在县西二百步。
	兖州桑土之野	《禹贡》：兖州桑土既蚕。 《毛诗正义》：今濮水之上，地有桑间。濮阳在濮水之北，是有桑土。 《乐记注》：桑间在濮阳南。今开德府濮阳县。

综上，"邶鄘卫"风诗的整体政治地理区域，当如汉郑玄《诗谱·邶鄘卫谱》所言："自纣城而北谓之邶，南谓之鄘，东谓之卫。"结合"三监"界定：蔡、霍二叔的包括东面的"卫"（今浚县的卫贤集），北面的"沫"（今淇县邶城村），管叔所封的东即"鄘"，在殷都的南面。"三监"之乱后，"邶""鄘"尽入卫地。"邶鄘卫"三风地望，大致包括河南省黄河以北的新乡、焦作、安阳、濮阳、鹤壁❶等，北境至河北邯郸以南，东方界限至山东菏泽、聊城的部分地区。

---

❶ 陈绍国．鹤壁市可以称三朝古都［J］．淇河文化研究，2015（10）．

第二章 "邶鄘卫"风诗风俗文化考

《风俗通义》:"为政之要,辨风正俗,最其上也。"[1] 春秋时代,各国政治、经济发展不平衡。加之华夏族和非华夏族在中原交错杂居,诸侯国间的风俗差异加大,所谓"百里不同风,千里不同俗"。[2] 社会经济、政治的大变动,影响了人们的道德观念、风俗习惯。"凡民函五常之性,而其刚柔缓急,音声不同,系水土之风气,故谓之风;好恶取舍,动静亡常,随君上之情欲,故谓之俗。"[3]《诗经》中蕴涵着丰富的社会民俗内容,"邶鄘卫"风诗是卫地之人的社会习俗、风土人情、文化行为等的文学反映。对"邶鄘卫"风诗中的民俗进行研究,前辈学者已经做过一些工作。目前存在的主要问题有:单独讨论卫诗民俗的篇章较多,另有部分内容分布在《诗经》研究专著的零散言论里,少有综合之作,笔者拟试论之。

第一节 "邶鄘卫"风诗文化二元性探微

自然环境、经济状况是地域文化形成的外在因素,而住民心

---

[1] (汉)应劭撰,王利器校注.风俗通义校注 [M].北京:中华书局,1981:8.

[2] (汉)班固撰,(唐)颜师古注.汉书 [M].北京:中华书局,1962:3598.

[3] 周振鹤.汉书地理志汇释 [M].合肥:安徽教育出版社,2006:9.

理、精神气质、价值观念却是文化的内核。文化既具有地域性，又有传承性。从地域上看，邶、鄘、卫处殷商故地，文化习俗受殷商浸染较深。同时，卫地风诗又采集于周代，周之宗法制度、礼乐制度必然也会波及其中。殷、周两种文化交互作用，影响了"邶鄘卫"风诗的文化风貌。

一、卫地风俗文化与殷商旧习

卫国地处中原，国无险隘，依然保持殷商遗风，郑玄已注意到此："庶殷顽民，被纣化日久。"❶

其一，卫国与殷商有地缘上的承继关系。殷商曾经屡次迁徙，据王国维先生《说自契至于成汤八迁》考证，殷商八次迁都，其地望始终集中于今河南东部、北部，或偶有延伸至山东，但始终不离两周之卫境。❷周初设立"三监"，以监殷民，后"三监"叛，周公将殷商王畿之地尽封康叔，统称卫，三风合一。康叔封卫，周公以《尚书·酒诰》诫之："明大命于妹邦""小子惟一妹土，嗣尔股肱"。此处的"妹邦""妹土"之"妹"，即《桑中》"沬之乡矣"的"沬"。郑《笺》云："'沬'即'卫之都'。"《史记》："本妹邑，殷王武丁都之。""都邑者，政治与文化之标徵也。"❸"邶鄘卫"政治地望在前文已有探讨，三风之地大多属于原殷商故地，即使稍有出入，也距离不远。"邶鄘卫"风诗承继殷商文化之深，毋庸多言。

其二，卫国与殷商有种族上的承继关系。考诸史料，周朝曾两

---

❶ （汉）郑玄注，（唐）孔颖达疏，李学勤主编. 十三经注疏：礼记正义[M]. 北京：北京大学出版社，1999：108.

❷ 傅杰编校. 王国维论学集：殷周制度论［M］. 北京：中国社会科学出版社，2008：45.

❸ 傅杰编校. 王国维论学集：殷周制度论［M］. 北京：中国社会科学出版社，2008：1.

次大规模地处理殷商遗民问题，第一次在西周初年，《尚书大传》中记载了武王克商之后征询太公、召公、周公如何处理殷民。太公、召公主张："有罪者杀，无罪者活，咸刘厥敌，毋使有余烈。"周公言："各安其宅，各田其田，毋故毋私，惟仁之亲，何如？"武王最终采用周公方略。武王"封商封子禄父殷之余民。武王为殷初定未集，乃使其弟管叔鲜、蔡叔度相禄父治殷"。❶ 因此殷商遗民基本处于原王畿之地，即后来卫地。第二次处理殷商遗民问题是"三监"之叛后，周公对殷遗民采取了"分而治之"的新政策。把大量殷遗民分封给各个诸侯国君。《左传·定公四年》："分康叔以大路、少帛、綪茷、旃旌、大吕，殷民七族，陶氏、施氏、繁氏、锜氏……命以《康诰》，而封于殷虚。皆启以商政，疆以周索。"❷ 殷民七族入于卫国，亦保留了若干殷商文化。因此，从人口组成上来看，殷商文化是卫文化最重要的近源。

其三，殷代移民的族群心理。在古籍文献中，最早出现"殷遗"一词的是《尚书》。《尚书·多士》篇记载："成周既成，迁殷顽民，周公以王命诰，作《多士》。"❸ 殷商文化并没有因为两次遗民迁徙而直接弱化，如《汉书·地理志下》所言："康叔之风既歇，而纣之化犹存。"❹ 在商亡的很长时间里，卫地之人，保留着自己独特的殷商文化形态。直至西周中后期，卫地殷遗才陆续出现被周文化同化的现象。如从史墙盘铭文（见图2-1），可以看到墙

---

❶ （清）皮锡瑞.《尚书大传》疏证［M］.师伏堂丛书影印本卷五，光绪丙申年间：2-3.

❷ （西晋）杜预.春秋左传集解［M］.上海：上海人民出版社，1977：225.

❸ （汉）孔安国注，（唐）孔颖达疏，李学勤主编.十三经注疏：尚书正义［M］.北京：北京大学出版社，1999：376.

❹ 周振鹤.汉书地理志汇释［M］.合肥：安徽教育出版社，2006：227.

对周统治者之颂扬。卫国历经国事飘摇、动荡，其承袭的殷商文化旧迹始终未曾磨灭。

图 2-1　"史墙盘"铭文

1976 年 12 月出土于陕西扶风庄白铜器窖藏，现存于陕西周原扶风文管所

二、卫地风俗与周制

周人在卫建国后，因为卫地殷商文化的深固，对其采取了因俗为治的国策，"启以商政，疆以周索"。周人对殷商文化在有选择地保留的基础上加以改造。

其一，周对殷商文化积极吸收。先周时期，周对殷文化是积极学习与向往的，这从《诗经·大雅·大明》盛赞挚仲氏大任与先祖季历的婚事可以看出："挚仲氏任，自彼殷商，来嫁于周，曰嫔于京。乃及王季，维德之行。大任有身，生此文王。"❶ 周对"大邑商"充满了崇拜与向往之情。

古人认为，征服者必须继承被征服者的传统礼仪习俗、神权观念，否则反受其灾。《左传·昭公元年》："昔高辛氏有二子，伯曰阏伯，季曰实沈，居于旷林，不相能也。日寻干戈，以相征讨。后帝不臧，迁阏伯于商丘，主辰。商人是因，故辰为商星。迁实沈于大夏，主参。唐人是因，以服事夏、商……及成王灭唐而封大叔焉，故参为晋星。"❷ 因此，殷亡之后，周文、周武继续对殷商文化进行吸收，《逸周书·世俘》："武王在祀，太师负商王纣县首白旂、妻二首赤旂，乃以先馘入，燎于周庙。" 如此血腥的祭祀方式出现在周公确立"以人为本"周礼之后，令人难以理解。其原因就是古人对受降者习俗的敬畏心理，《礼记·曲礼》："君子行礼，不求变俗，祭祀之礼，居丧之服，哭泣之位，皆如其国之故……以为卫武公居殷墟，故用殷礼。"❸

周代也承用了殷商文字、文化风俗等："商周非同一民族而竟用同一文字，则必系周民族本无文字，后与商文化接触而用商的文字了。"❹ 古周原地区的甲骨卜辞的出土，也证实了这一点。在文化上，《诗经通义》言："周人兼用殷礼，如戎车之大白，鲁庙之白牡，养老之食礼皆是。"❺

---

❶ （汉）毛亨传，（汉）郑玄笺，（唐）孔颖达疏，李学勤主编．十三经注疏：毛诗正义［M］．北京：北京大学出版社，1999：967－969.

❷ （西晋）杜预．春秋左传集解［M］．上海：上海人民出版社，1977：225.

❸ （汉）郑玄注，（唐）孔颖达疏，李学勤主编．十三经注疏：礼记正义［M］．北京：北京大学出版社，1999：127.

❹ 顾颉刚．古史辨［M］．上海：上海古籍出版社，1982：134.

❺ （明）朱鹤龄．诗经通义［M］．文渊阁四库全书经部诗类85册：32.

其二，周对殷商文化的改造。宗法制是周制的基本原则，周对卫国商文化虽存诸多包容，但在"礼"的坚守上，绝不退让。《尚书·康诰》："元恶大憝，矧惟不孝不友。子弗祗服厥父事，大伤厥考心；于父不能字厥子，乃疾厥子。于弟弗念天显，乃弗克恭厥兄；兄亦不念鞠子哀，大不友于弟。惟吊兹，不于我政人得罪；天惟与我民彝大泯乱。曰：乃其速由文王作罚，刑兹无赦。"❶

《尚书》中的《康诰》《酒诰》《梓材》等篇章，记载了周公数次警示卫君康叔之言，命其勿忘殷商之鉴，谨修今朝之礼，严格遵守周代礼乐典制。周公主张"修盘庚之政"，告诫康叔"女丕远惟，惟商考成人，宅心知训"，当思殷遗中贤德之人言行；告诫康叔要"兹殷罚有伦"，"汝陈时臬，事罚，蔽殷彝，用其义刑义杀，勿庸以次汝封"，对殷遗持宽容态度。

同时，周公却又强调"今民将在祗遹乃文考，绍闻衣德言。往敷求于殷先哲王，用保乂民，汝丕远惟商耇成人，宅心知训。别求闻由古先哲王，用康保民。宏于天，若德裕乃身，不废在王命！"如殷商有饮酒风俗，积重难返，故周公封康叔时严令其不得纵酒。对这种饮酒习俗，却有一定程度上的包容，《酒诰》："又惟殷之迪诸臣惟工，乃湎于酒，勿庸杀之，姑惟教之。"可见，周人治卫的政策，正在由"三监"叛乱前的保留商周旧俗，转变为遵循新的礼制。

因此，卫国也明确地表示会宗师周文王，《左传·定公四年》子鱼言："聘季授土，陶叔授民，命以《康诰》，而封于殷虚，皆启以商政，疆以周索。"杜预注："皆，鲁、卫也。启，开也，居殷

---

❶ （汉）孔安国注，（唐）孔颖达疏，李学勤主编．十三经注疏：尚书正义［M］．北京：北京大学出版社，1999：366-367.

故地，因其风俗，开用其政，疆理土地以周法。"❶ 周允许卫国用殷商制度开拓疆域，但在划封土地时，必须使用周代的方法，最终结果"殷民大悦"。

卫地是周王朝实行劝化政策的重点区域，通过这些警示、劝化，周代强化推行礼乐制度，加深了周文化对卫地的影响。"邶鄘卫"风诗之地，就在继承、扬弃中形成了自己的二元性文化格局，既有旧曲，又融进了新声。

三、卫地风俗文化的殷周之迹

"邶鄘卫"三风，在浸淫殷周文化方面，有无厚薄之别，笔者试着从以下几个方面进行考量。

其一，《邶风》与"飞鸟"。《邶风》诗多飞鸟意向，当非偶然。如，有"燕燕于飞"见于《燕燕》诗；"雄雉于飞"见于《雄雉》；"睍睆黄鸟"见于《凯风》；"雍雍鸣雁"见于《匏有苦叶》等。

殷商以鸟为图腾，为众多方家认可。《史记·殷本纪》："殷契，母曰简狄，有娀氏之女，为帝喾次妃三人行浴，见玄鸟堕其卵，简狄取吞之，因孕生契。"❷ 考古发现的晚商"玄鸟妇壶"也为此说增添了金石依据。殷商文化由对燕子的图腾崇拜，转而到对飞鸟也产生了类似情感，如：

> 《尚书·高宗肜日》："高宗祭成汤，有飞雉升鼎耳而雊。"❸

---

❶ （西晋）杜预．春秋左传集解［M］．上海：上海人民出版社，1977：1620.

❷ （汉）司马迁．史记［M］．杭州：浙江古籍出版社，2000：10.

❸ （汉）孔安国注，（唐）孔颖达疏，李学勤主编．十三经注疏：尚书正义［M］．北京：北京大学出版社，1999：256.

《史记·殷本纪》："帝武丁祭成汤，明日，有飞雉登鼎耳而呴，武丁惧。"❶

《资治通鉴·后唐纪》"童谣非祸福之本，妖祥岂隆替之源！故雊雉升鼎而桑谷生朝，不能止殷宗之盛。"❷

"雊雉之异"与"天命玄鸟，降而生商"的传说不无相关。

考之其他二风，《鄘风》仅《鹑之奔奔》之"鹑之奔奔，鹊之疆疆"一语与飞鸟有关，《卫风》也仅见于《氓》中"于嗟鸠兮"之"鸠"。《邶风》多言飞鸟，从这个文化角度看，《邶风》与殷商习俗的关系似乎更为密切。

其二，《卫风》与"玉"。有关殷商文化记载，以"玉"为物象者仅见于《盘庚》"兹予有乱政同位，具乃贝玉"句，王国维《观堂集林·说珏朋》曾言："殷时玉与贝皆货币也。"❸但实际生活中，殷商的用玉习俗却蔚为大观。《史记·殷本纪》："纣走入，登鹿台，衣其宝玉衣，赴火而死。"❹《逸周书》："纣取天智玉琰五，环身，厚以自焚。"❺安阳殷墟出土的玉器多来自妇好墓。可见殷商用玉而不多言玉，说明其"玉"更多被当作日常生活需要，但基本没有注入道德思想、社会意识。

《卫风》是三风中描写"玉"最多的，如《淇奥》之"有匪君子，如金如锡，如圭如璧"，《竹竿》之"巧笑之瑳，佩玉之傩"。

---

❶ （汉）司马迁. 史记［M］. 杭州：浙江古籍出版社，2000：13.
❷ （宋）司马光. 资治通鉴［M］. 北京：中华书局，2015：3645.
❸ 王国维. 观堂林集［M］. 北京：中华书局，1961：161.
❹ （汉）司马迁. 史记［M］. 杭州：浙江古籍出版社，2000：14.
❺ 黄怀信、张懋镕、田旭东撰，李学勤审定. 逸周书汇校集注［M］. 上海：上海古籍出版社，1995：470-471.

《卫风》"君子于玉比德焉"也是最有意识。❶ 或以治玉工序比配人的道德自修:"如切如磋,如琢如磨。"类似用法见之于《大雅·卷阿》:"颙颙卬卬,如圭如璋。"或以玉饰身,或以玉相赠者,如"报之以琼琚""报之以琼瑶""报之以琼玖"等。《论语·学而》篇子贡言:"《诗》云'如切如磋,如琢如磨。'其斯之谓与!'孔子曰:'赐也,始可与言《诗》已矣。告诸往而知来者。'"❷ 可知《卫风》赋予"玉"以社会意识,这在当时已经较为普遍。

比之其他二风,《邶风》对"玉"的记载仅《旄丘》之"叔兮伯兮,褎如充耳"。《淇奥》毛《传》:"充耳谓之瑱;琇莹,美石也。"《荀子·礼论》:"充耳而设瑱。"❸《鄘风》中,《君子偕老》一文具体描写了贵族在服饰方面用玉的情况。

其三,《鄘风》中的殷周痕迹。相比较而言,《鄘风》与殷周文化的关系,在三风中似乎处于过渡阶段。如《鄘风》中有些诗多言白,"扬且之晳也"(《君子偕老》)、"素丝纰之"(《干旄》)、"素丝组之"(《干旄》)等,是殷人"尚白"传统的遗存("尚白"习俗,下文会写到)。《鄘风》也言"鸟","鹑之奔奔,鹊之疆疆"。殷商之人重视外在修饰,《鄘风·君子偕老》展示了崇尚服饰美的习俗。而《蝃蝀》中"蝃蝀在东,莫之敢指"或与商之自然崇拜有关。

《鄘风》又有周礼熏陶的痕迹。如《邶风》尚酒,屡次言酒,"微我无酒""公言锡爵",为殷商族"尚酒"习俗反映。《卫风》却不言酒,《尚书·酒诰》批评商饮酒习俗可见:"庶群自酒,腥

---

❶ (汉)郑玄注,(唐)孔颖达疏,李学勤主编,龚抗云整理.十三经注疏:礼记正义 [M].北京:北京大学出版社,2000:1948.

❷ (清)刘宝楠.诸子集成 [M].上海:上海书店出版社,1996:19.

❸ (清)王先谦.荀子集解 [M].上海:上海书店出版社,1996:244.

闻在上，故天降丧于殷，罔爱于殷。"《鄘风》与《卫风》一样不涉"酒"。《君子偕老》盛写服饰之美，却又于其中发明周代等级制度、社会道德。郑玄注《周礼·天官》："《诗·国风》曰'玼兮玼兮，其之翟也。'下云'胡然而天也，胡然而帝也'，言其德当神明。又曰'瑳兮瑳兮，其之展也。'下云'展如之人兮，邦之媛也'，言其行配君子。二者之义与礼合矣。"❶ 是可为佐证。

当然，"邶鄘卫"风诗中的殷周文化痕迹，不能简单枚举何诗反映商俗，何篇反映周礼，不能用非此即彼的标准来衡量。讨论这个问题，仅仅是因为文化是历史的记忆，或许在这样的讨论中，能找寻到一丝卫地文化是如何从殷商走向周制的蛛丝马迹。

综上，卫初立之时，在较大程度上保存了殷商旧习，从社会制度、文化精神上却又接受了周之礼制。《殷周制度论》："中国政治与文化之变革，莫剧于殷、周之际。……殷、周间之大变革，自其表言之，不过一姓一家之兴亡与都邑之移转；自其里言之，则旧制度废而新制度兴，旧文化废而新文化兴。"❷ 周在立国后走向"郁郁乎文哉"的过程中，与各诸侯国遗存的原有地域文化，互相碰撞、交融现象明显。"邶鄘卫"三风亦反映了这种文化碰撞、变迁的过程。

第二节 "邶鄘卫"风诗与殷周审美习俗

《诗经》在某种意义上，较为真实地反映了当时的社会生活习

---

❶ （汉）郑玄注，（唐）贾公彦疏，李学勤主编．十三经注疏：周礼注疏[M]．北京：北京大学出版社，1999：202.

❷ 傅杰编校．王国维论文集：殷周制度论[M]：北京：中国社会科学出版社，1997：1.

俗。"邶鄘卫"风诗中，其承载的殷商旧俗部分较重外在精神、气质的展现，周礼之迹部分则重内在规范的雕刻。本节从婚恋习俗、宗教祭祀、生活习俗三个方面，探讨"邶鄘卫"风诗的这种殷周文化二重性特征。

一、殷商重外在精神

卫地疆域多为殷商故王畿之地，在审美上有浓厚的殷商遗风。

（一）尚白

"邶鄘卫"风诗对殷商审美意识多有保留，如在美的认可上，以白为美、为尊。《诗经·周颂》："有客有客，亦白其马。有萋有且，敦琢其旅。"《诗集传》："客，微子也。周既灭商，封微子于宋，以祀其先王，而以客礼待之，不敢臣也。"❶ 诗写微子乘白马来朝于周，白色乃殷商一代审美风尚。《史记·殷本纪》："孔子曰：'殷路车为善，而色尚白。'"❷

"邶鄘卫"服色也有崇白倾向，殷人以淡雅为美，而白色服装更是高贵的象征。成汤举行建国仪式，《史记·殷本纪》载："汤乃改正朔，易服色，上白，朝会以昼。"❸ 可见，白色衣服是极为隆重场合的穿着。《礼记·王制》："殷人冔而祭，缟衣而养老。"《出其东门》毛《传》："缟衣，白色男服也。"《鄘风·君子偕老》中的贵妇，她的皮肤"扬且之晳也"，"晳"，《说文》："晳，人色白也。"她的衣饰："瑳兮瑳兮，其之展也，蒙彼绉𫄨，是绁袢也。""瑳"，《说文》："瑳，玉色鲜白。""展"，郑《笺》："后妃六服之次展衣，宜白。"《邶风·硕人》写庄姜出嫁，庄姜"衣锦褧衣"而嫁。毛《传》："锦，文衣也。夫人德盛而尊，嫁则锦衣加褧襜。"

---

❶ （宋）朱熹集注．诗集传［M］．上海：上海古籍出版社，1958：231．

❷ （汉）司马迁．史记［M］．杭州：浙江古籍出版社，2000：11．

❸ （汉）司马迁．史记［M］．杭州：浙江古籍出版社，2000：12．

郑《笺》："裸，禅也。国君夫人衣翟而嫁，今衣锦者，在涂之所服也。尚之以禅衣，为其文之太著。"❶ 庄姜华丽的锦衣外，却是素雅的罩衣。而陪嫁女子"庶姜孽孽"，毛《传》："孽孽，盛饰。"众女盛装随行，庄姜独一身素衣。白色与尊贵身份相匹配，可见一斑。

卫地之人，在器物上，也较为崇尚白色。《管锥编》："然卫、鄘、齐风中美人如画像之水墨白描，未渲染丹黄。《静女》：'自牧归荑，洵美且异。匪女之为美，美人之贻。'"❷ 郑《笺》云："茅，洁白之物也。自牧田归荑，其信美而异者，可以供祭祀，犹贞女在窈窕之处，媒氏达之，可以配人君。"❸ 诗以"洵美且异"喻静女之美，审美取向在于茅是洁白之物。此外，《干旄》一诗描写了春秋纳贤招士所用之物，或是"素丝纰之"的"干旄"，或是"素丝组之"的"干旟"，或是"素丝祝之"的"干旌"。《毛诗传笺通释》："是古者聘贤招士多以弓旌车乘。此诗干旄、干旟、干旌，皆历举召贤者之所建。"❹ 而"干旄""干旟""干旌"都是用白色丝线编织、装饰的。这些白色旗帜，是吸纳贤才的必需品，也展现了卫地以白为美、为尊的审美观。

（二）崇美

商代，先民们已经有了审美观念的自发意识。他们将现实生活中所见、所感的事物，不断地加以总结，并将其诗意引申生发。

---

❶ （汉）毛亨传，（汉）郑玄笺，（唐）孔颖达疏，李学勤主编．十三经注疏：毛诗正义［M］．北京：北京大学出版社，1999：222．
❷ 钱钟书．管锥编［M］．北京：生活·读书·新知三联书店，1999：173．
❸ （汉）毛亨传，（汉）郑玄笺，（唐）孔颖达疏，李学勤主编．十三经注疏：毛诗正义［M］．北京：北京大学出版社，1999：175．
❹ （清）马瑞辰撰，陈金生点校．毛诗传笺通释［M］．北京：中华书局，1989：189．

"邶鄘卫"风诗记载了卫人对人体美、装饰美习俗的重视，尤以《硕人》《君子偕老》为代表。《硕人》连用比喻写庄姜之美："手如柔荑，肤如凝脂，领如蝤蛴，齿如瓠犀，螓首蛾眉，巧笑倩兮，美目盼兮。"动静结合、虚实间或、美目顾盼中，庄姜的高贵、端庄被凸显出来。《诗品臆说》："《卫风》之咏硕人也，曰'手如柔荑'云云，犹是以物比物，未见其神。至曰'巧笑倩兮，美目盼兮'，则传神写照，正在阿堵，直把个绝世美人，活活请出来在书本上滉漾，千载而下，犹如亲其笑貌，此可谓离形得似者也。"❶《鄘风·君子偕老》关注了卫地人重装饰美的审美习惯。诗极写贵族女子头饰、服饰之名贵："副笄六珈，委委佗佗，如山如河，象服是宜。"佩饰之华美："玼兮玼兮，其之翟也。鬒发如云，不屑髢也。玉之瑱也，象之揥也。扬且之晳也。"全诗呈现出一幅"贵妇图"，卫地人尚美的文化心理毋庸多言。

《说文解字》："美，甘也，从羊，从大。"❷宋代徐铉附注："羊大则美，故从大。"徐中舒《甲骨文字典》中释"美"时说："象人首上加羽毛或羊首等饰物之形，古人以此为美。"❸甲骨文中的"美"字，其形态是上羊下人，或上羊下大，𦍋（J09283），𦍋（J09285）。在卫人眼里，身材高大、修长，形体硕健是美人的标准（见图2-2）。郑《笺》："硕，大也。"王先谦《诗三家义集疏》载："古人'硕'、'美'二字为赞美男女之统词。"❹《简兮》描写

---

❶ （清）孙联奎．诗品臆说［M］．文渊阁四库全书经部诗类：36．

❷ （汉）许慎撰，（宋）徐铉校定．说文解字［M］．北京：中华书局，2013：73．

❸ 徐中舒．甲骨文字典［M］．成都：四川辞书出版社，1990：416．

❹ （清）王先谦．诗三家义集疏［M］．北京：中华书局，1987：186．

一位舞师："硕人俣俣，公庭万舞。有力如虎，执辔如组。左手执籥，右手秉翟。"诗中的男子身材高大、健壮，力如猛虎，肤色红润，是力与美的象征。卫人对男性的审美要求是高大，对女性的审美标准亦是如此，《硕人》以"硕人"为题统领全篇，对诗中美人极尽赞颂之意。这位女子，"硕人其颀""硕人敖敖"，是一位身材高大、体格丰满的女子。

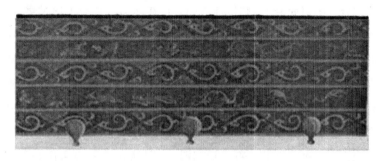

图 2-2　湖南长沙颜家岭 35 号东周墓出土漆奁上的二人围猎图

《考古学报》，1951 年第 1 期，第 29 页

（三）尚色

卫人尚色，实际包含两重意思。

其一，尊重女性，女子人格较为独立。周朝建国之初，认为商灭重要原因之一是女子地位太高。《尚书·牧誓》中武王批判纣王"惟妇言是用"的行为："王曰：古人有言曰：'牝鸡无晨，牝鸡之晨，惟家之索。'今商王受惟妇言是用。"❶《史记·殷本纪》也说纣王："好酒淫乐，嬖于妇人。爱妲己，妲己之言是从。"❷ "嬖于

---

❶　（汉）孔安国注，（唐）孔颖达疏，李学勤主编．十三经注疏：尚书正义［M］．北京：北京大学出版社，1999：285.

❷　（汉）司马迁．史记［M］．杭州：浙江古籍出版社，2000：13.

妇人""牝鸡之晨"换个角度看，反映了卫地"邶鄘卫"文化中妇女人格独立的现象。周代礼法制度严苛，女性地位发生了巨大的变化。而在受殷商文化熏染较深的"邶鄘卫"风诗之地，还能够依稀看到殷商女性人格独立的痕迹。如《鄘风·载驰》记载许穆夫人，"载驰载驱，归唁卫侯。驱马悠悠，言至于漕。"反映了殷周时期，上层女性举凡祭祀、征战、享封等活动都可以参加的旧习。

同时，卫地的女子有自觉追求自身幸福的意识，如"邶鄘卫"婚恋诗描写了女子在恋爱、婚姻中的主动表现：《匏有苦叶》《氓》中期盼婚姻："士如归妻，迨冰未泮。""将子无怒，秋以为期。"《柏舟》中控诉父母干涉恋爱："母也天只，不谅人只!"凡此种种，如《蝃蝀》所写："乃如之人也，怀婚姻也。"《孟子·滕文公》也记载了这种习俗："不待父母之命、媒妁之言，钻穴隙相窥，逾墙相从。"❶ 即使育有七子的母亲，仍然有改嫁的想法。《凯风》毛《序》："美孝子也。卫之淫风流行，虽有七子之母，犹不能安其室。"郑《笺》："不安其室，欲去嫁也。"❷ 这些现象应该与卫地女子地位较高、人格独立有很大关系。

其二，厌弃之风盛行。随着周礼浸淫日深，即使在殷风甚厚的"邶鄘卫"风诗之地，男子在生活中已渐居主导地位。朱熹《诗集传》："郑卫之乐，皆为淫声。然以诗考之，卫诗三十有九，而淫奔之诗才四之一；郑诗二十有一，而淫奔之诗已不翅七之五。卫犹为男悦女之词，而郑皆为女惑男之语。"❸ "男悦女"反映了男性在婚姻生活中，更占主动地位。卫地女子主动追求的婚恋，在周礼的窠

---

❶ （清）焦循. 孟子正义 [M]. 上海：上海书店出版社，1996：218.

❷ （汉）毛亨传，（汉）郑玄笺，（唐）孔颖达疏，李学勤主编. 十三经注疏：毛诗正义 [M]. 北京：北京大学出版社，1999：133.

❸ （宋）朱熹集注. 诗集传 [M]. 上海：上海古籍出版社，1958，56.

臼之下，往往以悲剧结束。

《汉书·地理志》说卫地之人"薄恩礼，好生分"。世风之薄在婚姻关系上体现得特别突出。卫地丈夫多薄幸，为妻者常被出。《韩非子·说林上》："卫人嫁其子而教之曰：'必私积聚。为人妇而出，常也；其成居，幸也。'其子因私积聚，其姑以为多私而出之。其子所以反者倍其所以嫁。其父不自罪于教子非也，而自知其益富。"❶ 弃妇风俗可见一斑。《韩非子·内储说下》："卫人有夫妻祷者而祝曰：'使我无故，得百束布。'其夫曰：'何少也?'对曰：'益是，子将以买妾。'"❷

"邶鄘卫"风诗保存了《诗经》中最多的弃妇类吟诵，达 8 首之多，为现象级文学表现。《谷风》毛《传》："《谷风》，刺夫妇失道也。卫人化其上，淫于新昏而弃其旧室，夫妇离绝，国俗伤败焉。"❸ 喜新厌旧之风，卫地尤甚。如《日月》言丈夫"德音无良"，女子痛极而呼父母；《终风》里女子既痛心丈夫的粗暴浮浪，又对他割舍不下，盼其回心转意；《谷风》之女子色衰被弃，然而全诗娓娓道来，有怨无恨，程俊英："自身尚不能见容，犹顾念其家事，其情痴绝。"❹

卫地女子虽屡遭厌弃，但在"邶鄘卫"风诗的精神特质上，占主流的依然是女性的独立人格之美。卫女在遭遇婚姻不幸后，会反思："于嗟女兮，无与士耽！士之耽兮，犹可说也。女之耽兮，不可说也。"牛运震《诗志》："三四两章深于自责却有微讽讥谏之

❶❷ （清）王先慎．韩非子集解［M］．上海：上海书店出版社，1996：183.

❸ （汉）毛亨传，（汉）郑玄笺，（唐）孔颖达疏，李学勤主编．十三经注疏：毛诗正义［M］．北京：北京大学出版社，1999：144.

❹ 程俊英，蒋见元．诗经注析［M］．北京：中华书局，1991：91.

旨，隐然言外……苦在说不出却又忍不得，算来惟有自责一着，而委曲微婉更与寻常自责不同，悲而不激，慕而不怨。"

（四）逸酒

殷商一朝，上自国君，下及黎庶，多沉湎于酒。《尚书·酒诰》："惟荒腆于酒，不惟自息乃逸。厥心疾很，不克畏死。辜在商邑，越殷国灭，无罹。弗惟德馨香祀，登闻于天，诞惟民怨。庶群自酒，腥闻在上。"❶ 周人认为导致商朝灭亡的另一个恶俗就是逸酒。但周代对殷遗较为宽容，随俗而治。《尚书·酒诰》又载："群饮，汝勿佚。尽执拘以归于周，予其杀。又惟殷之迪，诸臣惟工，乃湎于酒，勿庸杀之，姑惟教之。"❷ 这种怀柔政策既稳定了卫地社会秩序，也使得卫地逸酒习俗被保留下来。

"邶鄘卫"风诗反映了卫人与酒的关系。卫人饮酒器皿主要有爵、献、瓢、解、杯等。如《简兮》："赫如渥赭，公言锡爵。"健壮潇洒的宫廷舞师，因优美的舞姿，被赐酒一爵。爵的形状在甲骨文中形态像雀：𩜁（J12793），或与商人以玄鸟为图腾有关。《韩诗》："总名曰'爵'，其实曰'觚'。觚者，饱也。觚亦五升，所以罚不敬。"❸

酒具有广泛的作用。酒可用以远行饯别，《泉水》："出宿于沘，饮饯于弥"，"出宿于干，饮饯于言"。毛《序》："《泉水》，卫女思归也。嫁于诸侯，父母终，思归宁而不得，故作是诗以自见

❶ （汉）孔安国注，（唐）孔颖达疏，李学勤主编．十三经注疏：尚书正义［M］．北京：北京大学出版社，1999：380.

❷ （汉）孔安国注，（唐）孔颖达疏，李学勤主编．十三经注疏：尚书正义［M］．北京：北京大学出版社，1999：382.

❸ （汉）毛亨传，（汉）郑玄笺，（唐）孔颖达疏，李学勤主编．十三经注疏：毛诗正义［M］．北京：北京大学出版社，1999：38-39.

也。"郑《笺》载:"饯,送行饮酒也。"❶"邶鄘卫"风诗中,女子尚能"饮饯",可见卫地饮酒是得到周礼认可的。酒可用以解忧,《柏舟》:"泛彼柏舟,亦泛其流。耿耿不寐,如有隐忧。微我无酒,以敖以游。"

二、周代重内在品德

周代"郁郁乎文哉",《礼记》孔《疏》:"凡行吉凶之礼,必使外内相符,用外之物以饰内情。"❷"邶鄘卫"风诗在周礼的规范中走向庄严,呈现出周文化的特质。

(一)尚赤

战国时,已有"周人尚赤"的观点。《孔子家语》载:"周人以木德王,色尚赤,大事歛用日出,日出时亦赤也。戎事乘骊,骊马白腹牲用骍。骍,赤色也。此三代之所以不同。"❸《礼记·明堂位》有周旗"大赤"说:"有虞氏之旗,夏后氏之绥,殷之大白,周之大赤。"❹《史记·秦始皇本纪》:"始皇推终始五德之传,以为周得火德,秦代周德。"❺秦的规定意味着"周尚赤"观念的存在。关于周人尚赤传统,李炳海也曾提到:"周族崇尚红色,出兵作战驾乘红马,祭祀用红色牲畜。"❻

《北风》一诗中有"周人尚赤"的展现:"莫赤匪狐,莫黑匪

---

❶ (汉)毛亨传,(汉)郑玄笺,(唐)孔颖达疏,李学勤主编.十三经注疏:毛诗正义 [M].北京:北京大学出版社,1999:165.

❷ (汉)郑玄注,(唐)孔颖达疏,李学勤主编,龚抗云整理.十三经注疏:礼记正义 [M].北京:北京大学出版社,2000:697.

❸ 杨朝明,宋立林.孔子家语通解 [M].济南:齐鲁书社,2009:337.

❹ (汉)郑玄注,(唐)孔颖达疏,李学勤主编,龚抗云整理.十三经注疏:礼记正义 [M].北京:北京大学出版社,2000:1100.

❺ (汉)司马迁.史记 [M].杭州:浙江古籍出版社,2000:39.

❻ 李炳海.部族文化与先秦文学 [M].北京:高等教育出版社,1995:39.

乌。"《郑笺》："赤则狐也，黑则乌也，犹今君臣相承，惠而好我，携手同为恶如一。"❶《诗集传》："狐，兽名，赤则狐也，似犬黄赤色。"❷《简兮》亦有类似的审美倾向展现："赫如渥赭，公言锡爵。""赫"，即红色，《说文》："火赤貌。"《博雅》："赤也。"诗写一位女子对刚跳完舞，面色绯红的舞师充满爱意的迷恋，可以看出卫人对红色的喜爱。

当红色取代了白色，当素雅转变为凝重，"邶鄘卫"风诗中的殷、周审美完成了交接，也是社会制度变革的见证。

（二）重德

周人有重德、敬德的传统，"敬德保民"把"德"从人生哲学层面提升到政治层面。"皇天无亲，惟德是辅"，所以必须要"敬德"，波及《诗经》中，就形成了"重德"的审美倾向。

周代与殷一样，有占卜和祭祀习俗，其文化表象背后，是尊祖、孝亲的道德意识。"商王朝祭祀祖先的制度和礼仪已相当发达，与之相适应的'孝'观念当已出现。"❸ 礼制下的周代，亦是如此。《凯风》表现的对慈母情怀的感恋，正是"孝道"观念的呈现。《毛诗正义》："言已得父母生长，如万物得南风生也。舜有孝行，故以此五弦之琴，歌《南风》之诗，而教天下之孝。"朱绪曾《开有益斋经说》卷二《凯风》："称'母氏劬劳'、'母氏圣善'、'母氏劳苦'，自责其'我无令人'、'莫慰母心'而已。此孝子动放至性情，非伪托也。""睍睆黄鸟，载好其音。有子七人，莫慰母

---

❶ （汉）毛亨传，（汉）郑玄笺，（唐）孔颖达疏，李学勤主编．十三经注疏：毛诗正义［M］．北京：北京大学出版社，1999：173.

❷ （宋）朱熹集注．诗集传［M］．上海：上海古籍出版社，1958：26.

❸ 陈来．古代宗教与伦理［M］．北京：生活·读书·新知三联书店，1996：116.

心。"七子的反躬自责感人至深。

"邶鄘卫"风诗对周制重礼义的描写洋溢着人文关怀，《伯兮》描写了妻子对丈夫的殷殷思念："自伯之东，首如飞蓬。岂无膏沐？谁适为容！"《诗补传》曰："居而相离，则思期而不至。则忧此人之情也。文王之遣戍役，周公之劳归士，皆叙其室家之情，男女之思，以闵之故。其民悦而忘死，圣人能通天下之志，是以能成天下之务。兵者，毒民于死者也，孤人之子，寡人之妻，伤天地之和，召水旱之灾，故圣王重之。如不得已而行，则告以归期，念其勤劳哀伤惨怛，不啻在己。是以治世之诗，则言其君上闵恤之情，乱世之诗，则录其室家怨思之苦，以为人情不出乎此也。""邶鄘卫"风诗再现了周人重德的"君子风范"。《淇奥》："有匪君子，如切如磋，如琢如磨。"此君子可以"比德于玉"，有很高的学问，有处理政事的能力："有匪君子，如金如锡，如圭如璧。"他意志坚定，忠贞纯厚："宽兮绰兮，猗重较兮，善戏谑兮，不为虐兮。"他胸怀宽广，性格旷达，谈吐风趣幽默又平易近人。

（三）崇勇

社会生活与审美观关系密切，周人对孔武有力很是欣赏与赞叹，是尚武精神的反映。殷商文化就有英勇色彩，"以战死为吉利，病终为不祥"。❶ 商帝辛，《殷本纪》称他"资辨捷疾，闻见甚敏，才力过人，手格猛兽"。❷ 周代同样崇尚英雄，"邶鄘卫"风诗歌颂杀伐、赞美勇武，提倡"发动而成于文，行快而便于物"。❸

周代教育子息，学舞、习武以强壮体魄是重要内容。《尚书·

---

❶ （南朝宋）范晔撰. 后汉书［M］. 北京：中华书局，1965：2883.
❷ （汉）司马迁. 史记［M］. 杭州：浙江古籍出版社，2000：12.
❸ 裴文中. 中国史前时期之研究［M］. 北京：商务印书馆，1950：83.

尧典》："帝曰：夔，命汝典乐，教胄子，直而温，宽而栗，刚而无
虐。"❶《礼记·内则》："成童，舞象，学射、御。"孔颖达《疏》：
"成童谓十五以上，舞象谓武舞也。"❷《邶风·简兮》就反映了这
种以勇武为美的"万舞"。杨伯峻《春秋左传注》："万，舞名，包
括文舞与武舞。文舞执龠与翟，故亦名龠舞、羽舞，《诗·邶风·
简兮》所谓'公庭万舞，左手执龠，右手秉翟'者是也；武舞执
干与戚，故亦名干舞。"❸正在跳"万舞"的主人公"硕人俣俣"，
毛《传》："俣俣，容貌大也。"即高大英武。其动作是"有力如
虎"，充满了男性的阳刚之美。整首诗歌呈现了时人对高大、勇武、
壮硕、俊美的欣赏与赞叹。"舞者"身上的旺盛生命力，深深地吸
引了观舞的女子："云谁之思？西方美人。"正是对勇武之风的肯
定。《简兮》中盛大的万舞场面，少不了鼓乐之音。"简兮简兮，
方将万舞"，诗歌一开始就先声制人，用鼓声掀开了万舞的雄壮气
势。舞步有力，鼓声雄壮，娱乐性的场面也变得阳刚力挺。鼓声震
天的力量美，《击鼓》也有表现："击鼓其镗，踊跃用兵。"总之，
英雄们在鼓声中，纷飞生动起来。《盐铁论·大论》"虞夏以文，
殷周以武，异时各有所施"❹不是谬言。

　　要之，殷商文化注重娱乐，周文化注重礼乐教化，卫地文化在
这两种审美碰撞中左冲右突。"邶鄘卫"风诗欣赏、赞扬人体外在
之美，这是殷商审美文化的遗存。而"邶鄘卫"风诗中那些描写的

　　❶ （汉）孔安国注，（唐）孔颖达疏，李学勤主编. 十三经注疏：尚书正
义 [M]. 北京：北京大学出版社，1999：382.
　　❷ （汉）郑玄注，（唐）孔颖达疏，李学勤主编，龚抗云整理. 十三经注
疏：礼记正义 [M]. 北京：北京大学出版社，2000：1003.
　　❸ 杨伯峻. 春秋左传注 [M]. 北京：中华书局，1995：46.
　　❹ （汉）桓宽. 盐铁论 [M]. 上海：上海书店出版社，1996：61

重视内在道德修缮的诗篇，又反映了周代礼乐文化的渗透。礼序人伦，乐移风俗，内美与外美并重，就是卫地文化的二重性表现。当周文化占据主流时，殷商遗风在生活中润物化雨。当周王朝的统治地位渐趋衰微之时，卫地文化血液中殷商文化又发挥了娱情的一面。于是，在春秋礼崩乐坏的危机里，卫地新声冲破雅颂之音，受到越来越多人的喜爱，是为"郑卫之音"。

第三节 "邶鄘卫"风诗与殷周婚恋习俗

婚恋诗在"邶鄘卫"风诗中共 39 首，婚恋诗比重较大，仅以《小序》《诗集传》的解读为依据，婚恋诗就有 16 首之多。"周礼达于天下"，并不意味着宗周社会中礼乐文明的同一性、同步性。周代各部族文化、地域文化与周代礼乐文化长期并存的状态，使得周族统治者对文化的地域性持宽容态度。"邶鄘卫"风诗中反映的婚恋习俗，也伴随着浓重的二元性特征。《周礼》贾《疏》："俗谓昏姻之礼，旧所常行者为俗。还使民依行，使之人善。"❶

一、婚恋习俗之殷商传统

商部族最早起源于古代的东夷族，这个问题学者基本达成共识。殷从成汤到盘庚时期，曾多次迁都，后又为经营东方而发起征战。在这种迁徙与征战的过程中，殷商文化与东夷文化相互碰撞、渗透，因而在"邶鄘卫"风诗里，依稀可见殷商文化的烙印。

（一）婚恋自由之风

东夷人在婚恋方面的禁忌，与其他部族相比，男女交往自由，

---

❶ （汉）郑玄注，（唐）贾公彦疏，李学勤主编. 十三经注疏：周礼注疏[M]. 北京：北京大学出版社，1999：54.

基本没有礼法约束。《列子·汤问》："男女杂游，不媒不聘"。❶
《北史·卷九》："风俗尚淫，不以为愧，俗多游女，夫无常人。夜
则男女群聚而戏，无有贵贱之节。"❷"邶鄘卫"风诗处殷商旧文化
圈，亦受到此风的影响。先民们在桑间濮上曼妙起舞，在投琼送琚
之时，率性相会。

《匏有苦叶》中年轻女子在济水渡口翘首等待情人，《诗集
传》："言匏未可用，而渡处方深。行者当量其浅深、而后可渡。以
比男女之际、亦当度量礼义而行也。"❸《木瓜》诗质朴纯真，"你"
赠我木瓜，"我"回赠你美玉，心心相印。《简兮》诗，面对自己
欣赏的舞师，感慨其是"西方美人"，毫不忸怩作态。"邶鄘卫"
风诗中，恋爱中的男女徜徉在淇水之畔，《有狐》："有狐绥绥，在
彼淇梁。心之忧矣，之子无裳。"两情欢悦私于城隅楼头，《静
女》："静女其姝，俟我于城隅。爱而不见，搔首踟蹰。"范处义：
"《周南》被化，则虽游女有不可求。卫国淫乱，则虽《静女》亦
不自保。三章所咏皆男女相慕悦之事。"❹即使是怀恋征役中的爱
人，也是直抒胸臆："自伯之东，首如飞蓬"，感情深切、真挚。

较为自由的婚恋环境，也会衍生出一些貌似伪礼的事情。《新
台》之诗，《诗序》："刺卫宣公也。纳伋之妻，作新台于河上而要
之，国人恶之而作是诗也。"❺遑论诗旨，此诗从侧面反映了卫在
婚恋上自由、奔放的习俗。"邶鄘卫"风诗里的婚恋诗，无论是欢

---

❶ （汉）张湛．列子［M］．上海：上海书店出版社，1996：61.
❷ （唐）李延寿．北史［M］．北京：中华书局，1974：388.
❸ （宋）朱熹集注．诗集传［M］．上海：上海古籍出版社，1958：20.
❹ （宋）范处义．诗补义［M］文渊阁四库全书经部诗类72册：7.
❺ （汉）毛亨传，（汉）郑玄笺，（唐）孔颖达疏，李学勤主编．十三经
注疏：毛诗正义［M］．北京：北京大学出版社，1999：176.

快还是哀伤，情感状态上呈现的多为尽情宣泄、抒发。

（二）收继婚俗

卫地婚姻，继承殷商旧俗，无同姓不婚规定，无世系关系约束。行烝报婚、收继婚之俗。《小尔雅》："男女不以义交谓之淫。上淫曰烝，下淫曰报，旁淫曰通。"❶烝报、收继婚俗现象在《春秋》经传中广泛记载。商周之前，即有收继婚例，如司马贞《史记索隐》引《括地志》："夏桀无道，汤放之鸣条，三年而死，其子獯鬻妻桀之众妾。"❷因此，"邶鄘卫"风诗中的收继婚现象，也是殷商遗俗的表现。收继婚，如《史记·匈奴列传》载："父死，妻其后母；兄弟死，皆取其妻妻之。"

《墙有茨》，毛《序》："公子顽通乎君母，国人疾之而不可道也。"❸《君子偕老》，毛《序》："刺卫夫人也。夫人淫乱，失事君子之道。"郑《笺》："夫人，宣公夫人，惠公之母也。"《鹑之奔奔》，毛《序》："刺卫宣姜也。卫人以为宣姜鹑鹊之不若也。"《郑笺》也言："刺宣姜者，刺其与公子顽为淫乱，行不如禽鸟。"三首诗的《序》《笺》都明确地把讽刺的矛头指向了宣姜。《桑中》讽刺公子顽、宣姜及卫宫室宣淫之风。《毛诗集解》："（《桑中》）刺奔也。卫之公室淫乱，男女相奔。至于世族在位，相窃妻妾，期于幽远，政散、民流而不可止。"❹《新台》《二子乘舟》讲的都是宣公烝夷姜之事，也证明了卫地收继婚存在的史实。《左传·桓公

---

❶（清）胡承珙. 小尔雅义证［M］. 合肥：黄山书社，2011：63.

❷（唐）司马贞. 史记索隐（《史记三家注》合本）［M］. 北京：中华书局，1959：125.

❸（汉）毛亨传，（汉）郑玄笺，（唐）孔颖达疏，李学勤主编. 十三经注疏：毛诗正义［M］. 北京：北京大学出版社，1999：181.

❹（宋）李樗，黄櫄. 毛诗李黄集解［M］. 文渊阁四库全书经部诗类71册：213.

十六年》："初，卫宣公烝于夷姜，生急子，属诸右公子。为之娶于齐，而美，公取之，生寿及朔，属寿于左公子。"❶《新台》，毛《序》云："刺卫宣公也。纳伋之妻，作新台于与河上而要之，国人恶之而作是诗也。"

"邶鄘卫"风中授人以柄的所谓淫诗，如宣公、宣姜的事，宣公和庶母夷姜的婚姻，宣公之子昭伯和其庶母宣姜的婚姻，在当时未必是淫乱之举。古人批判宣姜之罪，与其说是收继之淫，不如说是恨其干涉子嗣，作乱卫国。《列女传·孽嬖传》："卫之宣姜，谋危太子，欲立子寿，阴设力士，寿乃俱死，卫果危殆，五世不宁，乱由姜起。"在周礼渐浸时代，对"邶鄘卫"风诗中关涉的"收继婚"婚俗持批判立场，也是因为这种婚俗与周代长幼有序的伦理观格格不入，甚至会威胁到周代嫡长子继承制。

二、婚恋习俗之周代烙印

西周伊始，周礼逐步完善，社会生活渐渐被纳入各种礼仪窠臼，婚嫁行为也不例外。《礼记·昏义》："昏礼者，将合二姓之好，上以事宗庙，而下以继后世也，故君子重之。"❷"邶鄘卫"风诗同样反映了周代严格、详备的婚姻制度。

（一）婚姻程序

周代的婚礼程序，有所谓"六礼"之俗。但"六礼"真正形成时间，学界基本有三种认识：或认为"六礼为周之遗制，春秋时诸侯大夫嫁娶，颇沿用之"。或认为"真正实行'六礼'的，是起于汉代——战国以后人已把各处流风搜集起来载入《仪礼》"。或

---

❶ （西晋）杜预. 春秋左传集解 [M]. 上海：上海人民出版社，1977：121.
❷ （汉）郑玄注，（唐）孔颖达疏，李学勤主编，龚抗云整理. 十三经注疏：礼记正义 [M]. 北京：北京大学出版社，2000：1888.

认为春秋只有"聘""纳币""逆女"等三礼。周代的婚姻程序，或许在"邶鄘卫"风诗中能一窥端倪。

其一，纳采。周代"父母之命，媒妁之言"的婚姻意识已经深入人心，所谓"男女非有行媒，不相知名"。《说文》："媒，谋也，谋合二姓。"❶ 纳采，即男方委托媒人去女方家提亲。《氓》中有此俗的反映，《氓》中的弃妇回忆二人初识之时："匪我愆期，子无良媒。将子无怒，秋以为期。"《诗经原始》："是其初亦未尝不欲守礼以待媒。乃情不自禁，私订昏姻，后要媒妁，则违礼已甚，然其不敢显然背礼之心，则又昭然而若揭。"❷ 看来，"不待父母之命，媒妁之言，钻穴隙相窥，逾墙相从，则父母国人皆贱之"❸ 的社会风气，让春心萌动的少女忌惮三分。《匏有苦叶》："雍雍鸣雁，旭日始旦。"以鸣雁起兴，毛《传》："纳采用雁。"郑《笺》："雁者，随阳而处，似妇人从夫，故昏礼用焉。"《仪礼·士昏礼》："昏礼，下达，纳采，用雁。"何以取雁？"用雁为挚者，取其顺阴阳往来。"❹

其二，问名。问名，指男方家委托媒人询问女方的生辰与名字。这种习俗，在"邶鄘卫"风诗中没有找到对应的诗篇。

其三，纳吉。问名之后即是"纳吉"，即卜婚。"邶鄘卫"风诗时代，殷商崇天敬神旧俗依然浓厚，婚姻大事多需"卜其吉凶""卜之，得吉日"才能定夺。郑玄："归卜于庙，得吉兆，复使使

❶ （汉）许慎撰，（宋）徐铉校定. 说文解字［M］. 北京：中华书局，2013：259.

❷ （清）方玉润撰，李先耕点校. 诗经原始［M］. 北京：中华书局，1986：180.

❸ （清）焦循. 孟子正义［M］. 上海：上海书店出版社，1996：251.

❹ （宋）朱熹. 仪礼经传通解［M］. 上海：上海古籍出版社，2002：416.

者往告，婚姻之事于是定。"❶ 得吉兆后，即可备礼通知女方家，缔结婚姻。《氓》里女子经过"不见复关，泣涕涟涟"的漫长等待后，终于盼来了好消息，"尔卜尔筮，体无咎言。以尔车来，以我贿迁"。姑娘"载笑载言"地让心上人带走了她的嫁妆，占卜成就了秦晋之好。

其四，纳征。纳征是男方送聘礼，这一点在"邶鄘卫"风诗中亦没有找到表现的诗篇。但自古至今，纳征应该是现实婚礼"结二姓之好"的核心程序，周代婚制中应当不会错过。卫诗中有些反映男女定情，互赠礼物的诗篇："投我以木瓜，报之以琼琚"；"投我以木桃，报之以琼瑶"（《木瓜》）或可类之纳征？但理论上"纳征"应该存在于婚礼程序中，姑且存疑。

其五，请期。请期，关键是确定婚期。《匏有苦叶》有关于婚期的描写："士如归妻，迨冰未泮。"王先谦："妇人谓嫁曰'归'，自士言之，则娶妻是'来归'其妻，故曰'归妻'，谓亲迎也。"❷ 郑《笺》："归妻，使之来归于己，谓请期也。冰未散，正月中以前也，二月可以昏矣。"《氓》中写道："秋以为期。"《诗三家义集疏》认为《氓》里的"淇水汤汤，渐车帷裳"一句，是"此妇更追溯来迎之时，秋水尚盛，已渡淇径往，帷裳皆湿"。❸ 认为婚期是在秋天。有关婚期，在下文中会有进一步讨论。

其六，亲迎（见图 2-3）。亲迎，即新郎迎娶女方。《氓》中"以尔车来，以我贿迁"就体现了婚礼中的这一环节。周时"亲迎"应该在黄昏。《唐风·绸缪》："绸缪束薪，三星在天。今夕何

❶ （汉）毛亨传，（汉）郑玄笺，（唐）孔颖达疏，李学勤主编．十三经注疏：毛诗正义 [M]．北京：北京大学出版社，1999：230.
❷ （清）王先谦．诗三家义集疏 [M]．北京：中华书局，1987：166.
❸ （清）王先谦．诗三家义集疏 [M]．北京：中华书局，1987：296.

夕，见此良人？子兮子兮，如此良人何？"《诗经》中的"婚"基本都写作"昏"。《谷风》："宴尔新昏，不我屑以。"新婿于昏时而来，所以叫"昏"。"姻"，《说文解字》："姻，婿家也。女之所因，故曰姻。"❶ 女子随新郎而去。亲迎之时，女子要装饰打扮，这亦是婚嫁习俗中的亮丽风景线。《鄘风·君子偕老》描绘了贵族女子出嫁时所着的华美服饰，这在下文服饰习俗中会阐述到。亲迎时候的盛况在《硕人》中可得一见，《硕人》："河水洋洋，北流活活。施罛濊濊，鳣鲔发发，葭菼揭揭。庶姜孽孽，庶士有朅。"奔腾的河水、雀跃的鱼群、送亲队伍的浩浩荡荡，显示了亲迎场面的热闹非凡。下面这幅"王孙亲迎图"，或可有助于想象"邶鄘卫"风诗所描绘的婚礼盛景。

（二）婚嫁时节

周代婚期的举行，受季节性因素影响远甚于现在。毛《传》以秋、冬为婚嫁之时，郑《笺》则坚持婚礼举行在"仲春"时节。"邶鄘卫"风诗中也有关于婚姻时节的描写。此处先将《诗经》里有关婚期的文章依《毛诗正义》罗列如下，或可对周礼中婚嫁时间的判断有些启发。

《桃夭》："逃之夭夭，灼灼其华，之子于归，宜室宜家。"
毛《传》："《东门之杨》传曰'男女失时，不逮秋冬'，则秋冬嫁娶正时也。言宜其室家无逾时，则三章皆为秋冬时矣。"
郑《笺》："郑以三十之男，二十之女，仲春之月为昏，是礼之正法，则三章皆上二句言妇人以年盛时行，谓二十也，下句言年时俱当，谓行嫁又得仲春之正时也。"

---

❶ （汉）许慎撰，（宋）徐铉校定．说文解字［M］．北京：中华书局，2013：259．

图 2-3　1987 年楚都纪南城荆门 2 号楚墓出土奁盒上的亲迎图

《文艺研究》，1990 年第 4 期，第 115-119 页

《野有死麕》："有女怀春，吉士诱之。"毛《传》："春，不暇待秋也。"孔《疏》："《传》以秋冬为正昏。此云春者，此女年二十期已尽，不暇待秋也。"

《匏有苦叶》："雍雍鸣雁，旭日始旦。士如归妻，迨冰未泮。"毛《传》:"言士如使妻来归于己,当及冰之未散,正月以前迎之。君何故不用正礼,及时而娶,乃烝父妾乎。"

《氓》:"匪我愆期,子无良媒。"与子"秋以为期"。

《绸缪》:"三星在天""三星在户"。诗《序》:"国乱则婚姻不得其时焉。不得其时,谓不及仲春之月。"孔《疏》:"毛以为,不得初冬、冬末、开春之时,故陈婚姻之正时以刺之。郑以为,不得仲春之正时,四月五月乃成婚。"

《东门之杨》:"东门之杨,其叶牂牂,昏以为期,明星煌煌。"孔《疏》:"毛以为婚之月自季秋尽于孟春,皆可以成婚。三十之男、二十之女,乃得以仲春行嫁。自是以外,余月皆不得为婚。"

《东山》:"仓庚于飞,熠耀其羽。"郑《笺》:"仓庚仲春而鸣,嫁娶之候也。"

《我行其野》:"我行其野,蔽芾其樗。婚姻之故,言就尔居。"《正义》:"樗是木也,言蔽芾始生。谓叶在枝条始生,非木根始生于地也。仲春草木可采,故言仲春之时,嫁娶之月矣。"

先秦史传作品中,也有关于婚期的相关记载。如《左传》昭公二年:"秋,郑。……夏四月,韩须如齐逆女。"❶《左传·襄公二十二年》:"二十二年春,臧武仲如晋,雨,过御叔……十二月,郑游贩将归晋,未出竟,遭逆妻者,夺之,以馆于邑。"❷,等等。

由上文可见,古人对于周代婚期的记载,"仲春"时节、"秋

---

❶ (西晋)杜预.春秋左传集解[M].上海:上海人民出版社,1977:1212-1213.

❷ (西晋)杜预.春秋左传集解[M].上海:上海人民出版社,1977:979.

冬"时分的观点在伯仲之间，还是回到"邶鄘卫"风诗。对于婚期时节的认知，"邶鄘卫"风诗也记载了两种情况。第一，仲春时节。《燕燕》："燕燕于飞，差池其羽。之子于归，远送于野。"诗以燕子起兴，明著婚期为春日。《白虎通义》有论："嫁娶必以春何？春，天地交通，万物始生，阴阳交接之时也。"❶ 《周礼·地官·媒氏》载："中春之月，令会男女，于是时也，奔者不禁。"❷ 可见春暖花开之季，在周时是举行婚礼的一个季节选择。第二，秋冬时分。在秋冬举行婚礼，卫诗中有两个记载：《匏有苦叶》认为婚期应在"迨冰未泮"之时，《荀子·大略》："霜降逆女，冰泮杀止。"❸《氓》言"秋以为期"。

综合考量各种因素，笔者认为卫地婚期应该是在秋冬之际。李炳海《先秦时期的嫁娶季节与〈诗经〉相关作品的物类事象》认为："春季娶女主要分布在夏文化区，《诗经》中见于《唐风》和《周南》，《春秋》《左传》中见于晋国。秋冬娶女流行于商、周文化区，《诗经》中主要见于《邶风》和《卫风》，《春秋》、《左传》中见于周、齐、鲁、宋诸地。"❹

《硕人》中庄姜出嫁，途中所见之景有"葭菼揭揭"，芦苇呈上扬之姿，长势良好，当是秋天之景。此外，有关《匏有苦叶》中的"士如归妻，迨冰未泮"句，闻一多解释为："举凡《诗》中所记，若匏叶枯落，渡头水深，并雄雄雁鸣，皆秋日河水未合以前

---

❶ （清）陈立撰，吴则虞点校．白虎通义疏证［M］．北京：中华书局，1994：454.

❷ （汉）郑玄注，（唐）贾公彦疏，李学勤主编．十三经注疏：周礼注疏［M］．北京：北京大学出版社，1999：362.

❸ （清）王先谦．荀子集解［M］．上海：上海书店出版社，1996：327.

❹ 李炳海．先秦时期的嫁娶季节与《诗经》相关作品的物类事象［J］．河南大学学报，1994（2）：27.

景。"《北风》载:"北风其凉,雨雪其雱。惠而好我,携手同车。"
此为冬日亲迎之诗,婚期显然是在冬季。《谷风》也透露出冬季娶
女的信息:"我有旨蓄,亦以御冬。宴尔新昏,以我御穷。"

先秦一般将秋季作为固定的捕鱼季节,《礼记·王制》:"獭祭
鱼,然后虞人入泽梁;豺祭兽,然后田猎;鸠化为鹰,然后设罻
罗;草木零落,然后入山林。"❶《周礼·天官冢宰》也写道:"春
献鳖蜃,秋献龟鱼。"❷秋天是集中捕鱼的季节,《礼记·月令》:
"乃命水虞渔师,收水泉池泽之赋。"❸《硕人》最后一章所写的
"河水洋洋,北流活活。施罛濊濊,鱣鲔发发"描绘了迎亲时沿途
所见被捕入网的鱼群,说明婚期正值集中捕鱼的季节。

古代农民冬则居,春居野,故嫁娶于秋冬之节更为合理,《孔
子家语·本命解》:"群生闭藏乎阴,而为化育之始。故圣人因时以
合偶男女,穷天数也。霜降而妇功成,嫁娶者行焉,冰泮而农桑
起,婚礼杀而于此。"❹董仲舒解释为:"天之道,向秋冬而阴来,
向春夏而阴去,是故古之人霜降而迎女,冰泮而杀止,与阴俱近,
与阳俱远也。"❺所以,卫地的婚嫁时节安排在秋冬,应不为过。
吕思勉《先秦史》:"仲春奔者不禁,盖以时过而犹不克昏,则必
乏于财,故许其杀礼。"❻他认为秋末至春初为农闲时节,又有一

---

❶ (汉)郑玄注,(唐)孔颖达疏,李学勤主编,龚抗云整理.十三经注
疏:礼记正义 [M].北京:北京大学出版社,2000:437.

❷ (汉)郑玄注,(唐)贾公彦疏,李学勤主编.十三经注疏:周礼注疏
[M].北京:北京大学出版社,1999:362.

❸ (汉)郑玄注,(唐)孔颖达疏,李学勤主编,龚抗云整理.十三经注
疏:礼记正义 [M].北京:北京大学出版社,2000:104.

❹ 杨朝明,宋立林.孔子家语通解 [M].济南:齐鲁书社,2009:310.

❺ (汉)董仲舒.春秋繁露 [M].长沙:岳麓书社,1997:284.

❻ 吕思勉.先秦史 [M].上海:上海古籍出版社,1982:267.

定收成，可以有财力置办婚礼。闻一多先生亦言："追夫民智渐开，始稍知适应实际需要移婚期以就秋后农隙之时。"❶

(三) 婚姻制度

"邶鄘卫"风诗中反映出的周礼色彩，也与殷商之迹有别。

其一，同姓不婚。殷商时期，还残留有族内通婚的习俗。周朝以后则完全禁绝，实行"同姓不婚"之制。王国维《殷周制度论》："周人制度之大异于商者，一曰立子立嫡之制，由是而生宗法及丧服之制，并由是而有封建子弟之制、君天子臣诸侯之制；二曰庙数之制；三曰同姓不婚之制。"❷

从制度上来讲，"同姓不婚"可以保证周王室通过联姻，扩大宗法统治范围，构筑起"周之宗盟，异姓为后"的统治格局。"邶鄘卫"风诗中的《邶风·燕燕》《邶风·泉水》《鄘风·载驰》《卫风·硕人》等诗，都证明了这种异姓邦国之间的婚姻存在。《礼记·昏义》："昏礼者，将合二姓之好，上以事宗庙，而下以继后世也，故君子重之。"强调婚姻双方为"二姓"。《载驰》中许穆夫人为卫宣公之女，姬姓，嫁给了姜姓的许国国君。《硕人》特别提到了庄姜的高贵身份："齐侯之子，卫侯之妻，东宫之妹，邢侯之姨，谭公维私。"详细的身份介绍，也提供了姜姓齐国的三个女儿嫁给异姓诸侯的信息。

从生活认知上来说，周人认为，同姓婚姻不利于后代的繁衍，《左传》："男女同姓，其生不蕃。"《国语·晋语四》记载："同姓

---

❶ 闻一多. 闻一多全集：诗经通义甲 [M]. 武汉：湖北人民出版社，1994：367.

❷ 傅杰编校. 王国维论学集：殷周制度论 [M]. 北京：中国社会科学出版社，2008：2.

不婚，恶不殖也。"❶《邶风·泉水》《鄘风·蝃蝀》《卫风·竹竿》都有"女子有行，远兄弟父母"句，姑娘们远嫁他乡的感伤，如在目前。

其二，一夫一妻制。从"邶鄘卫"风诗中可以看出，卫地也实行周礼提倡的"一夫一妻"婚姻制度，"一夫一妻"制与现代婚姻观念极为接近。《氓》中女主人指责氓"女也不爽，士贰其行。士也罔极，二三其德"。而自己"信誓旦旦，不思其反"，对爱情专一。《邶风·柏舟》中的"之死矢靡它"誓言，激烈、动人心魄，让人想起那个誓死守志的美丽宣姜，《诗三家义集疏》："鲁说曰：卫宣夫人者，齐侯之女也。嫁于卫，至城门，而卫君死。保母曰：'可以还矣。'女不听，遂入，持三年之丧。毕，弟立请曰：'卫小国也，不容二庖，愿请同庖。终不听。卫君使人愬于齐兄弟，齐兄弟皆欲与后君，使人告女，女终不听。乃作诗曰：'我心匪石，不可转也。我心匪席，不可卷也。'厄穷而不悯，劳辱而不苟，然后能自致也。言不失也，然后可以济难矣。诗曰：'威仪棣棣，不可选也。'言其左右无贤臣，皆顺其君之意也。君子美其贞一，故举而列之于诗也。"❷《击鼓》之"死生契阔，与子成说。执子之手，与子偕老"感动千古。

但一夫一妻制并不代表无妾，只是妻妾分别名号，各居其位，秩序井然。这种秩序在温情背后，承载的却是女子们的满腹心酸。如《柏舟》："忧心悄悄，愠于群小。"朱熹："群小曰众妾也。"

其三，媵婚制。"邶鄘卫"风诗显示，卫地也盛行媵婚制，《左传·成公八年》："卫人来媵共姬，礼也。凡诸侯嫁女，同姓则

---

❶ （春秋）左丘明著，邬国义、胡果、李晓路撰．国语译注［M］．上海：上海古籍出版社，1994：304.

❷ （清）王先谦．诗三家义集疏［M］．北京：中华书局，1987：126.

媵之，异姓则否。"❶《公羊传·庄公十九年》释"媵"载："诸侯娶一国，则二国往媵之，以姪娣从。姪者何？兄之子也；娣者何？弟也。诸侯一聘九女。"❷ 即诸侯娶一国之女为妻，女方有送行的人以"姪"或"娣"的形式随同出嫁。

《硕人》："庶姜孽孽，庶士有朅。""庶姜"之"姜"为齐侯之姓。"庶士"是陪同"硕人"出嫁的男子随从，即媵臣。《小雅·我行其野》孔《疏》："《释言》云：'媵，送也。'妾送嫡而行，故谓妾为媵。媵之名不专施妾，凡送女适人者，男女皆谓之媵。"《泉水》也写到了这种婚姻形态："娈彼诸姬，聊与之谋。"此处的"诸姬"就是出嫁他国的媵妾。夫人思归，与众媵姪娣商量，关系亲密。顾炎武《日知录》卷三"诸姑伯姊"条："《泉水》之诗，其曰'诸姬'，犹《硕人》之'庶姜'。古人来媵而为姪娣者，必皆同姓之国。其年之长幼，序之昭穆，则不可知也，故有诸姑伯姊之称，犹《礼》之言伯父、伯兄也。贵为小君，而能谦以下其众妾，此所谓'其君之袂不如其娣之袂良'者矣。"❸ 齐、卫间的婚姻往来记载尤多，《左传·僖公十七年》载："齐侯之夫人三，王姬、徐嬴、蔡姬，皆无子。齐侯好内，多内宠，内嬖如夫人者六人：长卫姬，生武孟；少卫姬，生惠公；郑姬，生孝公……"❹ 长卫姬、少卫姬就是媵妾，媵婚制保证了齐卫联盟的亲密无间。

周代车舆制度等级森严，《泉水》有"载脂载辖，还车言迈"

---

❶ （西晋）杜预.春秋左传集解［M］.上海：上海人民出版社，1977：692.

❷ （汉）何休.春秋公羊传注疏［M］.上海：上海古籍出版社，2014：176.

❸ 顾炎武著，陈垣校注.日知录校注［M］.合肥：安徽大学出版社，2007：302.

❹ 杨伯峻.春秋左传注［M］.北京：中华书局，1995：373.

之句，《诗集传》："脂，以脂膏涂其辖，使滑泽也。辖，车轴也。"《硕人》也极言亲迎车辆数目之多。而在"邶鄘卫"的其他诗中，未见有提及平民亲迎场景的诗篇，如《氓》未提到姪娣媵妾。因此，或可以推测，媵婚制更流行于贵族中。

要之，有序的婚姻礼仪，不一定能保证女子婚后生活的幸福。《日月》《终风》《谷风》《氓》等诗里的女子或温顺贤惠，或谨守妇道，但仍然难逃无辜被弃的事实。因此，卫地在殷周两种文化双重影响下，相对自由的婚姻模式，在周制的婚姻礼仪窠臼里越来越举步维艰。"邶鄘卫"风诗的恋歌，一方面因袭殷商习俗而崇尚自由、开放，另一方面又在周礼制规范下，保持了冷静、理智、肃穆。《雄雉》中的女子，心怀远人，却只能守礼安居在家等待："瞻彼日月，悠悠我思。道之云远，曷云能来?"以至"甘心首疾"，凭窗自怜。同时，周代礼制下，女子归宁亦有诸多限制："诸侯夫人尊重，既嫁，非有大故不得返。"❶《泉水》《载驰》《竹竿》等诗，都写了卫女归宁不得的忧伤。《泉水》首章"有怀于卫，靡日不思"道出了卫女思归的主旨。《竹竿》的创作目的，朱熹认为："卫女嫁于诸侯，思归宁而不可得，故作此诗。"❷

因此，"邶鄘卫"婚俗既有男女相赠的自由与浪漫，亦有"子无良媒"的礼教羁绊；既有民间男女的质朴爱恋，亦有贵族女子声势显赫之婚礼；既有远嫁女子对婚姻的向往，也有女子思归不得，或颜衰被弃的肝肠寸断。礼与情、自由与束缚交织在一起，奏出了卫诗时代先民婚恋生活的双重交响曲。

---

❶ （汉）何休．春秋公羊传注疏［M］．上海：上海古籍出版社，2014：181.
❷ （宋）朱熹集注．诗集传［M］．上海：上海古籍出版社，1958：24.

第四节 "邶鄘卫"风诗与殷周宗教祭祀

殷周时期，宗教祭祀是社会活动的重要内容。《论语·尧曰》："兴灭国，继绝世，举逸民，天下之民归心焉。所重：民、食、丧、祭。"❶

一、占卜习俗

"卜辞中上帝有很大的权威，是管理自然与下国的主宰。"❷ 宗教意识也体现在卫人生活中的各个方面。

其一，歌舞娱神。"巫"，《说文解字》："巫，祝也，女能事无形，以舞降神者也。象人两袖舞形，与工同意。古者巫咸初作巫。"❸ 在卫地，祭祀活动中，歌舞占很大比重，主要沿袭了殷商旧俗。《礼记·郊特牲》："殷人尚声，臭味未成，涤荡其声，乐三阕，然后出迎牲。声音之号，所以诏告于天地之间也。"❹《邶风·简兮》："简兮简兮，方将万舞。"《硕人》："硕人俣俣，公庭万舞。"两首诗中都有对"万舞"的描写。郑《笺》："万舞，干羽也。"毛《传》："以干羽为万舞，用之宗庙山川。"万舞规模宏大，《韩诗外传》："万舞，称大舞"。❺《墨子·非乐上》："昔者，齐康公兴乐万，万人不可衣短褐，不可食糠糟。"❻ 万舞中有"乐"伴

---

❶ （清）刘宝楠．论语正义［M］．上海：上海书店出版社，1996：415．

❷ 陈梦家．殷虚卜辞综述［M］．北京：中华书局，1988：602．

❸ （汉）许慎撰，（宋）徐铉校定．说文解字［M］．北京：中华书局，2013：95．

❹ （汉）郑玄注，（唐）孔颖达疏，李学勤主编，龚抗云整理．十三经注疏·礼记正义［M］．北京：北京大学出版社，2000：954．

❺ 许维遹．韩诗外传集释［M］．北京：中华书局，1980：110．

❻ （清）孙诒让．墨子闲诂［M］．上海：上海书店出版社，1996：156．

奏,《诗经·商颂·那》:"奏鼓简简,衎我烈祖"以鼓为"乐","简简"就是鼓声。乐舞伴着激昂的鼓声,以告慰神灵。跳"万舞"需要有道具,"左手执龠,右手秉翟"。"翟",是乐舞时拿的雉尾,《新唐书》:"舞人十六,执羽翟,以四为列。"❶ 也暗合了殷商文化的鸟崇拜传统。"邶鄘卫"风诗中的祭祀歌舞,庄重性与娱乐感并存。

其二,占卜习俗。"邶鄘卫"风诗亦记载了卫人的占卜习俗。以《定之方中》为例。《定之方中》首言"作于楚宫"。"楚宫",郑《笺》:"谓宗庙也。""楚宫"就是位于楚丘的卫国宗庙,如《诗说解颐》所言:"大祭大飨于此,告朔行政亦于此。"❷ 文公重立宗庙以延续卫国,意义重大。《定之方中》首说立庙之事,宗庙为祭祀之地,祭祀必有占卜。

宗庙的地址选定后,需要占卜确定动工时间,也就是要"定之方中"。《尔雅·释天》:"营室谓之定。"郭璞《尔雅注》:"定,正也,作宫室皆以营室中为正。"❸ "定"是星名,也叫营室,郑玄:"定星之昏正四方而中之时,谓夏之十月。"选址、定时完毕,就要选择动工方位,"揆之以日,作于楚室"。《定之方中》通过测度日影来选定方位,毛《传》:"度日出日落,以知东西。"❹ 具体方法如朱熹《诗集传》所言:"树八尺之臬,而度其日之出入之景,以定东西。又参日中之景,以正南北也。"然后在宫室四周,"树之榛栗,椅桐梓漆,爰伐琴瑟"。"琴瑟"也有祭祀的文化功用。《重订诗经疑问》:"古人作宫室必树木于其侧,乃所树之木非榛栗之可以

❶ (宋)欧阳修. 新唐书 [M]. 北京:中华书局,1975:1083.
❷ (明)季本. 诗说解颐 [M]. 文渊阁四库全书经部诗类79册:66.
❸ (晋)郭璞注,(宋)邢昺疏,李学勤主编. 十三经注疏:尔雅注疏 [M]. 北京:北京大学出版社,1999:201.
❹ (汉)毛亨传,(汉)郑玄笺,(唐)孔颖达疏,李学勤主编. 十三经注疏:毛诗正义 [M]. 北京:北京大学出版社,1999:196-197.

供笾实，即椅桐梓漆之可以作琴瑟，盖既藉之以障蔽，又资之以为莫大之用，是古人用虑之周到处，即民间五亩之宅，树墙下以桑，亦是此意。"❶

所有步骤都完成之后，卫文公命巫师"卜云其吉"，占卜结果出现"终焉允臧"时，开始营造宫室。最后，举行籍田之礼。籍田之礼也要进行占卜，"灵雨既零，命彼倌人。星言夙驾，说于桑田。"籍田礼选择吉时，事关重大，因为"夫民之大事在农，上帝之粢盛于是乎出，民之蕃庶于是乎生，事之供给于是乎在"。

二、自然崇拜

上古人们持"万物有灵"观念，认为自然界风、雨、雷、虹、雪等自然现象，无不通寓神灵之性。"邶鄘卫"风诗中也有类似于自然崇拜的描写。

其一，"日"崇拜。《庄子·田子方》："日出东方，而入于西极，万物莫不比方。"❷ 太阳对人类生活、生产实践有着至关重要的影响力。甲骨卜辞中亦有拜祭日神的记录，如：

戊戌卜，内，呼雀于出日于入日。（《合集》6572）

癸未贞，甲申酒出入日，岁三牛，兹用。（《屯》890）

乙酉卜，又出日入日。（《怀特》1569）

这种拜祀出日、入日的行为，后世相沿成习（见图2-4）。《国语·周语》："古者，先王既有天下，又崇立上帝、明神而敬事之。"韦昭注："上，天也。明神，日月也。"❸《日月》全诗四段，

---

❶ （明）姚舜牧．重订诗经疑问［M］．文渊阁四库全书经部诗类80册：148．

❷ （清）郭庆藩．庄子集释［M］．上海：上海书店出版社，1996：309．

❸ 徐元诰撰，王树民、沈长云点校．国语集解［M］．北京：中华书局，200：30．

每段都以"日居月诸"开头，《诗触》："日月代明，照临下土，天象之常。如君与夫人之相须，古之道也。"日月承载着女主人公的哀伤，《诗集传》："庄姜不见答于庄公。故呼日月而诉之。言日月之照临下土久矣。今乃有如是之人，而不以古道相处。是其心志回惑。亦何能有定哉？而何为其独不我顾也。见弃如此，而犹有望之之意焉。"❶《雄雉》一诗第三段以"瞻彼日月"开头，诉说着对夫君的思念。吕祖谦《吕氏家塾读诗记》："郑氏曰：'视日月之行，迭往迭来，今君子独久行役而不来，使我心悠悠然。思之曷何也，何时能来望之也。'程氏曰：'日月取其迭往迭来之意，又日月阴阳相配，而不相见，又旦暮所见，动人情思，总包意其间。'"❷这两首诗中，太阳成为寄托情感之物，或与太阳崇拜有关。而在《柏舟》中，"日"的内涵已经随着主人公的"日居月诸，胡迭而微"之叹，转变成强调日月的变化与时序之更迭。

其二，"虹"神。在古人的信仰观念中，"虹"也常被赋予神灵之性。"虹"总在雨后出现，先民认为它能吸水止雨，从而神化了"虹"。甲骨文龟片中有一个字。据于省吾、陈梦家等学者考证，就是"虹"字，刻文是"有出虹自北，饮于河"。（《合集》10465）

殷商人的观念中，虹的神性有恶有善。《淮南子·天文训》："虹、蜺、彗星者，天之忌也。"❸"虹"或被视为凶兆，虹出而有灾。"虹"字的两端各有一个头，古人认为这是天神交睛的自然现

---

❶ （宋）朱熹集注．诗集传［M］．上海：上海古籍出版社，1958：17．

❷ 黄灵庚，吴战垒．吕祖谦全集四：吕氏家塾读诗记［M］．杭州：浙江古籍出版社，2008：24．

❸ （汉）刘安著，（汉）高诱注．淮南子注［M］．上海：上海书店出版社，1996：37．

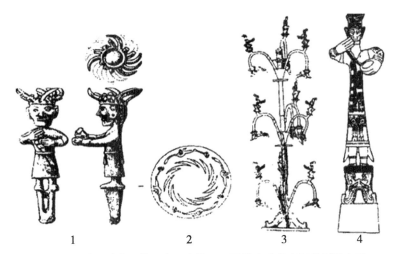

图 2-4　金沙遗址出土的四鸟环金饰，三星堆出土的青铜神树及立日

《中华文化论坛》，2007 年第 2 期，第 18 页

象。《山海经·海外东经》即有："虹虹在其北，各有两首"❶ 的神话。既然是天神，就会使人敬畏，所以古时有不得随意用手指虹霓的禁忌，这正是自然崇拜的文化心理。《蝃蝀》："蝃蝀在东，莫之敢指。女子有行，远父母兄弟。"朱熹《诗集传》："蝃蝀，虹也。日与雨交，倏然成质。"清代陈启源在《毛诗稽古编》中说："蝃蝀在东，暮虹也。朝隮于西，朝虹也。暮虹截雨，朝虹行雨。"

虹又是美妙艳丽的，感虹而生的神话将"虹"与男女关系结合起来。《今本竹书纪年》："帝舜，有虞氏，颛顼七世孙，父瞽叟。母曰握登，见大虹，意感而生舜于姚墟，目重瞳子，故曰重华。"❷

---

❶　方韬译注. 山海经 [M]. 北京：中华书局，2011：249.

❷　王国维撰，黄永年点校. 古本竹书纪年辑校·今本竹书纪年疏证 [M]. 沈阳：辽宁教育出版社，1997：47.

"虹"因此又具有了两性关系的隐语功能。毛《传》："蝃蝀，虹也，夫妇过礼则虹气盛，君子见戒而惧讳之，莫之敢指。""虹"从自然现象进入先民视野后，承载了丰富的内涵（见图2-5）。《释名·释天》："蝃蝀其见，每于日在西而见于东，啜饮东方之水气也。见于西方曰升，朝日始升而出见也。又曰美人，阴阳不和，婚姻错乱，淫风流行，男美于女，女美于男，互相奔随之时，则此气盛。"在这种意义下，"虹"之自然崇拜完成了神话思维与道德规范的结合。

图2-5　有虹，自北饮于河

郭沫若：《甲骨文合集》10405 反，中华书局 1999 年

其三，"风"崇拜。风是极平常的自然天象，《尔雅·释天》："南风谓之凯风，东风谓之谷风，北风谓之凉风，西风谓之泰风。"❶古人给予风以神格力量。甲骨文中的祭风现象主要有两类：

---

❶ （晋）郭璞注，（宋）邢昺疏，李学勤主编．十三经注疏：尔雅注疏［M］．北京：北京大学出版社，1999：171.

一类是求有风、来风，如："卯于东方析，三牛、三羊、毂三。"
(《英》1288)"癸丑卜，弜祖羌"(《英》2466)。另一类是宁风之
祭，如："其宁，惟日彝□用。"(《合集》30392)"甲戌贞，其宁
风，三羊、三犬、三豕"(《合集》34137)。

《诗经》中描写到"风"的诗篇只有9首，而竟然有5篇出自
"邶鄘卫"三风：《绿衣》《终风》《凯风》《谷风》《北风》，显然
绝非偶然现象。"邶鄘卫"风诗中，"风"有人格情感。

卫诗或言"凄寒"之风。《绿衣》："绤兮绤兮，凄其以风。我
思古人，实获我心。"毛《传》："凄，寒风也。"《谷风》："习习谷
风，以阴以雨。"严粲《诗缉》："谷风，来自大谷之风，大风也，
盛怒之风也。"❶ 凄风、谷风是阴冷寒凉之风，引得人的情感也愁
苦起来。《绿衣》末章用"凄其以风"兴起"思古人"之情，有曲
终奏雅之效。《谷风》叙述弃妇之恨，以"谷风"以阴以雨起兴，
全诗开始就笼罩着悲凉的气氛。"谷风"是东风，在现实生活中，
是对万物有益的"善风"，在诗篇中，却以乐景反衬悲哀之情，倍
增其哀。

卫诗或言"恶风"。《终风》："终风且暴""终风且霾""终风
且曀"，这里的"终风"即狂暴之风。《尔雅》："日出而风为暴，
风而雨土为霾，阴而风为曀。"❷ 此外，还有《北风》里的"北
风"，即北方之风。这些风破坏万物生长，扼杀生命活力。《终风》
里，庄姜用夹杂着阴雨的风起兴喻情。《诗集传》："庄公之为人狂
荡暴疾，庄姜盖不忍斥言之，故但以终风且暴为比。言虽其狂暴如
此，然亦有顾我而笑之时。但皆出于戏慢之意，而无爱敬之诚，则

---

❶ (宋)严粲：诗缉 [M]．四库全书，直隶总督采进本．

❷ (晋)郭璞注，(宋)邢昺疏，李学勤主编．十三经注疏：尔雅注疏
[M]．北京：北京大学出版社，1999：171.

又使我不敢言而心独伤之耳。盖庄公暴慢无常，而庄姜正静自守，所以忤其意而不见答也。"❶ 古人认为"风"与政通，《尚书·洪范》："庶征：曰雨，曰旸，曰燠，曰寒，曰风。曰时五者来备，各以其叙，庶草蕃庑。一极备，凶；一极无，凶。曰休征，曰肃，时雨若；曰乂，时旸若；曰晢，时燠若；……曰急，恒寒若；曰蒙，恒风若。"❷《北风》，极寒凉，所以多喻政教酷暴，民不堪命。毛《传》："《北风》，刺虐也。卫国并为威虐，百姓不亲，莫不相携持而去焉。北风其凉，雨雪……由凉风盛雪，病害万物，以兴君政酷暴，病害百姓也。"❸

卫诗或言"和暖"之风。《凯风》："凯风自南，吹彼棘心。"毛《传》："南风谓之凯风，乐夏之长养。"郑《笺》："兴者，以凯风喻宽仁之母。"❹ 凯风是南风，南风有长养万物之义。《礼记·乐记》："昔者，舜作五弦之琴，以歌南风。"❺《凯风》的基调是欢乐开朗的。

"风俗"是人与自然外物联系的文化反映，卫地文化中殷商遗风与周代礼俗此消彼长，并不均衡。"邶鄘卫"风诗，有的殷商文化印记明显，有的诗歌受周文化的影响更甚，甚至有时在一首诗歌中，有两种文化共存的二元情形。因此，对"邶鄘卫"风诗中反映

---

❶ （宋）朱熹集注．诗集传 [M]．上海：上海古籍出版社，1958：18.

❷ （汉）孔安国注，（唐）孔颖达疏，李学勤主编．十三经注疏：尚书正义 [M]．北京：北京大学出版社，1999：318.

❸ （汉）毛亨传，（汉）郑玄笺，（唐）孔颖达疏，李学勤主编．十三经注疏：毛诗正义 [M]．北京：北京大学出版社，1999：171.

❹ （汉）毛亨传，（汉）郑玄笺，（唐）孔颖达疏，李学勤主编．十三经注疏：毛诗正义 [M]．北京：北京大学出版社，1999：133.

❺ （汉）郑玄注，（唐）孔颖达疏，李学勤主编．十三经注疏：礼记正义．[M]．北京：北京大学出版社，1999：1265.

的殷周两种文化进行动态分析，有助于更好地理解"邶鄘卫"风诗。"邶鄘卫"风诗延续了殷商文化重卜、事神的传统，却又将周礼的克制、冷静融入其中，凝聚着对自然现象、社会习俗的精细观察与理性思辨。

第三章 "邶鄘卫"风诗名物考

"邶鄘卫"风诗透露出大量的先民生活、习俗信息,在一定程度上展现了卫地社会生活的历史细节。《诗经》有丰富的物象群,孔子认为读《诗》可"多识于鸟兽草木之名"。博物学的方法至此开始运用到《诗经》的解读中。文人往往借助物象来寄托情感,《艺概》:"雅人深致,正在借景言情。"❶ 其载体,就是《诗经》各诗篇中出现的名物。《论衡·道虚篇》:"鸟兽含情欲,有与人相类者矣。"❷ "一个人群,以什么样的方式获得维持生命的物质资料,决定着他与自然发生着什么样的关系,也决定着他以什么样的意向去发现、认证自然。"❸ 20世纪30年代以来,研究者们开始从人类学、文化学、民俗学等角度阐释《诗经》中出现的名物。《诗经》名物研究方兴未艾,其中也包括对"邶鄘卫"风诗的名物学研究。

第一节 "邶鄘卫"风诗中的动物意象与"飞鸟"情结

从社会需要来看,周以农业立国,但在食用、祭祀、战争等方面对动物有大量需求。前文已经探讨过,卫地有良好的自然环境,

---

❶ (清)刘熙载. 艺概 [M]. 北京:中华书局,1985:220.

❷ (汉)王充. 论衡 [M]. 上海:上海书店出版社,1996:70.

❸ 刘毓庆. 诗经鸟类兴象与上古鸟占巫术 [J]. 文艺研究,2001 (3).

成就了鸟、兽、虫、鱼等动物物候的生长、繁衍。卫人触目所见，情兴激发，"邶鄘卫"风诗中的动物世界也变得丰富、鲜活起来。"邶鄘卫"风诗篇章，细细读来，动物意向比比皆是。

《诗经》中的动物种类与数量，不少学者做过统计，如顾栋高的《毛诗类释》、徐鼎《毛诗名物图说》等。统计方式不一，结果也不尽相同，但都展现了《诗经》记载的丰富的动物意象。

一、卫诗中的动物诗篇

周代以农业为最基本的生活依存，举凡天子宴飨、诸侯会宾，肉食、野味不可或缺，于是家禽饲养、田猎活动所获得的动物，补充了食物来源。这种生存需求，是"邶鄘卫"风诗动物物象所承载的最基本功能。为了研究的方便，本节先从"识名"入手，"邶鄘卫"风诗中出现的动物意象，如表 3-1 所示。

表 3-1 "邶鄘卫"风诗中的动物种类

		"邶鄘卫"风诗中的鸟类	
	篇名	内容
燕	《邶风·燕燕》	燕燕于飞，差池其羽。
雉	《邶风·雄雉》《邶风·匏有苦叶》	雄雉于飞，泄泄其羽。有弥济盈，有鷕雉鸣。济盈不濡轨，雉鸣求其牡。
雁	《邶风·匏有苦叶》	雝雝鸣雁，旭日始旦。士如归妻，迨冰未泮。
流离	《邶风·旄丘》	琐兮尾兮，流离之子。
翟	《邶风·简兮》《鄘风·君子偕老》《卫风·硕人》	左手执龠，右手秉翟。玼兮玼兮，其之翟也。四牡有骄，朱幩镳镳。翟茀以朝。
乌	《邶风·北风》	莫赤匪狐，莫黑匪乌。惠而好我，携手同车。
鸿	《邶风·新台》	鱼网之设，鸿则离之。燕婉之求，得此戚施。
鹑	《鄘风·鹑之奔奔》	鹑之奔奔，鹊之彊彊。人之无良，我以为兄。
鸠	《卫风·氓》	于嗟鸠兮，无食桑葚！于嗟女兮，无与士耽。

续表

"邶鄘卫"风诗中的兽类

	篇名	内容
马	《邶风·击鼓》	爰居爰处？爰丧其马？
	《鄘风·干旄》	素丝纰之，良马四之。
	《鄘风·载驰》	驱马悠悠，言至于漕。
	《鄘风·定之方中》	秉心塞渊，騋牝三千。
鼠	《鄘风·相鼠》	相鼠有皮，人而无仪。
狐	《邶风·旄丘》	狐裘蒙戎，匪车不东。
	《邶风·北风》	莫赤匪狐，莫黑匪乌。
	《卫风·有狐》	有狐绥绥，在彼淇梁。
虎	《邶风·简兮》	有力如虎，执辔如组。
象	《鄘风·君子偕老》	玉之瑱也，象之揥也。

"邶鄘卫"风诗中的鱼类

	篇名	内容
鳣	《卫风·硕人》	施罛濊濊，鳣鲔发发。
	《邶风·新台》	鱼网之设，鸿则离之。燕婉之求，得此戚施。

"邶鄘卫"风诗中的虫类

	篇名	内容
蝤蛴	《卫风·硕人》	肤如凝脂，领如蝤蛴。
螓	《卫风·硕人》	齿如瓠犀，螓首蛾眉。
蛾	《卫风·硕人》	齿如瓠犀，螓首蛾眉。

二、"邶鄘卫"风诗中动物意象

"邶鄘卫"风诗中，动物意象的运用更重要的意义是，这些意象成为解读卫地生活的文化密码。"邶鄘卫"风诗中的动物意象，或因物起兴，或承载情思，彰显了先民奇幻的文学创造力。

（一）"情"的载体

《诗经》时代开始，动物物象成为情感的依托，"诗人感物，联类不穷"。比如"狐"意象。孙作云："《诗经》中多以狐比荡子。""荡子"最容易与情爱关联在一起。《有狐》将狐狸比喻成情人，《有狐》："有狐绥绥，在彼淇梁。心之忧矣，之子无裳。"朱熹《诗集传》："狐者妖媚之兽。绥绥，独行求匹之貌。……国乱民散，丧其妃耦，有寡妇见鳏夫而欲嫁之，故讬言有狐独行，而忧其无裳也。"❶ 诗人以狐隐喻男，见狐思夫，因之挂虑，心有所感既而为歌。《邶风·北风》："莫赤匪狐，莫黑匪乌。惠而好我，携手同车。"方玉润《诗经原始》："愚观诗词，始则气象愁惨，继则怪异频兴，率皆不祥兆，所谓国家将亡，必有妖孽时也。赤狐黑乌，当时或有其怪，或闻是谣，皆不可知。总之，败亡兆耳。故贤者相率而去其国也。"❷

再如"鱼"意象。《诗经》中写到"鱼"的诗有20余篇，先民在"鱼"类物象上投射了复杂的生殖崇拜观念。闻一多《说鱼》一文认为，《诗经》中的"鱼"意象，多为性爱隐语，象征男女匹偶。《邶风·新台》描写了捕鱼的场景，"新台有泚，河水弥弥。燕婉之求，蘧篨不鲜。新台有洒，河水浼浼。燕婉之求，蘧篨不殄。鱼网之设，鸿则离之。"渔网捞鱼就有男女遇合的隐喻。《召南·何彼秾矣》："其钓维何？维丝伊缗。"朱熹："丝之合而为纶，犹男女之合而为昏也。"❸《硕人》："施罛濊濊，鳣鲔发发。"庄姜远嫁于卫，沿途所见，从齐国到卫国的河中，鳣鱼、鲔鱼纷纷入

---

❶ （宋）朱熹集注．诗集传［M］．上海：上海古籍出版社，1958：40.

❷ （清）方玉润撰，李先耕点校．诗经原始［M］．北京：中华书局，1986：146-147.

❸ （宋）朱熹集注．诗集传［M］．上海：上海古籍出版社，1958：13.

网，鱼尾击水，构成了一幅热闹欢喜的婚庆场面。而《谷风》在描绘女子被喜新厌旧的丈夫抛弃的凄惨之境时写道："毋逝我梁，毋发我笱。我躬不阅，遑恤我后！"诗以生活中平常织网、捕鱼的场景，表明了和丈夫一刀两断的决心。

（二）"礼"的标准

周人十分注重形态的威仪之美。《定之方中》："秉心塞渊，騋牝三千。"毛《诗》释为"美卫文公也……国家殷富焉。"用马的雄健、威武来形容卫文公品行之高洁，见识之深远。《诗序补义》："此卫文中兴，民物富庶，而诗人追赋之也。荥泽之败，宗社国都，典章人物，一时俱尽。而七百余遗黎依依不舍，从我播迁。文公以亨屯之才，与民更始，审形势建寝庙，课农桑，诗人节节写来，便见日月重新，山川再造，有勃然蹶生气象。"❶ "邶鄘卫"风诗中，与马相关的诗篇有4篇，为《击鼓》《干旄》《载驰》《定之方中》。对"马"物象的关注，亦是周人审美崇尚庄严、勇武的表现。

周代礼乐文明高度发达，先民日常生活多受其规范。《相鼠》借鼠尚且有皮、有齿、有体，人却不知礼仪、节止，对不守礼的人进行了一种辛辣的反讽。"人而无礼，胡不遄死？"欧阳修："鼠有皮毛，以成其体。而人反无威仪容，止以自饬其身曾鼠之不如也。人不如鼠，则何不死尔。此甚嫉之之辞也。三章之意皆然。更无他意。"❷ 严粲："凡兽皆有皮齿体，独言鼠，举卑污可恶之物，以恶人之无礼也。"❸

（三）以物况人

"邶鄘卫"风诗，以动物喻人进行讽刺。《新台》："燕婉之求，

---

❶ （清）姜炳璋. 诗序补义 [M]. 四库全书，浙江巡抚采进本.

❷ （宋）欧阳修. 诗本义 [M]. 四部丛刊三编经部.

❸ （宋）严粲. 诗缉 [M]. 文渊阁四库全书经部诗类75册.

得此戚施。"《韩诗》注："戚施，蟾蜍也。"毛《传》："戚施，不能仰者。"该诗以癞蛤蟆喻卫宣公，《诗集传》："戚施，不能仰，亦丑疾也。言设鱼网而反得鸿，以兴求燕婉而反得丑疾之人，所得非所求也。"❶ 借其形貌的丑陋，巧妙地把宣公之丑恶展现出来。

古人眼中，鹑和鹊有固定的配偶，它们飞则相随，栖则交颈。《诗集传》："奔奔、彊彊，居有常匹，飞则相随之貌。"《鹑之奔奔》："鹑之奔奔，鹊之彊彊。人之无良，我以为兄。鹊之彊彊，鹑之奔奔。人之无良，我以为君。"诗中以卫君、宣姜匹配鹑、喜鹊，反讽其品德之差。《毛诗正义》："言鹑，则鹑自相随奔奔然，鹊，则鹊自相随彊彊然，各有常匹，不乱其类。今宣姜为母，顽则为子，而与之淫乱，失其常匹，曾鹑鹊之不如矣。"❷

三、"邶鄘卫"风诗与"飞鸟"情结

由表3-1可见，"邶鄘卫"风诗动物意象中，以鸟类为兴象的诗最多。据不完全统计，"邶鄘卫"39篇风诗，与"鸟"有关、以"鸟"起兴的诗篇达11篇之多。

"邶鄘卫"风诗鸟类意象使用最多，绝不是偶然。其文化先源之一的东夷族，许多部落以鸟类为图腾，如少昊的名字叫"挚"，实即取义于鸷鸟❸。殷商文化以鸟为图腾，在学术界已经鲜有争议。如王亥是殷人先公之一，甲骨文中，"亥"字的形态多与类鸟状，如𠬝（J31479）。卫处殷商故地，文化上沿袭殷商旧习。所以，"邶鄘卫"风诗中大量"鸟"意象的使用，无疑是殷商鸟图腾崇拜

---

❶ （宋）朱熹集注．诗集传［M］．上海：上海古籍出版社，1958：26.

❷ （汉）毛亨传，（汉）郑玄笺，（唐）孔颖达疏，李学勤主编．十三经注疏：毛诗正义［M］．北京：北京大学出版社，1999：193.

❸ 山东省古籍整理规划项目组．二十五史别史：帝王世纪［M］．济南：齐鲁书社，1998：10.

之风的延续。闻一多:"三百篇中,以鸟起兴者,不可胜计,其基本观点,疑亦导源于图腾。歌谣中称鸟者,在歌者之心理,最初本只自视为鸟,非假鸟为喻也。假鸟为喻,但为一种修辞术;自视为鸟,则图腾意识之残余。""邶鄘卫"诗篇,以鸟起兴,传递着以下文化信息。

其一,祖先崇拜,家国情怀。围绕"玄鸟生商"的悬案中,"玄鸟"的本体形态为何是其中之一。最普遍的说法有两种:"燕子说"与"凤凰说",其中,玄鸟为"燕子"获得最多认同。《说文解字》:"玄,幽远也,黑而有赤色者为玄象,幽而入覆之也。"《梦溪笔谈》:"玄乃赤黑色,燕羽是也,故谓之玄鸟。"

燕子是家国情怀的象征。《史记·龟策列传》认为燕子是殷商祯祥之物:"自三代之兴,各据祯祥。涂山之兆从而夏启世,飞燕之卜顺故殷兴。"❶《燕燕》前三章都用"燕燕于飞"起兴,《钦定诗经传说汇纂》:"《史记》州吁袭杀桓公自立,州吁袭杀桓公自立,欲伐郑,请宋陈蔡与俱。石碏与陈侯谋,因杀州吁于濮。因史以论诗,则戴妫之大归,正后日石碏用陈以讨贼之由也。然则庄姜之越礼远送而惓惓于戴妫、为之泣涕不置者,当非仅寻常妇人女子离别之情,其亦有他望也!"❷《分甘余话》:"燕燕之诗,许彦周以为可泣鬼神。合本事观之,家国兴亡之感,伤逝怀旧之情,尽在阿堵中。"❸

燕子亦代表着思念,《燕燕》诗为"万古送别之祖"。"燕燕于飞"中的鸟儿,"差池"前后,"颉之颃之",它们上下其音、呢喃

❶ (汉)司马迁. 史记 [M]. 杭州:浙江古籍出版社,2000:356.

❷ 王鸿绪:钦定四库全书荟要:钦定诗经传说汇纂 [M]. 长春:吉林出版集团,2005:545.

❸ (清)王士禛. 分甘余话 [M]. 北京:中华书局,1989:46.

细语,快乐地相爱。接着,笔锋突转,情绪转向了离别情形的描绘:"之子于归,远送于野。瞻望弗及,泣涕如雨。"陈子展《诗经直解》:"诗人送别,盖见燕双飞,今我留而之子去,有异于是,而不自知其泣涕之如雨也。燕子的嬉闹与将离别的痛楚形成巨大冲击,以乐景写哀,以哀景写乐,一倍增其哀乐。"❶

《燕燕》在送者与被送者的身份上,即使存在着分歧,但文章的情感总不离国愁家恨、惜别之情。《池北偶谈》的说法颇具普遍性:"予六七岁,始入乡塾受诗,诵至《燕燕》、《绿衣》等篇,觉枨触欲涕,不自知所以然。稍长,遂颇悟兴观群怨之旨。"❷

其二,以"鸟"比德。《诗经》中一些物象的喻义已经比较稳定,为后世文学创作的取象提供了范本。《诗人玉屑》:"诗之取况,日月比君后,龙比君位,雨露比德泽,雷霆比刑威,山河比邦国,阴阳比君臣,金玉比忠烈,松竹比节义,鸾凤比君子,燕雀比小人。"❸ "邶鄘卫"风诗中的鸟类意象,也具备着表德的文化功能,或颂美,或托喻于讽。

"邶鄘卫"风时代,"雉"被视为良禽。"其交有时,别有伦,而其羽文明,可用为仪,故古者后服三翟。"《简兮》的万舞表演"左手执龠,右手秉翟","翟"指长尾雉鸡的羽毛,《君子偕老》"其之翟也"中的"翟"是一种羽饰。"邶鄘卫"时代,贵族的车舆有用雉羽装饰的礼俗,《硕人》中的"朱幩镳镳,翟茀以朝"就是这种礼俗的体现。"邶鄘卫"风诗反映的用雉礼俗,来自对雉鸟

---

❶ 陈子展. 诗经直解 [M]. 上海:复旦大学出版社,1993:83.

❷ (清) 王士禛撰,勒斯仁点校. 池北偶谈 [M]. 北京:中华书局,1982:118.

❸ (宋) 魏庆之撰,王仲闻点校. 诗人玉屑 [M]. 北京:中华书局,2007:271.

耿介之性的认知。《周礼》:"士执雉,士死。制故执雉。所谓二生一死,挚者也。"雉有原则、守信。在文学作品中,雉鸟意向往往用来比喻正直的君子。❶ 陆佃《埤雅》:"因其坟衍以为疆界,分而护之不相侵越,护疆善斗,虽飞不越分域。一界之内,要以一雄为长,余者虽众,莫敢鸣雏。"雉鸟因其德化行为,还是祥瑞的象征。《尚书·高宗肜日》:"高宗祭成汤,有飞雉升鼎耳而雏,祖己训诸王,作《高宗肜日》、《高宗之训》。"❷ "雉现"被后世帝王视为"时瑞"。

乌鸦在早期文化中与太阳有着紧密的联系。《说文解字》:"乌者,日中之禽。"乌鸦被称为孝鸟。《禽经》:"慈乌曰孝鸟,长则反哺其母。"❸ 但是在普遍情况下,乌鸦被认为不祥之鸟。《周礼·夏官》:"射鸟氏掌射鸟。祭祀,以弓矢驱乌鸢。凡宾客、会同、军旅,亦如之。"周代在祭祀、军旅等活动前,会专门射杀、驱赶乌鸦。焦延寿《易林·坤之第二》:"城上有乌,自名破家。招呼鸩毒,为国患灾。"❹ 《北风》中,乌鸦意象出现在第三章"莫赤匪狐,莫黑匪乌"句中,朱熹《诗集传》:"乌,鸦,黑色,皆不祥之物,人所恶见者也。所见无非此物,则国将危乱可知。"❺ 文章以乌鸦来比喻失德的君主,孔《疏》:"狐色皆赤,乌色皆黑,以喻卫之君臣皆恶也。人于赤狐之群,莫能别其赤而非狐者,言皆是

❶ (汉)郑玄注,(唐)贾公彦疏,李学勤主编. 十三经注疏:周礼注疏[M]. 北京:北京大学出版社,1999:476.

❷ (汉)孔安国注,(唐)孔颖达疏,李学勤主编. 十三经注疏:尚书正义[M]. 北京:北京大学出版社,1999:254-255.

❸ (晋)张华注. 禽经[M]. 影印文渊阁四库子部:680.

❹ (汉)焦延寿著,尚秉和注. 焦氏易林[M]. 北京:光明日报出版社,2005:13.

❺ (宋)朱熹集注. 诗集传[M]. 上海:上海古籍出版社,1958:25.

狐；于黑乌之群，莫能别其黑而非乌者，言皆是乌，以喻于卫君臣，莫能别其非恶者，言皆为恶。"❶ 在百姓眼中，卫国君臣为一丘之貉。因此，他们宁愿冒风雪出奔而绝不淹留此地。《毛诗正义》："此主刺君虐，故首章、二章上二句皆独言君政酷暴。卒章上二句乃君臣并言也。三章次二句皆言携持去之，下二句言去之意也。"❷《毛诗序》："《北风》，刺虐也。卫国并为威虐百姓不亲，莫不相携持而去焉。"

其三，怡情悦意。卫诗中的鸟类意象诗有近一半与婚恋有关，刘毓庆："值得注意的是，无论是在神话中，还是在诗歌中，鸟的信息载体与媒介的角色最能得到体现的都是在男女情爱之中。"如"雁"，雁是婚姻的期盼，《匏有苦叶》："有弥济盈，有鹭雉鸣。济盈不濡轨，雉鸣求其牡。"毛《传》："鹭，雌雉声也。""雉鸣求其牡"，朱熹："飞曰雌雄，走曰牝牡。"《白虎通义·嫁娶》："贽用雁者，取其随时而南北，不失其节，明不夺女子之时也。又是随阳之鸟，妻从夫之义也。又取飞成行，止成列也。明嫁娶之礼，长幼有序，不相逾越也。又昏礼贽不用死雉，故用雁也。"❸

卫诗中的鸟意象，还有表达孝子赤诚的黄鸟。《凯风》中的"黄鸟"是"孝"的象征："睍睆黄鸟，载好其音。有子七人，莫慰母心。"孔《疏》："言黄鸟有睍睆之容貌，则又和好其音声，以兴孝子当其颜色，顺其辞令也。今有子七人，皆莫能慰母之心。"诗篇用婉转鸣叫的黄鸟来衬托思母之情。

❶ （汉）毛亨传，（汉）郑玄笺，（唐）孔颖达疏，李学勤主编. 十三经注疏：毛诗正义 [M]. 北京：北京大学出版社，1999：172-173.

❷ （汉）毛亨传，（汉）郑玄笺，（唐）孔颖达疏，李学勤主编. 十三经注疏：毛诗正义 [M]. 北京：北京大学出版社，1999：171.

❸ （清）陈立撰，吴则虞点校. 白虎通义疏证 [M]. 北京：中华书局，1994：457.

鸟类崇拜现象兴于殷商，直到周代的卫地，依然方兴未艾，《礼记·月令》："立春之日，（周）天子亲帅三公、九卿、诸侯、大夫，以迎春于东郊。"❶ 与殷商族崇鸟祀日的活动一脉相承。卫地继承殷商文化，为我们营造了一个多姿多彩的鸟世界。

要之，"邶鄘卫"风诗有着丰富的文化、情感内涵，如家国情怀、婚恋、宗教祭祀等。"外见虫鱼草木风云鸟兽之状类，往往探其奇怪，内有忧思感愤之郁积，其兴于怨刺，以道羁臣寡妇之所叹，而写人情之难言。"❷

第二节 "邶鄘卫"风诗中植物与 "桑间濮上"之风

"邶鄘卫"风诗中的植物意象，蕴含了丰富的时代、地理、气象因素。《诗经》里面涉及的植物多达一百多种。植物既能解决先民基本生存问题，又能通过万物有灵的交感思维方式，展现先民的宗教、精神生活等，"读者试平心静气涵咏此诗，恍听田家妇女，三三五五，于平原绣野，风和日丽中，群歌互答，余音袅袅，若远若近，忽断忽续，不知其情之何以移，而神之何以旷，则此诗不必细绎而自得其妙焉……"❸ 除了识其名之外，我们可以从"邶鄘卫"中的植物意象，一窥西周、春秋时期卫地的生态状况。

---

❶ （清）朱彬撰，饶钦农点校. 礼记训纂 [M]. 北京：中华书局，1995：214-215.

❷ （宋）欧阳修. 梅圣俞诗集序 [M]. 《四部丛刊》本，欧阳文忠公文集.

❸ （清）方玉润撰，李先耕点校. 诗经原始 [M]. 北京：中华书局，1986：85.

一、"邶鄘卫"风诗中的植物

"邶鄘卫"风诗时代，植物与人类衣、食、住、行的关系甚为密切。《谷风》："我有旨蓄，亦以御冬。"郑《笺》："蓄，聚美菜者，以御冬月乏无时也。"❶ 周代是农业社会，食物的来源除了种植谷物外，还需要依靠采集活动。"采"字从本义看，就与植物相关。《说文》："采，捋取也"，❷《增订殷虚书契考释》："采，从爪、果，或省果从木。"采集指对可资利用的植物或植物的根、茎、叶、花、果实等部分进行收集。如《谷风》："采葑采菲，无以下体。"郑《笺》："此二菜者，蔓菁与葍之类也，皆上下可食。"即大头菜和萝卜。

为了更进一步了解"邶鄘卫"风诗之地的植物名物，我们依然从识名入手，了解部分植物的习性，集注如下。

◎《邶风·凯风》：棘

《说文》："棘，酸枣也。"

《尔雅》："莱刺。"

《方言》："凡草木刺人，北燕朝鲜之间谓之莱……自关而东或谓之梗，或谓之刿；自关而西谓之刺，江湘之间谓之棘。"

《孟子》："所谓酸枣也。"

《本草纲目》："余家于滑台，今酸枣县，即滑之属邑也，其地名酸枣焉。其树高数丈径，围一、二尺，木理极细，坚而且重，树皮亦细，文似蛇鳞。其枣圆小而味酸，其核微圆，其仁稍长，色赤如丹，此医之所重，居人不易得，今市之卖者，

---

❶ （汉）毛亨传，（汉）郑玄笺，（唐）孔颖达疏，李学勤主编.十三经注疏：毛诗正义［M］.北京：北京大学出版社，1999：145.

❷ （汉）许慎撰，（宋）徐铉校定.说文解字［M］.北京：中华书局，2013：120.

皆棘子为之。"

《埤雅》:"棘性坚强,费风之长养者,其心之生,更难于干。"

《四时纂要》:"四月枣叶生,《凯风》之时也。《魏风·园有桃》:'园有棘,其实之食。'旧云鹊巢中必有棘,盖棘性暖。"

《雅翼》:"棘可以为矢,燹者楚之先祖,桃弧棘矢以共御王事,棘植于花外,则化不被霜,凯风既云自南,乃当景风。"

《白虎通义》:"景风至,棘造实,盖吹彼棘心者,将以趣其造实万物之难生者棘,而造实又欲其应侯南风虽能生万物,亦已劳矣。"

《诗集传》:"棘可以为薪则成矣,然非美材,故以兴子之壮大而无善也。"

按:《诗经》中只有一处言"枣",其余皆言"棘"。当时,枣、棘不分。

◎《邶风·匏有苦叶》:匏

《埤雅》:"匏谓之瓠,误矣。……长而瘦上曰瓠,短颈大腹曰匏。盖匏苦,瓠甘,复有长短之殊,定非一物也。"

《国语》:"叔向曰:夫苦匏不材于人,共济而已。"

陆机《毛诗草木鸟兽虫鱼疏》:"匏叶少时可为羹,又可淹煮,极美,故诗曰:'幡幡瓠叶,采之烹之。'"

郑玄《笺》:"瓠叶苦而渡处深,谓八月之时,阴阳交会,始可以为昏礼,纳采、问名。"

《诗缉》:"匏经霜,其叶枯落,然后采之,腰以渡水。"

《物原》:"燧人以匏济水。"

◎《邶风·绿衣》《邶风·旄丘》《鄘风·君子偕老》:葛

《说文》:"葛,绵绤,草也。"

《说文》:"绤,细葛也。"段玉裁注:"细葛也。葛者,绵绤草也。其缉绩之一如麻枲。其所成之布,细者曰绤。"

《书·禹贡》:"岛夷卉服。"汉孔安国《传》:"南海岛夷,草服葛越。"孔颖达《尚书疏》:"舍人曰:'凡百草一名卉',知卉服是草服,葛越也。葛越,南方布名,用葛为之。"

《诗集传》:"葛,草名,蔓生。"

《尔雅翼》:"葛生山泽间,其蔓延盛者,牵其首以至根,可二十步。"

《毛诗品物图考》:"葛根外白内紫,其叶三尖,其花,累累成穗,红紫色。其子,色绿,其皮,以为布。"

◎《邶风·谷风》《鄘风·桑中》:葑

《毛传》:"葑,须也。"

《尔雅》:"须,葑。须,蕵芜。《郭注》蕵芜似羊蹄叶,细味酢可食。"

《礼记》:"葑,蔓菁也。陈宋之间谓之葑。"

《经典释文》:"葑,芜菁。幽州人或谓之芥。"

《方言》:"蕈、菘皆即葑字,音读稍异耳。陈楚之郊谓之蕈;鲁齐之郊谓之荛;关之东西谓之芜菁;赵魏之郊谓之大芥,其小者谓之辛芥,或谓之幽芥,其紫华者谓之芦菔。"

◎《邶风·谷风》:菲

《毛传》:"菲,芴也。"

《郑笺》:"此蔓菁与葍之类。"

《尔雅》:"云菲、芴郭注即土。郭璞注:土瓜也。孙菼曰:'葍类也。'《释草》又云'菲,蒠菜。'郭注:菲草,生下湿地,似芜菁,华紫赤色,可食。"

《四民月令》:"二月尽三月,可采土菰根。"

《经典释文》:"菲似菖,茎粗,叶厚而长,有毛。三月中蒸鬻为茹,滑美可作羹。幽州人谓之芴,《尔雅》又谓之蒠菜。今河内人谓之宿菜。"

◎《邶风·谷风》:荼

《尔雅》:"荼,苦菜。"

《说文》:"荼,苦菜也。"

《广雅》:"游冬,苦菜也。"

《经典释文》:"苦菜生山田及泽中,得霜恬脆而美,所谓堇荼如饴。《礼记·内则》云'濡豚,包苦实蓼。'郑玄注:'苦,苦荼也。'"

《证类本草》:"苦菜。味苦。一名荼草,一名选,一名游冬,凌冬不死。"

《诗缉》:"《经》有三荼:一曰苦菜,二曰委叶,三曰英荼。此苦及《唐》:'采苦采苦'、《绵》'堇荼如饴',皆苦菜也。《良耜》:'以薅荼蓼'委叶也。《郑》:'有女如荼',英荼也。"

◎《邶风·谷风》:荠

《证类本草》:"味甘,温,无毒。主利肝气,和中。陶隐居云:荠类又多,此是今人可食者,叶作菹羹亦佳。《诗》云:'谁谓荼苦,其甘如荠是也。'"

《本草纲目》:"荠苗甘,可食;桔梗苗苦,不可食,尤为可证。"

《春秋繁露》:"荠以冬美……冬,水气也,荠,甘味也,乘于水气而美者,甘胜寒也,荠之为言济与,济,大水也;夏,火气也,荼,苦味也。"

《淮南子》："荞麦冬生而夏死。"

《名医别录》："味甘、温，无毒。主利肝气，和中。"

《千金·食治》："（荠菜）味甘涩，温，无毒。"

◎《邶风·简兮》：苓

《尔雅》："蘦，大苦；郭璞云：今甘草，蔓延生，叶似荷，青黄，茎赤黄，有节，节有枝相当，或云蘦似地黄，此作甘，省字。'蘦'、'苓'通。"

《说文》："苷，甘草也，蘦，大苦也，苦，大苦苓也。"

《证类本草》："解百药毒，为九土之精，安和七十二种石，一千二百种草。久服轻身延年。一名蜜甘，一名美草，一名蜜草，一名草。生河西川谷积沙山及上郡。二月、八月除日采根，曝干十日成。"

《本草图经》："甘草。河西川谷积沙山及上郡，今陕西、河东州郡皆有之。春生青苗，高一、二尺，叶如槐叶，七月开紫花似柰，冬结实作角子如毕豆。根长者，三、四尺，粗细不定，皮赤色，上有横梁，梁下皆细根也。采得去芦头及赤皮，阴干用。今甘草有数种，以坚实断理者为佳。《诗·唐风》：'采苓采苓，首阳之巅。'首阳之山在河东蒲坂县，乃今甘草所生处相近，而先儒所说苗叶与今全别，岂种类有不同者乎？"

《梦溪笔谈》："甘草枝叶悉如槐，高五六尺，但叶端微尖而糙涩，似有白毛。实作角生，如相思角，四五角作一本生，熟则角折。子如小扁豆，齿啮不破。"

◎《卫风·硕人》《邶风·静女》：荑

《说文》："茅之初生也。"

《风俗通》："荑者，茅始熟中穰也，既白且滑。"

《毛诗类释·序》："荑茅之如生者，《硕人》诗'手如柔萘'，言其柔而白也。"

《孟子·告子上》："五谷者，种之美者也；苟为不熟，不如荑稗。"

◎《邶风·墙有茨》：茨

《说文》："茨，蒺藜也；诗曰：墙上有茨，以茨为茅苇，开屋字。"

《尔雅》："茨，蒺藜；郭璞注：'布地蔓生细叶，子有三角刺人。'"

《毛诗故训传》："茨，蒺藜也。"

《本草衍义》："蒺藜有二等：一等杜蒺藜，即今之道旁布地而生，或生墙上，有小黄花，结芒刺，此正是《墙有茨》者。……又一种白蒺藜，出同州沙苑牧马处。黄紫花，作荚，结子如羊内肾。"

《韩诗外传》："夫春树桃李，夏得荫其下，秋得食其实；春树蒺藜，夏不可采其叶，秋得其刺焉。"

《毛诗类释·序》："《小雅》，楚楚者茨，又《鄘风·墙有茨》。"

《本草图经》："又一种白蒺藜，今生同州沙苑，牧马草地绵最多。而近道亦有之。绿叶细蔓，绵布沙上。七月开花，黄紫色，如豌豆花而小，九月结实。"

◎《鄘风·桑中》：唐

《尔雅》："唐蒙，女萝。女萝，菟丝。"

《广雅》："女萝，松萝也。"

《证类本草》："一名菟芦，一名菟缕，一名唐蒙，一名玉女，一名赤纲，一名菟累。生朝鲜川泽田野，蔓延草木之上，色黄而细，为赤纲，色浅而大为菟累。九月采，曝干。"

《吕氏春秋》："人或谓兔丝无根。兔丝非无根也，其根不属也，茯苓是。"

《抱朴子》："如兔丝之草，下有伏兔之根，无此兔在下，则丝不得生于上，然实不属也，伏菟抽则菟丝死。又《内篇》云：'兔丝初生之根，其形似菟，掘取，剖其血以和丹，服之立变化，任意所作。'"

《诗集传》："唐，蒙菜也，一名兔丝。"

《毛诗名物图说》："在草为兔丝，在木为女萝，二物殊别，皆由《释草》误为一物故。"

《诗经直解》："唐即女萝，别名兔丝，为藤蔓类植物。"

《释草》："唐蒙，女萝；女萝，兔丝……正青，与菟丝殊异。"

《经典释文》："在草为菟丝，在木曰松萝。"

◎《鄘风·载驰》：蝱

毛《传》："蝱，贝母也。"

《尔雅》："蝱，贝母。郭璞注：根如小贝，圆而白，华叶似韭。……果裸之实，栝楼。"

《经典释文》："今药草，贝母也，其叶如栝楼而细小，其子在根下如芋子，正白，四方连累相着，有分解也。"

《本草图经》："根有瓣子，黄白色，如聚贝子，故名贝母。二月生苗，茎细青色，叶亦青，似荞麦叶，随苗出。七月开花，碧绿色，形如鼓子花。八月采根，晒干。又云：四月蒜熟时采之，良。"

《神农本草经》："形如聚贝子，故名贝母。苏恭曰：其叶似大蒜，四月蒜熟时采之良。"

◎《卫风·淇奥》：绿

《说文》："菉，王刍也。从草，录声。"

毛《传》："绿，王刍也。"

《离骚草木疏》："菉，似竹，高五六尺，淇水侧人谓之菉竹。"

《尔雅》："菉，王刍。"

《经典释文》："王刍。某氏云：菉，鹿蓐也。郭云：菉，蓐也。今呼鸱脚莎。《诗·卫风》：'瞻彼淇奥，绿竹猗猗。'"

《陆氏诗疏广要》："本草名，荩草，俗亦呼淡竹，叶所谓终朝采。绿者，《上林赋》称香草。搤以绿蕙，被以江蓠，张揖亦以绿为王刍，则菉香草也。而《离骚》云：'蒉菉葹以盈室'，以三者皆恶草。"

◎《卫风·硕人》：瓠犀

《尔雅注释》："'瓠栖，瓣'释曰：瓣，瓠中瓣也。一名瓠栖。人之齿美者似之。故《诗·卫风·硕人》美庄姜云'齿如瓠栖'是也。"

《尔雅》："瓠栖，瓣。"郭璞注："瓠中瓣也。"

《诗集传》："瓠犀，瓠中之子，方正洁白，而比次整齐也。"

《六家诗名物疏》："《埤雅》云：'瓠状，要类于首尾，类于要，防锐缘，蔓而生。《风俗通》云：'八月秋穫，可以杀瓠，取其色泽而坚，今俗畜瓠之家不烧穰物，类相感。'"

《尔雅翼》："瓠，匏之甘者。"

《名医别录》："苦瓠，生晋地。保昇曰：'瓠即匏也，有甘苦二种，甘者大，苦者小。'"

◎《邶风·击鼓》《卫风·硕人》：荑

《说文》："荑，蕛也。"

《广雅》："薕，萑也。"

孔《疏》："初生者为菼，长大为薕，成则为萑。"

《诗传名物集览》："薕也。亦谓之荻。《尔雅》：'蒹蒹，蒹葭。菼，薕，其萌蘿。……萑之初生，一曰菼，一曰雈。薕，菼也。蒹，萑之未秀者。菼萑之初生。一曰菼。一曰雈。"

《大戴礼记》："萑未秀为'菼'，苇未秀为'芦'。"

《毛诗草木鸟兽虫鱼疏》："徐州人谓之蒹，兖州、辽东通语也。葭，一名芦菼，一名薕。薕或谓之'荻'。至秋坚成，则谓之萑。其初生三月中，其心挺出，其下本大如箸，上锐而细。扬州人谓之马尾。"

《古今图书集成·博物汇编》："葭一名'芦菼'，一名'薕'。李巡曰：'分别苇类之异名。'郭云：'芦苇也。'菼似苇而小，实中，江东呼为乌蓲。如李巡云芦薕共一草。如郭云，则芦薕。……《卫风·硕人》云'葭菼揭揭'。《陆疏》云，则芦薕，别草也。"

◎《卫风·伯兮》：谖草

《尔雅》："谖，忘也。"

《毛诗正义》："谖，训为忘，非草名。故传本其意，言焉得谖草，谓欲得令人善忘忧之草。"

《养生论》："合叹蠲忿，萱草忘忧，愚智所共知也。"

《说文》，"令人忘忧也，或作藼。"

《诗缉》："毛氏云谖草令人忘忧，是实有其物矣。"

《本草》："谖，忘也。忧思不能自遣，故树此草玩味，以忘忧也，吴人谓之疗愁。"

《本草求真》："萱草味甘而气微凉，能去湿利水，除热通淋，止渴消烦，开胸宽膈，令人心平气和，无有忧郁。"

《本草纲目拾遗》："《本草图经》：'萱草，处处田野有之。五月采花，八月采根用。今人多采其嫩苗及花跗作，云利胸膈甚佳。'"

按："谖草"即萱草，其未开放花苞采收沸水浸煮后晒干可食，即黄花菜。

◎《卫风·芄兰》：芄兰

《广雅》："女青，乌葛也。"

《尔雅注疏》："藋，一名芄兰。郭云：'藋芄，蔓生。断之有白汁，可啖。'"

毛《传》："芄，兰草也。陆玑云：一名萝藦，幽州人，谓之雀瓢。"

郑玄《笺》："芄兰柔弱，恒蔓延于地，有所依缘则起。"

《毛诗草木鸟兽虫鱼疏》："芄兰之支芄兰，一名萝藦，幽州谓之雀瓢，蔓生，叶青绿色而厚，断之有白汁，煮为茹，滑美，其子长数寸似瓠子。"

《千金翼方》："陆机云：一名芄兰，幽州谓'白药'味辛，温，无毒。主金疮生肌，出原州。香子，味辛，平，无毒。"

《梦溪笔谈》："芄兰生英支，出于叶间，垂之正如解结锥。"

二、"邶鄘卫"植物名物的文化生成

古代社会，人类的文化信仰，可以概括为两个方面，一为"求生"，二为"求殖"。动植物物种的存在，为先民们的生存，提供了丰富的食物资源，使得"求生"得以实现。而植物物种，其生生不息、枝叶繁茂的自然现象，又引发了先民的精神依赖，将延续生命的"求殖"期待寄托于之。

（一）精神崇拜

因其能解决生存需求，先民们开始崇拜、眷恋自然。植物顺理成章地成为"邶鄘卫"诗时代，人们感情的寄托载体。卫诗中的植物描写，绝非仅为满足口实之需，也是情感的释放工具，传递着喜悦、期盼、思念与忧伤。

《载驰》："陟彼阿丘，言采其蝱。"陆机《毛诗草木鸟兽虫鱼疏》："蝱，今药草贝母也。其叶如栝楼而细小。其子在根下，如芋，子正白，四方连累相着有分解。"❶朱熹解其药效为主疗郁结之病："又言以其既不适卫而思终不止也，故其在涂，或升高以舒忧想之情；或采蝱以疗郁结之疾。"许穆夫人欲归国而不得，心怀郁结就想到了"蝱"。

《桑中》："爰采唐矣，沬之乡矣。""唐"，即菟丝子，寄生蔓草，谐音为"思"。《伯兮》："焉得谖草，言树之背。""谖草"，《毛》传："谖草令人忘忧。"朱熹："谖草，合欢，食之令人忘忧者。"❷妻子无法忍受思念痛苦时，想到了食之令人忘忧的谖草。

《氓》中的女主角因"氓之蚩蚩"而坠入爱河，最终却落得被弃的结局。躬自悲悼，以桑自拟，从"桑之未落，其叶沃若"想到"桑之落矣，其黄而陨"，痛定思痛，感慨"于嗟鸠兮，无食桑葚。于嗟女兮，无与士耽！"

(二) 交感巫术

先民们寄情植物，很大一部分源自古人的"交感思维"习惯。如弗雷泽认为，首先是因为人与植物的"同类相生或果必同因"，其次是因为"物体一经接触，在中断实体接触后还会继续远距离的互相作用"。"交感思维"就是试图通过模仿感受影响力。植物在岁月中重复性地实现着春华秋实，古人认为，或是受到神秘力量的

---

❶ （吴）陆机. 毛诗草木鸟兽虫鱼疏 [M]. 钦定四库全书 经部三（明北监本）: 2.

❷ （宋）朱熹集注. 诗集传 [M]. 上海：上海古籍出版社，1958：40.

青睐。于是思忖人在采集植物过程中，也能够通过其作为媒介来传递情感，或思念或祈福。卫诗中的馈赠习俗，或是源于这种思维方式。

《汉书·地理志》："谓仲春之月，二水流盛，而士与女执芳草于其间，以相赠遗，信大乐矣，惟以戏谑也。"❶ 青年男女们，在田间、花间、水边、林下，倾吐心意，以物赠情。这正是当时卫地从上古延续下来的馈赠习俗。《静女》："静女其姝，俟我于城隅。爱而不见，搔首踟蹰。静女其娈，贻我彤管。彤管有炜，说怿女美。自牧归荑，洵美且异。匪女之为美，美人之贻。"《诗集传》："言人有赠我以微物，我当报之以重宝，而犹未足以为报也，但欲其长以为好而不忘耳。疑亦男女相赠答之词，如《静女》之类。"❷《木瓜》："投我以木瓜，报之以琼琚。匪报也，永以为好也。投我以木桃，报之以琼瑶。匪报也，永以为好也。投我以木李，报之以琼玖。匪报也，永以为好也。"投桃报李，赠彤授黄，《毛诗正义》："于此之时，有士与女方适野田，执芳香之兰草兮，既感春气，托采香草，期于田野，共为淫泆。"❸"赠物达情"后来成为固定的文学现象，如《左传·昭公二年》记载：晋韩宣子出使鲁国，自鲁至齐，又"自齐聘于卫，卫侯享之。北宫文子赋《淇澳》，宣子赋《木瓜》。"杜预注："《木瓜》亦卫风，意取于欲厚报以为好。"❹ 因而，植物寄寓着古人的美好怀恋。

---

❶ （汉）班固撰，（唐）颜师古注. 汉书［M］. 北京：中华书局，1962：1665.

❷ （宋）朱熹集注. 诗集传［M］. 上海：上海古籍出版社，1958：41.

❸ （汉）毛亨传，（汉）郑玄笺，（唐）孔颖达疏，李学勤主编. 十三经注疏：毛诗正义［M］. 北京：北京大学出版社，1999：322.

❹ （西晋）杜预. 春秋左传集解［M］. 上海：上海人民出版社，1977：1209.

戴震曰："不知鸟兽虫鱼草木之状类名号，则比兴之意乖。"❶
"邶鄘卫"风诗中的植物，或因名称，或因味道，或因使用价值，
或因生活习性，或因巫术，而与人的思维发生共鸣。卫诗的"桑间
濮上"习俗，也是来源于人与植物的情感共鸣。

三、卫地"桑间濮上"考——以《桑中》为例

桑树与古礼的关系，可谓密切。《礼记·内则》："桑，众木之
本。"蚕桑之事在"邶鄘卫"风诗时代，是国之大事。桑是生活需
要，孟子："五亩之宅，树之以桑。"❷"桑又女工最贵之木也"。它
超越衣食之足，成为一国头等大事之一。殷周时期，统治者对
"桑"非常看重，《淮南子·泰族训》："螟蚕一岁再收，非不利也，
然而王法禁之者，为其残桑也。"后妃有躬桑之礼，《礼记·月
令》："季春之月……命野虞毋伐桑柘，鸣鸠拂其羽。戴胜降于桑，
具曲植蘧筐。后妃齐戒，亲东乡躬桑。禁妇女毋观，省妇使以劝蚕
事。蚕事既登，分茧称丝效功，以共郊庙之服，毋有敢惰。"郑玄
注："后妃亲采桑，示帅先天下也。"❸民间亦有桑社之风，显示了
时人的桑树崇拜心理（见图3-1）。

"邶鄘卫"风诗中涉及"桑"的诗篇有3首，为《鄘风·桑
中》《鄘风·定之方中》及《卫风·氓》。班固《汉书·地理志》：
"卫地有桑间濮上之阻，男女亦亟聚会，声色生焉。"《史记·乐
书》亦言："桑间濮上之音，亡国之音也，其政散，其民流，诬上

---

❶ 戴震. 戴震全集：与是仲明论学书［M］. 上海：上海古籍出版社，
1980：182.

❷ （清）焦循. 孟子正义［M］. 上海：上海书店出版社，1996：33.

❸ （清）朱彬撰，饶钦农点校. 礼记训纂［M］. 北京：中华书局，1995：
233-237.

图 3-1 青铜器上的采桑场景

《文物天地》，1990 年第 5 期，第 4 页

行私而不可止。"❶ "桑间濮上"让古人谈之色变，《抱朴子·崇教》："淫音噪而惑耳，罗袂挥而乱目，濮上北里，迭奏迭起，或号或呼，俾昼作夜，流连于羽觞之间，沉沦乎弦节之侧。"❷ 先贤探讨"桑间濮上"现象，多言《鄘风·桑中》。笔者也拟以《桑中》为对象，探讨卫地"桑间濮上"问题。

---

❶ （汉）司马迁. 史记 [M]. 杭州：浙江古籍出版社，2000：407.

❷ （汉）葛洪. 抱朴子 [M]. 上海：上海书店出版社，1996：113.

历来对《桑中》的解读，似乎都将目光聚焦在"桑中"这一敏感的邀约之地上。保守的古人面对这奔放的场面惊慌，郑《笺》引《乐记》曰："桑间濮上之音，亡国之音也。"《毛序》也说："卫之公室淫乱，男女相奔。至于世族在位，相窃妻妾，期于幽远，政散民流而不可止。"❶ 解读者为之争议不休，如《读风偶识》认为这首诗"但有叹美之意，绝无规戒之言"。❷ 不管是刺淫还是叹美，《桑中》的主题，都指向男女情事。"桑间濮上"是否与此相关，还有没有其他表象，拟论之。

（一）《桑中》的地点信息

考之《桑中》，有几个地点信息。

其一，"沬"。"沬"在《桑中》诗中出现过三次，"沬"指什么？郑《笺》："沬，卫邑。"《酒诰》注："'沬邦，纣之都所处也'。于《诗》国属鄘。"王先谦认为"沬"即"牧野"："沬邑之'沬'即妹邦之'妹'，皆转音借字，其本字当为'牧'，即牧野也。"❸《后汉书》："朝歌纣所都居，南有牧野。"❹ 古籍认为"牧野"又叫"坶野"。《竹书纪年》："周武王率西夷诸侯伐殷，败之于坶野。"❺《尚书》："武王与纣战于坶野。"郑注："妹邦，纣之

---

❶ （汉）毛亨传，（汉）郑玄笺，（唐）孔颖达疏，李学勤主编．十三经注疏：毛诗正义［M］．北京：北京大学出版社，1999：190.

❷ （清）崔述．读风偶识［M］．丛书集成新编，台北：新文丰出版有限公司，1985：88.

❸ （清）王先谦．诗三家义集疏［M］．北京：中华书局，1987：232.

❹ （南朝宋）范晔撰，（唐）李贤等．后汉书［M］．北京：中华书局，1965：3395.

❺ 王国维撰，黄永年点校．古本竹书纪年辑校·今本竹书纪年疏证［M］．沈阳：辽宁教育出版社，1997：11.

都所处也。"❶《毛诗传笺通释》认为:"沬,《书·酒诰》作妹邦。沬,妹均从未声。未、牧双声,故马融《尚书注》云:'妹邦即牧养之地。'盖谓妹邦即牧野也。"❷《说文》也说:"坶,朝歌南七十里地。"❸ 所以,《桑中》诗中出现的"牧野""妹邦"和"沬邑"为同一地,即以淇水、牧野为中心的地方,这个应该没有太大疑问。

其二,"桑中"。"桑"与地点结合起来,《楚辞·天问》中有"台桑"。《楚辞·天问》,"禹之力献功,降省下土四方,焉得彼涂山女,而通之于台桑?"❹ 商朝时候,又出现"桑林"。《吕氏春秋·顺民篇》:"天大旱,五年不收,汤乃以身祷于桑林。"❺ 周时,有所谓"閟宫",应跟桑林也有很大关系。《太平御览》:"周本姜嫄,游閟宫,其地扶桑,履大人迹,生后稷。"

《桑中》一文,有关"桑中"的解释历来有这几种。第一,"桑中"是地名。毛《传》载:"桑中、上宫,所期之地。"但"所期之地"未明指。《诗集传》"桑中、上宫、淇上,又沬乡之中小地名也"。❻ 朱熹认为"桑中""上宫""淇上"应是牧野之下,更小的地域名称。第二,"桑中"为桑林之中。《诗经通论》认为的

❶ (汉)孔安国注,(唐)孔颖达疏,李学勤主编:十三经注疏:尚书正义 [M]. 北京:北京大学出版社,1999:281.

❷ (清)马瑞辰撰,陈金生点校. 毛诗传笺通释 [M]. 北京:中华书局,1989:178.

❸ (汉)许慎撰,(宋)徐铉校定. 说文解字 [M]. 北京:中华书局,2013:287.

❹ (宋)洪兴祖撰,白化文、许德楠等点校. 楚辞补注 [M]. 北京:中华书局,2013:97.

❺ (汉)高诱注. 吕氏春秋 [M]. 上海:上海书店出版社,1996:86.

❻ (宋)朱熹集注. 诗集传 [M]. 上海:上海古籍出版社,1958:30.

"桑林之中"指植桑之地："桑中，即桑之中。古卫地多桑，故云然。"❶ 别有学者，认为"桑林之中"是男女聚会之处，如袁梅《诗经译注》："古代女子多务蚕桑，诗中女子可能借采桑之机，在桑林深处幽会情人。"❷ 第三，"桑中"指桑林祭祀之地。《路史·余论》："桑林者，社也。"《帝王世纪》："祷于桑林之社。"❸

笔者认为，"桑中"与桑林有关系，但其为桑林中的祭祀场所，应该更为合理。《墨子·明鬼》云："燕之有祖，当齐之社稷，宋之有桑林，楚之有云梦也，此男女之所属而观也。"❹ "桑林"与"祖""社稷"相对。"祖"与"社"意思一致。《尚书·甘誓》："用命，赏于祖，弗用命，戮于社。"《周礼·春官》："出师宜于社，造于祖。""祖""社"互文。郭沫若指出："祖、社同一物也，祀于内者为祖，祀于外者为社。在古未有宗庙之时，其祀殊无内外。此云'燕之有祖，当齐之社稷'，正祖社为一之证。"所以，宋的"桑林"应该是宗庙所在。而宋、卫同为殷商文化后裔，以桑林为祭祀地点，是有可能的。

那么，宋、卫为什么又以"桑林"为社？《说文》："社，地主也，从示土。《春秋传》曰：'共工之子句龙为社神。'《周礼》：'二十五家为社，各树其土所宜之木。'桂，古之社。"❺ 由此可以看出，举凡"社"，必"各树其土所宜之木"，有"社"必有树木，

---

❶ （清）姚际恒著，顾颉刚标点．诗经通论［M］．北京：中华书局，1958：74.

❷ 袁梅．诗经译注［M］．济南：齐鲁书社，1985：182.

❸ 山东省古籍整理规划项目组．二十五史别史：帝王世纪［M］．济南：齐鲁书社，1998：30.

❹ （清）孙诒让．墨子闲诂［M］．上海：上海书店出版社，1996：156.

❺ （汉）许慎撰，（宋）徐铉校定．说文解字［M］．北京：中华书局，2013：3.

《白虎通·社稷》:"社稷所以有树,何也?尊而识之也。使民望见即敬之,又所以表功也。故《周官》曰:司徒班社而树之,各以土地所宜。"❶《墨子·明鬼》:"且惟昔者虞夏、商、周,三代之圣王,其始建国营都日,必择国之正坛,置以为宗庙,必择木之修茂者,立以为菆位。"❷

殷商文化之地,选择桑树作为社会,源自祖先崇拜。商是东夷之后,为学界所共识。东夷来自东方,东方上古神话中"桑树"意象是作为太阳神树、生命树出现的。扶桑,是太阳初升的地方。《淮南子·天文训》:"日出于旸谷,浴于咸池,拂于扶桑,是谓晨明。登于扶桑,爰始将行,是谓朏明。"❸《说文》:"日初,出东方汤谷,所登榑桑,叒木也。""桑"与"日"同出,是桑图腾与太阳图腾的合一。日、扶桑等与"桑"有关的神话,在殷商民族中广为流传。

《帝王世纪》:"少昊邑于穷桑,以(穷桑)登帝位,都曲阜,故或谓之穷桑帝。"❹ 如孙作云先生所言:"殷人的社为什么叫'桑林'?我想这是因为他们把桑树当作神树,在社的前后左右广植之,因此他们的社叫做桑林。"卫地又受周文化的熏陶。周文化中也有"桑","桑"是作为生殖崇拜出现的。桑的"生殖意味",与姜嫄生后稷、伊尹出生的神话传说有关。《春秋元命苞》载:"姜嫄游

---

❶ (清)陈立撰,吴则虞点校. 白虎通义疏证 [M]. 北京:中华书局,1994:89.

❷ (清)孙诒让. 墨子闲诂 [M]. 上海:上海书店出版社,1996:145.

❸ (汉)刘安著,(汉)高诱. 淮南子注 [M]. 上海:上海书店出版社,1996:36.

❹ 山东省古籍整理规划项目组. 二十五史别史:帝王世纪 [M]. 济南:齐鲁书社,1998:10.

閟宫，其地扶桑，履大人迹而生稷。"❶《吕氏春秋》："伊尹之母，居伊水之上，孕，梦有神告之曰：'臼出水而东走，毋顾。'明日，视臼出水，告其邻，东走十里，而顾其邑，尽为水，身因化为空桑，故命之曰伊尹。"❷ 所以，无论从祖先崇拜，还是从生殖崇拜角度来看，卫地以"桑树"为社，是合乎文化心理的。《博物志》："桑者天下之甲第，故封桑以为社。"❸

按：桑林是殷商文化、周文化最具有代表性的神祇之一，成为祭祀之所是可能的。所以，笔者认为，"桑中"的地名含义，应该首先是旧商都"沫"，商亡后即卫都。而"桑中"的文化意义指的是祭祀之地：桑林。据陈梦家考证："桑林乃社名。《帝王世纪》曰：汤祷于桑林之社。《路史余论》六：桑林者社也。盖社必树木，而社以木名，如《庄子·人间世》之栎社栋社、《史记·封禅书》之榆社，故桑林者树桑木之社也。"❹

其三，上宫。首先，古代学者将其解释为地名，将"上宫"与"桑中"相关联。毛《传》："桑中、上宫，所期之地。"❺ 或指楼室。《孟子·尽心下》："孟子之滕，馆于上宫。"赵岐："上宫，楼也。古者楼室通，此上宫亦即楼耳。"❻ 或指男女相会之处，袁梅

---

❶ （汉）王符著，（清）汪继培笺．潜夫论注［M］．上海：上海书店出版社，1996：161.

❷ （汉）高诱．吕氏春秋［M］．上海：上海书店出版社，1996：139.

❸ （晋）张华著，祝鸿杰译注．博物志［M］．贵阳：贵州人民出版社，1990：78.

❶ 陈梦家．高禖郊社祖庙通考［J］．清华大学学报（自然科学版），1937（3）.

❺ （汉）毛亨传，（汉）郑玄笺，（唐）孔颖达疏，李学勤主编．十三经注疏：毛诗正义［M］．北京：北京大学出版社，1999：191.

❻ （清）马瑞辰撰，陈金生点校．毛诗传笺通释［M］．北京：中华书局，1989：179.

《诗经译注》："上宫，城角楼。因其处幽静，所以便成了这姑娘私会之地。"❶ "上宫"又或被认为是具体地址，即"妲己台"。《太平御览》引《郡国志》："卫州范城北十四里，沙丘台也，俗称妲己台。去二里有一台，南临淇水，俗称为上宫也。"❷ 其次，"上宫"被指是桑林祭祀的具体地点。这种观点认为"上宫"在桑林之中，是社庙所在。如郭沫若所言："要者交也，抱也。桑中，即桑林所在之地，上宫即祀桑林之祠，士女于此合欢。"❸

按：综合这两种说法，似乎都有些道理。考之前说，及史载、典籍，笔者认为，"上宫"确是楼台，但不是男女私会的楼台，而是桑林之中祭祀场所的楼台。只有这样，才能与《桑中》的"桑林祭祀"联系起来。先来看看"宫"，古代可以作为祭神之祠的名字，《竹书纪年》："（周穆王元年）冬十月，筑祇宫于南郑。"❹《诗经·鲁颂·閟宫》郑《笺》："閟，神也。姜嫄神所依，故庙曰神宫。"所以《桑中》诗中的"上宫"可以训为神祠、社台。再说楼台的"台"，"台"在古籍中可以与男女欢爱有关，《楚辞·天问》："禹之力献功，降省下土四方。焉得彼涂山女，而通之于台桑？"讲到了禹和涂山氏在台桑相会的传说。《老子》二十章："众人熙熙，如享太牢，如春登台。"《河上公注》："熙熙，淫放多情欲也。"❺ 所以，"台"字涉男女之情事，应该

---

❶ 袁梅. 诗经译注［M］. 济南：齐鲁书社，1985：182.

❷（宋）李昉，李穆，徐铉等. 太平御览［M］. 北京：中华书局影印本，2000：859.

❸ 郭沫若. 甲骨文字研究［M］. 北京：北京图书出版社，2006：125.

❹ 王国维撰，黄永年点校. 古本竹书纪年辑校·今本竹书纪年疏证［M］. 沈阳：辽宁教育出版社，1997：12.

❺（宋）苏辙. 道德真经注［M］. 上海：华东师范大学出版社，2010：136.

可信。此外，司马相如《美人赋》写道："途出郑卫，道由桑中。朝发溱洧，暮宿上宫。上宫……有女独处，婉然在床，奇葩逸丽，淑质艳光。睹臣迁延……皓体呈露，弱骨丰肌。时来亲臣，柔滑如脂。"❶ 如此，则"上宫"为"台"，且事涉男女情事当为不误。这样，《桑中》之"上宫"应该是桑林中祭祀的场所。

（二）"桑间濮上"与桑社祭祀

从《桑中》一文涉及的几个场所："桑中""上宫"，再考诸于前文，卫地文化源自殷商，而殷商重事神之俗，所以"桑中濮上"之风，当与桑林祭祀有关。先来看看桑林祭祀的目的。

其一，求农桑顺利。桑林祭祀目的之一是求兴云作雨。农业社会，天气极为重要。桑林之会，求神祇保佑风调雨顺，是严肃的宗教活动。《吕氏春秋·顺民篇》❷："天大旱，五年不收，汤乃以身祷于桑林。"《帝王世纪》："汤祷于桑林之社。"❸《淮南子·修务训》高诱注："桑山之林，汤所祷也，能为云雨，故祷之。"❹ 桑林是祭祀神灵、祈求佑护、求雨祈福之地。

其二，求子。《礼记·郊特牲》："社，祭土而主阴气也。"《白虎通义·五行》："地，土别名也，比于五行最尊。"❺ 如果在"土"旁加上一个"也"字，正好是"地"。《说文》："也，女阴也。象

---

❶ 龚克昌. 全汉赋评注 [M]. 石家庄：花山文艺出版社，2003：198.

❷ （汉）高诱注. 吕氏春秋 [M]. 上海：上海书店出版社，1996：88.

❸ 山东省古籍整理规划项目组. 二十五史别史：帝王世纪 [M]. 济南：齐鲁书社，1998：30.

❹ （汉）刘安著，（汉）高诱注. 淮南子注 [M]. 上海：上海书店出版社，1996：341.

❺ （清）陈立撰，吴则虞点校. 白虎通义疏证 [M]. 北京：中华书局，1994：166.

形。"而可见，"社"字强调生育功能，表示祭土地、生育神之所在。殷商的桑林之会，来源于"天命玄鸟，降而生商"的神话。周人的桑林之会，来源于姜嫄履迹而生后稷的神话。周制规定，仲春之月为群众性社祭活动，社祭活动以祈求子嗣为目的，"祠高禖""履大人迹"。《周礼·媒氏》："仲春之月，令会男女。于是时也，相奔不禁。若无故而不用令者，罚之。司男女之无夫家者而会之。"❶社祭活动以"令会男女"为手段，《礼记·月令》："仲春之月……择元日，命民社。"周代的统治者也会参加社祭活动。《礼记·月令》："是月也，玄鸟至。至之日，以大牢祠于高禖。天子亲往，后妃帅九嫔御，乃礼天子所御，带以弓韣，授以弓矢，于高禖之前。"❷帝王、嫔妃在此时，祭祀生育神，有身孕的妃嫔酌酒。同时，天子用弓箭做动作，以示男女交合之意。所以，祈求子嗣，亦是桑林之会的目的。

(三) "桑间濮上"之风

从前文可以看出，"桑间濮上"既是祭祀、祈福，也是求子行为。这些活动大致有几个组成部分。

其一，演奏乐舞。桑林祭祀活动少不了演奏乐舞。《左传·襄公十年》载："宋公享晋侯于楚丘，请以《桑林》。荀罃辞。荀偃、士匄曰：'诸侯宋、鲁，于是观礼。鲁有禘乐，宾祭用之。宋以《桑林》享君，不亦可乎？'舞，师题以旌夏。晋侯惧而退入于房。去旌，卒享而还。"杜预注："桑林，殷天子之乐名也。"❸司马彪

❶ （汉）郑玄注，（唐）贾公彦疏，李学勤主编. 十三经注疏：周礼注疏［M］. 北京：北京大学出版社，1999：364-365.

❷ （汉）郑玄注，（唐）孔颖达疏，李学勤主编，龚抗云整理. 十三经注疏：礼记正义［M］. 北京：北京大学出版社，2000：554-556.

❸ （西晋）杜预. 春秋左传集解［M］. 上海：上海人民出版社，1977：865.

《庄子注》："桑林，汤乐名。"❶ 而宋享晋侯的地方在楚丘，楚丘曾是卫都之一，卫文公迁都于此。宋卫同为殷商之后，习俗应该相近。所以《桑林》应该也是卫地的祭祀之乐。如闻一多所言："《周礼·大司乐》'舞《大濩》以享先妣'注谓：先妣为姜嫄，其庙为閟宫。《大濩》即桑林之乐。"❷《文献通考》也记载："大濩，大司乐。郑注：'大濩，汤乐也。'"❸ 由上可知，"桑间濮上"祭祀之乐为"桑林"或"大濩"。

有乐必有舞，桑林舞的情状已不可考，但"庖丁解牛"一文或者可以为之增加一点想象："庖丁为文惠君解牛，手之所触，肩之所倚，足之所履，膝之所踦，砉然响然，奏刀騞然，莫不中音，合于《桑林》之舞，乃中《经首》之会。"❹《简兮》的鼓乐舞蹈场面，抑或可以从侧面给出一些信息。闻一多《高唐神女传说之分析》："《鲁颂·閟宫》曰'万舞洋洋'，閟宫为高禖之宫，是祀高禖用万舞。"万舞盖即大濩，《左传·隐公五年》："'考仲子之宫，将万焉。'仲子者，公之祖母，考其宫用万舞，可知万舞与妇人有特殊关系。《左传·庄公二十八年》：'楚令尹子元欲蛊文夫人，为馆于其宫侧而振万焉。'注：'蛊惑以淫事。'《邶风·简兮》曰：'方将万舞'、'公庭万舞'，又云'云谁之思？西方美人。'是亦男女爱慕之诗。爱慕之情生于观万舞，则此舞之富于诱惑性，可知。祀高禖用万舞，其舞富于诱惑性，则高禖之祀，颇涉邪淫，亦可想

❶ （清）郭庆藩．庄子集释［M］．上海：上海书店出版社，1996：18．
❷ 闻一多．闻一多全集：神话编诗经编（上）［M］．武汉：湖北人民出版社，1994：31．
❸ （元）马端临．文献通考［M］．北京：中华书局，1986：1012．
❹ （清）郭庆藩．庄子集释［M］．上海：上海书店出版社，1996：19．

见矣。"❶ "万舞"宏大而又激昂。《简兮》篇中,"简兮简兮,方将万舞"。毛《传》"以干羽为万舞,用之宗庙山川"。❷ 所以,综上可以推测,桑林之乐舞应该是音乐震撼人心,舞姿时而强劲有力,时而轻捷灵巧。

总之,桑林乐舞为征祈子嗣的舞蹈。如闻一多《姜嫄履大人迹考》:"舍人说'履帝武敏',为'履天帝之迹于畎亩之中'果不为无因。而余所疑履迹为祭礼中一种象征的舞蹈。"❸ 王晖《商周文化比较研究》:"其实桑林之舞大概就是以男女交合之舞姿祈求天神下降来交合,以达到降雨的目的。"❹ 桑林即是"求雨"之所,而其舞乐又具有生殖崇拜象征意义,那么"桑间濮上"之地,也就可以是男女幽合的"云雨"之所了。

其二,桑林观"社"。《墨子·明鬼》:"燕之有祖,当齐之社稷,宋之有桑林,楚之有云梦也,此男女之所属而观也。"陈梦家解释说:"属者,合也,谓男女之交合也。"❺ 因此,亦如上文所言,"桑中"不仅仅是祭祀的地名,也是男女结合之地。

先说"此男女之所属而观也"。"观"什么呢?袁枚认为观的就是"大概遇社会之日,则巫儿皆出,妖冶喧阗,故庄公往观,曹

---

❶ 闻一多. 闻一多全集:神话编诗经编(上)[M]. 武汉:湖北人民出版社,1994:31-32.

❷ (汉)毛亨传,(汉)郑玄笺,(唐)孔颖达疏,李学勤主编. 十三经注疏:毛诗正义 [M]. 北京:北京大学出版社,1999:161.

❸ 闻一多. 闻一多全集:神话编诗经编(上)[M]. 武汉:湖北人民出版社,1994:53.

❹ 王晖. 商周文化比较研究 [M]. 北京:人民出版社,2000:106.

❺ 陈梦家. 高禖郊社祖庙通考 [J]. 清华大学学报(自然科学版),1937 (3).

刿以为非礼，尸女或即巫儿"。❶ "尸女"是社祭礼仪上的女祭司或者女巫。《说文》："尸，陈也，象卧之形。凡尸之属皆从尸。"❷ 郭沫若《释祖妣》据此谓"是尸之本义，故尸女当即通淫之意"。闻一多《姜嫄履大人迹考》认为"履迹乃祭祀仪式之一部分，疑即一种象征性的舞蹈"，随"尸"而舞，"舞毕而相携止息于幽闭之处，因而有孕也。"

《左传·昭公二十三年》："夏，公如齐观社。"❸《春秋》三传均指出其为非礼，《左传》："夏，公（鲁庄公姬同）如齐观社，非礼也。"❹《穀梁传》认为非礼的原因在于："观，无事之辞也，以是为尸女也。无事不出竟。"❺ 如此，"尸女"所行之事当是于桑林之中的"上宫"，进行祭祀性性行为，"如齐观社"，实为观女人。即鲁庄公观社，实为满足感官之欲而前往。

《桑中》诗里有三个女子，孟姜、孟弋、孟庸。前人多做考证，以证明西周时代有此三姓之国。此三个女子，是否姓姜、姓弋、姓庸，笔者认为不必事无巨细考诸史实，以史证诗。否则容易穿凿附会，过于拘泥。但诗中有个信息却要抓住，就是这个"孟"字。《正义》："列国姜姓，齐、许、申、吕之属。不斥其国，未知谁国之女也。臣无境外之交，得取列国女者，春秋之世，因聘逆妻，故得取焉。言孟，故知长女。下孟姜、孟弋、孟庸，以孟类之，盖亦

---

❶ 王英志主编．袁枚全集：随园随笔［M］．南京：凤凰出版社，1993：281.

❷ （汉）许慎撰，（宋）徐铉校定．说文解字［M］．北京：中华书局，2013：171.

❸ 杨伯峻．春秋左传注［M］．北京：中华书局，1995：1439.

❹ （西晋）杜预．春秋左传集解［M］．上海：上海人民出版社，1977：865.

❺ （清）钟文烝．春秋穀梁经传补注［M］．北京：中华书局，1996：355.

列国之长女，但当时列国姓庸、弋者，无文以言之。"❶"孟"是长女的意思，故有"孟姜""孟弋""孟庸"之称。古代祭社，充当女祭司的女子，须具有未婚，抑或是长女等诸多的限制，《风俗通义》《汉书·地理志》都讲到齐国有个风俗："始，桓公兄襄公淫乱，姑姊妹不嫁，于是令国中民家长女不得嫁，名曰巫儿，为家主祠，嫁者不利其家。民至今以为俗。"❷齐、卫虽地不同域，但两国是结姻亲关系，习俗不至差之甚远，也未可知。况且社祭是国之大事，各国大同小异。所以，"孟姜""孟弋""孟庸"的身份或为巫女，也是讲得通的。

所以，桑林祭祀之时，会有观社活动，"男女所属而观"，意谓男女相约共往观社。而这"观社"，观的是社祭之时巫女的祭祀性行为。"上宫"是桑林祭祀的神祠，所以《桑中》诗中男女主人公"要于上宫"就变得顺理成章。

其三，桑林欢会。观社之后，青年男女们的桑林之约变成了必然，开始自由相会即"桑林欢会"。卫诗时代，女子最主要的田间劳作是采摘活动，其中也包括采桑。《大雅·瞻卬》："妇无公事，休其蚕织。""宫事"，即指蚕室、桑事。《夏小正》三月："妾子始蚕，执养宫事。"❸女子采桑，形成了"群女出桑"的亮丽风景，桑女成为成年男子觊觎的对象。《穆天子传》："天子作居范宫，以观桑者，乃饮于桑中，天子命桑虞出，桑者用禁暴人。"❹毛奇龄：

❶（汉）毛亨传，（汉）郑玄笺，（唐）孔颖达疏，李学勤主编. 十三经注疏：毛诗正义［M］. 北京：北京大学出版社，1999：192.
❷（汉）班固撰，（唐）颜师古注. 汉书［M］. 北京：中华书局，1962：1641.
❸（清）王聘珍. 戴礼记解诂［M］. 北京：中华书局，1983：34.
❹（晋）郭璞注，（清）洪颐煊校. 穆天子传［M］. 长沙：岳麓书社，1992：69.

"桑者，桑妇也。彼以为采桑妇工，故必桑妇而后得称为桑者，故曰：'出禁桑者，用禁暴人也。盖惟恐狂夫之或及于彼桑妇也。非桑妇则暴何禁矣。'"吕思勉认为，《周礼》所谓"司男女之无夫家者而会之"。"是由上古'性开禁'而凝固成的节日，因此这实是青年人的狂欢节。"主要目的就是"合男女"❶。宋玉《登徒子好色赋》中有类似的场景描写："出咸阳、熙邯郸，从容郑、卫、溱、洧之间。是时向春之末，迎夏之阳，鸧鹒喈喈，群女出桑。此郊之姝，华色含光，体美容冶，不待饰装。"❷

综上可知，《桑中》一诗中的"桑中""上宫""淇水"等地点都是男女幽会之处，"桑林""云雨"于是成为男女交合的隐语。郭沫若《甲骨文字研究》："其祀桑林时事，余以为《鄘风》中之《桑中》所咏者，是也。……桑中即桑林所在之地，上宫即祀桑林之祠，士女于此合欢。"❸所以，"桑间濮上"之风，就是卫地先民们从交感巫术的思维出发，在类似桑社祭祀的活动中，伴随着的群婚性男女欢会行为。《桑中》诗或许就是这类风俗孑遗的记载。"郑、卫之地仍存上古遗俗，凡仲春、夏祭、秋祭之际男女合欢，正是原始民族生殖崇拜之仪式。"❹因而，绝不能简单地将这种"桑间濮上"的祭祀、欢会之风都一律斥之为"淫乱"。

❶ 吕思勉. 中国文化史 [M]. 北京：海潮出版社，2008：213.

❷ （宋）洪兴祖撰，白化文、许德楠等点校. 楚辞补注 [M]. 北京：中华书局，2013：97.

❸ 郭沫若. 甲骨文字研究 [M]. 北京：科学出版社，1982：39.

❹ 鲍昌. 风诗名篇新解 [M]. 郑州. 中州书画社，1982：85.

第三节 "邶鄘卫"风诗中服饰名物
与周代礼制

《易·系辞下》载："黄帝、尧、舜垂衣裳而天下治，盖取诸乾坤。"随着社会的发展和进步，人们的服装更加丰富多彩。"邶鄘卫"风诗时代，服饰已经不再仅为遮蔽作用，而逐渐承载了彰显身份、地位的文化功能。本节内容主要阐释"邶鄘卫"风诗中涉及的服装、配饰，以及其中体现出的周代礼制。

卫地风诗，既有"绿兮衣兮，绿衣黄裳""心之忧矣，之子无裳""心之忧矣，之子无带""心之忧矣，之子无服"等阐述衣服形制的诗句，也有"硕人其颀，衣锦褧衣"中的"锦衣""褧衣"，"狐裘蒙戎，匪车不东"中的"狐裘"等新兴起的服装。服饰品类描写之多，《诗经》305篇，无出其右。

一、卫风服装考

卫地服装形制是上衣下裳，常"衣""裳"并举，如《邶风·绿衣》："绿兮衣兮，绿衣黄裳。"衣服多是交领右衽，衣长多至膝盖上下，后据或长至足部，外部有带系于腰间（见图3-2）。

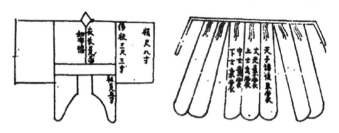

图3-2 周代服装剪样

"邶鄘卫"风诗出现过的服饰形式，如表3-2所示。

表 3-2 "邶鄘卫"风诗中的服装种类

篇目	内容	名称	种类
《邶风·绿衣》	绿兮衣兮，绿衣黄里。 绿兮衣兮，绿衣黄裳。	里 裳	服饰
《邶风·旄丘》	狐裘蒙戎，匪车不东。 叔兮伯兮，靡所与同。	裘	服饰
	琐兮尾兮，流离之子。 叔兮伯兮，褎如充耳。	充耳	佩饰
《鄘风·柏舟》	泛彼柏舟，在彼中河。 髧彼两髦，实维我仪。	髦	头饰
《鄘风·君子偕老》	君子偕老，副笄六珈。 委委佗佗，如山如河，象服是宜。	副、笄、珈	头饰
	君子偕老，副笄六珈。 委委佗佗，如山如河，象服是宜。	象服	服饰
	玼兮玼兮，其之翟也。 鬒发如云，不屑髢也。	翟 髢	服饰 发饰
	玉之瑱也，象之揥也，扬且之皙也。	瑱、揥	佩饰
	瑳兮瑳兮，其之展也。 蒙彼绉绤，是绁袢也。	展 绁袢 绉绤	服饰 织物
《卫风·淇奥》	有匪君子，充耳琇莹，会弁如星。	弁、充耳	佩饰
《卫风·硕人》	硕人其颀，衣锦褧衣。	锦 褧衣	服饰 服饰
《卫风·氓》	抱布贸丝，匪来贸丝，来即我谋。 总角之宴，言笑晏晏。	布、丝 总角	织物 发型
《卫风·竹竿》	淇水在右，泉源在左。 巧笑之瑳，佩玉之傩。	瑳、傩	佩饰
《卫风·芄兰》	芄兰之支，童子佩觿。虽则佩觿， 能不我知？ 容兮遂兮，垂带悸兮。	觿	佩饰
	芄兰之支，童子佩觿。虽则佩觿， 能不我知。 容兮遂兮，垂带悸兮。	带 遂	服饰 佩饰
	芄兰之叶，童子佩韘。虽则佩韘， 能不我甲。	韘	佩饰
《卫风·木瓜》	投我以木瓜，报之以琼琚。	琚	佩饰

（一）礼服

《周礼·天官·内司服》记载了周代贵族服饰礼制："掌王后之六服，袆衣，揄狄，阙狄，鞠衣，展衣，缘衣，素沙。"❶《君子偕老》一文，较为集中地将这些内容展现出来。《毛序》："（《君子偕老》）服饰之盛，宜与君子偕老也。"《君子偕老》涉及的服装有以下几种。

其一，象服。《君子偕老》："委委佗佗，如山如河，象服是宜。"毛《传》："象服，尊者所以为饰。"郑《笺》："象服者，谓袆翟阙翟也。""人君之象服，则舜所云'予欲观古人之象，日月星辰'之属。"❷

何为象服，让我们回到诗中来看。有关《君子偕老》的主旨，《诗序》言："刺卫夫人也。夫人淫乱。失事君子之道。"诗中铺排宣姜盛饰，她身着的"象服"无疑是国君夫人的庄重礼服。马瑞辰《毛诗传笺通释》："诗上言副笄六珈，则所云象服者，盖袆衣也。……诗首言袆衣，次言翟衣，次言展衣，各举其一以明服饰之盛，与《周礼·天官·内司服》王后之六服次序正同。"❸据此可知，象服为商周时期贵族之祭服，位于群服之首。

象服上应该有各种纹饰、图案，《说文》："褖，饰也。象服犹褖饰，服之以画绘为饰者。"❹惜没有流传下来。不过这些图案，

---

❶（汉）郑玄注，（唐）贾公彦疏，李学勤主编．十三经注疏：周礼注疏［M］．北京：北京大学出版社，1999：202．

❷（汉）毛亨传，（汉）郑玄笺，（唐）孔颖达疏，李学勤主编．十三经注疏：毛诗正义［M］．北京：北京大学出版社，1999：183．

❸（清）马瑞辰撰，陈金生点校．毛诗传笺通释［M］．北京：中华书局，1989：168．

❹（汉）许慎撰，（宋）徐铉校定．说文解字［M］．北京：中华书局，2013：169．

可能如《尚书·益稷》言："予欲观古人之象，日、月、星辰、山、龙、华虫，作会，宗彝、藻、火、粉米、黼黻，絺绣。以五采彰施于五色，作服汝明。"❶总之，古代后妃、贵夫人所穿的礼服，上面有各种物象作为装饰（见图3-3）。

图3-3 皇后袆衣图

聂崇礼：《新定三礼图》，清华大学出版社2006年版，第1卷，第47页

其二，翟衣。《鄘风·君子偕老》："玼兮玼兮，其之翟也。"《君子偕老》中，"象服"亦指王后的"翟衣"，《郑笺》："象服者，谓褕翟、阙翟。"毛《传》："褕翟、阙翟，羽饰衣也。"翟衣也是贵族妇女的礼服。郑笺："侯伯夫人之服，自褕翟而下，如王后焉。"衣服上有雉鸟的图案。孔疏："翟而言象者，象鸟羽而画

---

❶ （汉）孔安国注，（唐）孔颖达疏，李学勤主编. 十三经注疏：尚书正义［M］. 北京：北京大学出版社，1999：116.

之，故谓之象。以人君之服画日月星辰谓之象，故知画翟羽亦为象也。"❶ 装饰有雉羽的衣服，华美艳丽。方玉润："玼，鲜盛貌。翟衣，祭服，刻绘为翟雉之形，而彩画之以为饰也。"❷

翟衣是王后、命妇的祭服，《周礼·天官·内司服》郑玄注："从王祭先王则服袆衣，祭先公则服揄翟，祭群小祀则服阙翟。"翟衣的颜色是："其色则阙狄赤，揄狄青。"❸ 所以，礼服上的装饰图案，实际上也蕴含着礼制的内容。如宋人蔡卞在《毛诗名物解》中言："日月，天明；星辰，天精也。此道之成象在上者，其施于人也则仁。……仁之于道，其常体如山，其变用如龙，其接物也，则礼而已。交有时，别有伦，其丈笈于自然者，华虫也。"这段话就说明了礼服上的图案，其实是周人法象天然的道德规范，是周代礼制的一部分。

其三，展衣。《君子偕老》："瑳兮瑳兮，其之展也。"展衣是会见宾客时穿的衣服，《周礼·天官·内司服》郑玄注："展衣，以礼见王及宾客之服。"❹ "展衣"的颜色，《说文》认为是白色，"玉色鲜白"。毛《传》认为展衣是红色："礼有展衣者，以丹縠为衣。"《释名·释衣服》："襢衣，襢，坦也，坦然正白，无文彩也。"❺ 郑玄也认为是白色，殷商文化尚白，郑《笺》："后妃六服

❶ （汉）毛亨传，（汉）郑玄笺，（唐）孔颖达疏，李学勤主编．十三经注疏：毛诗正义［M］．北京：北京大学出版社，1999：184.

❷ （清）方玉润撰，李先耕点校．诗经原始［M］．北京：中华书局，1986：158.

❸ （汉）郑玄注，（唐）贾公彦疏，李学勤主编．十三经注疏：周礼注疏［M］．北京：北京大学出版社，1999：203.

❹ （汉）郑玄注，（唐）贾公彦疏，李学勤主编．十三经注疏：周礼注疏［M］．北京：北京大学出版社，1999：204.

❺ （汉）刘熙．释名［M］．北京：中华书局丛书集成本，1985：78.

之次，展衣宜白……此以礼见于君及宾客之盛服也。"❶ 比较而言，白色的说法似乎更合理些。

展衣白而无纹饰，即表示尊敬、尊贵，又与着服者德行匹配，郑玄："《诗》曰：'玼兮玼兮，其之展也。'下云'展如之人兮，邦之媛也。'言其行配君子，二者之义与礼合矣。"

（二）燕服

燕服就是日常闲居时穿的便服。《周南·葛覃》有"薄污我私"句，毛《传》"私，燕服也"。陈奂《毛诗传疏》："燕服，谓燕居之服也。"❷ 卫诗中即有隆重场合的礼服，也描写了私下穿着的燕服。燕服相对于礼服而言，为平日闲居无事所服之衣，《周礼注疏》："燕衣服者，巾絮寝衣袍襗之属。"但燕服也是有其制度规范的，不可以随意穿着。

其一，绿衣。《绿衣》："绿兮衣兮，绿衣黄里。心之忧矣，曷维其已！绿兮衣兮，绿衣黄裳。心之忧矣，曷维其亡！"郑玄认为"绿衣"就是褖衣，郑《笺》："'绿'当为'褖'。""褖衣，御于王之服，亦以燕居。""褖衣"也是士人之妻的命服。《仪礼·丧大记》："士妻，以褖衣。"

古人认为"绿衣"是不合乎礼制的衣服颜色，用来比喻上下失位，妾僭妻位。毛《传》："绿间色，黄正色。"郑《笺》："鞠衣黄，展衣白，褖衣黑，皆以素纱为里。今褖衣反以黄为里，非其礼制也，故以喻妾上僭。""褖衣"的颜色是黑色，诗中以绿色为上衣，是不合乎礼仪规范的。《诗集传》："庄公惑于嬖妾，夫人庄姜贤而失位，故作此诗，言绿衣黄里，以比贱妾尊显。正嫡幽微，使

❶（汉）毛亨传，（汉）郑玄笺，（唐）孔颖达疏，李学勤主编．十三经注疏：毛诗正义 [M]．北京：北京大学出版社，1999：184．

❷（清）陈奂．诗毛氏传疏 [M]．上海：商务印书馆，1930：6．

我忧之不能自己也。《易林·观之革》：'黄里绿衣，君服不宜。淫湎毁常，失其宠光。'"❶

其二，绁袢。《君子偕老》："蒙彼绉绤，是绁袢也。""绁袢"就是女子的内衣，朱骏声："袢当为里衣之称。里衣素无色，当暑用绉绤，即绉绤也。""绁袢"夏天热的时候穿着，司马光《类篇》："袢延，衣热也。"❷《毛诗正义》："绁袢者，去热之名，故言袢延之服，袢延是热之气也。"❸ 这是夏天通风吸汗的贴身衣物。绁袢颜色是素色、无色，《玉篇》："（绁袢）衣无色也。"

其三，锦衣、褧衣。《硕人》："硕人其颀，衣锦褧衣。"孔颖达《疏》："今言锦衣非翟衣，则是在涂之所服也。"锦衣是出嫁时在途中所穿的衣服，颜色为织有彩色图案的丝织品，毛《传》："锦，文衣也。"《诗经稗疏》："锦衣者，以锦缘衣也。礼童子之饰，锦缘、锦绅，皆朱锦。女之在涂，服童子之服，以未成妇也。"

"褧衣"往往与"锦衣"连在一起说，"褧衣"是"锦衣"外的单衣，是古代女子出嫁时在途中所穿，以蔽尘土。从身份地位上来分析，锦衣、褧衣为贵族穿着。毛《传》："夫人德盛而尊，嫁则锦衣加褧襜。"❹ 锦衣为五彩文饰，在其上加服褧衣，可以避免文彩外露，亦可保护锦衣。褧衣加在锦衣上，既可以遮蔽灰尘，又有了可以称颂的德行（见图3-4）。《中庸》："衣锦尚絅，恶其文

---

❶ （宋）朱熹集注. 诗集传［M］. 上海：上海古籍出版社，1958：16.
❷ （宋）司马光. 类篇［M］. 北京：中华书局，1984：37.
❸ （汉）毛亨传，（汉）郑玄笺，（唐）孔颖达疏，李学勤主编. 十三经注疏：毛诗正义［M］. 北京：北京大学出版社，1999：188.
❹ （汉）毛亨传，（汉）郑玄笺，（唐）孔颖达疏，李学勤主编. 十三经注疏：毛诗正义［M］. 北京：北京大学出版社，1999：189.

之著也。"❶

图3-4　马王堆汉墓出土的汉代"素纱禅衣"

《考古中国——马王堆汉墓发掘记》，海南出版社2007年版，第79页

（三）其他

卫诗中除了礼服与燕服外，还有其他服饰习惯的记载。

其一，裘服。《诗经》中写到"狐裘"的地方很多，但卫诗中只有《旄丘》："狐裘蒙戎，匪车不东。"《说文》："裘之制毛在外，故象毛。""裘"是属于王公贵族的皮衣。为了保护裘衣软毛，穿着时外面再套一件"裼衣"。不同的裘皮，搭配相应颜色的裼衣，也是有礼制规范的。其中狐裘的搭配最珍贵，《论语·乡党》："缁衣，羔裘；素衣，麑裘；黄衣，狐裘。"❷《礼记·玉藻》："锦衣狐裘，诸侯之服也。"❸

---

❶　（宋）朱熹撰，徐德明校点．四书章句集注［M］．上海：上海古籍出版社，2001：35.

❷　（清）刘宝楠．论语正义［M］．上海：上海书店出版社，1996：207.

❸　（汉）郑玄注，（唐）孔颖达疏，李学勤主编，龚抗云整理．十三经注疏·礼记正义［M］．北京：北京大学出版社，2000：1049.

服饰的差异不仅存在于庶人与贵族之间，就是在贵族与贵族之间，也有等级的差别，这就是所谓的"夫礼服之兴也，所以报功章德，尊仁尚贤。故礼尊尊贵贵不得相逾，所以为礼也。非其人不得服其服，所以顺礼也"。❶《旄丘》毛《传》："大夫狐苍裘，蒙戎以言乱也。"所以，周代"裘衣"也成了等级身份的标志。《左传》襄公十四年记载，卫人欲杀右宰毂，毂辩："余不说初矣，余狐裘而羔袖。"❷

其二，垂带。古代的服装没有纽扣，多用腰带。《芄兰》："容兮遂兮，垂带悸兮。"毛《传》："容仪可观，佩玉遂遂然垂其绅带，悸悸然有节度。"郑《笺》："容，容刀也。遂，瑞也。"❸《有狐》中也提到"带"。其文："有狐绥绥，在彼淇厉。心之忧矣，之子无带。"毛《传》解释此处的"带"："带，所以申束衣。"腰带的材料主要是丝织品，《曹风·鸤鸠》郑《笺》："其带伊丝，谓大带也，大带用素丝，有杂色饰焉。"带的身份等级差别十分显著，从色彩到装饰均有定制，用时视身份而异，《礼记·玉藻》："（诸侯）大夫素带，辟垂；士练带，率下辟；居士锦带；弟子缟带。……天子素带，朱里，终辟。"郑玄注："大夫以上以素，皆广四寸；士以练，广二寸。"❹腰带在腹前打结，剩下的下垂部分称为"绅"，所以又叫绅带（见图3-5）。

---

❶（南朝宋）范晔撰，（唐）李贤等注. 后汉书［M］. 北京：中华书局，1965：3640.

❷（西晋）杜预. 春秋左传集解［M］. 上海：上海人民出版社，1977：902.

❸（汉）毛亨传，（汉）郑玄笺，（唐）孔颖达疏，李学勤主编. 十三经注疏：毛诗正义［M］. 北京：北京大学出版社，1999：238.

❹（清）朱彬撰，饶钦农点校. 礼记训纂［M］. 北京：中华书局，1995：461.

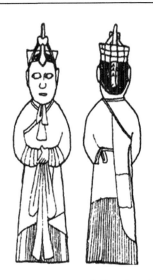

图3-5 故宫博物院藏战国白玉人像

黄能馥:《中华历代服饰艺术》,中国旅游出版社1999年版

垂带,贵族男子常用,一般平民也可以使用。绅的长短是区别身份的重要标志,身份越高,垂绅越长,《礼记·玉藻》:"凡侍于君,绅垂足如履齐。颐霤,垂拱,视下而听上。"❶带做得很长,难免会拖曳于地,于是系带时,在腰间打一个大结,然后悠悠地垂下来。《小雅·都人士》:"彼都人士,垂带而厉。"毛《传》:"厉,带之垂者。"

腰带还有一种材质,用皮革制作,应用更为广泛。带的两端有钩和环,于其上,可以悬挂一定的佩饰,如佩玉、刀剑、荷包等(见图3-6)。《礼记·内则》:"左佩纷帨、刀、砺、小觿、金燧,

---

❶ (清)朱彬撰,饶钦农点校.礼记训纂[M].北京:中华书局,1995:466.

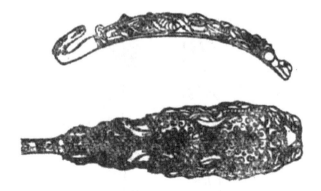

图 3-6　战国嵌珠包金镶玉银带钩

河南辉县固围村出土

孙晨阳，张珂：《中国古代服饰辞典》，中华书局 2015 年版，第 29 页

右佩箴、管、线、纩，施縏帙，大觿、木燧、衿缨，綦屦。"❶《芄兰》中，姑娘见到昔日玩伴佩戴的骨拱、容刀、瑞玉等饰物，就是佩挂在革带上的："芄兰之支，童子佩觿。虽则佩觿，能不我知。容兮遂兮，垂带悸兮。芄兰之叶，童子佩韘。虽则佩韘，能不我甲。容兮遂兮，垂带悸兮。"

（四）服装材料

从"邶鄘卫"诗中，还可以获得卫地人的服装材料信息。卫地的服装原料主要有丝、麻、葛、草、毛、皮革等。

其一，锦。卫诗中频繁写到"丝"，如《绿衣》之"绿兮丝兮，女所治兮"。它如，《干旄》之"素丝纰（组、祝）之"，《氓》之"氓之蚩蚩，抱布贸丝"等，说明桑树的种植已经较为普遍（见图 3-7）。《定之方中》中，卫文公也选择有桑树生长的地方

---

❶（清）朱彬撰，饶钦农点校．礼记训纂［M］．北京：中华书局，1995：414.

作为新的宗庙。《大雅·瞻卬》之毛《传》："妇人无与外政，虽王后犹以蚕织为事。"❶《硕人》写道："硕人其颀，衣锦褧衣。""锦衣"就是用彩色的、有各种图案纹饰的丝织品制成的衣服。毛《传》："丝衣，祭服也。"锦衣做工精细，有各种绘饰的丝质华贵衣料是身份、地位的标志。

图3-7 青铜器上的蚕纹

容庚、张维持：《殷周青铜器通论》，文物出版社1984年版，第116页

其二，布、葛。《释名》："布，布也。布列众缕为经，以纬横成之也。又太古衣皮，女工之事始于是，施布其法度，使民尽用之也。"❷《氓》："氓之蚩蚩，抱布贸丝。"这里的布是指葛布或麻布。《君子偕老》："瑳兮瑳兮，其之展也。蒙彼绉绤，是绁袢也。""绤"即细葛布。孔《疏》："绤者，以葛为之。其精尤细靡者，绉也。"❸绤是粗的葛纤维织成的布，绤是细的葛纤维织成的布。"绁袢"，就是用细葛布做成的。葛是夏服的材料，《太平御览》引

❶ （汉）毛亨传，（汉）郑玄笺，（唐）孔颖达疏，李学勤主编．十三经注疏：毛诗正义［M］．北京：北京大学出版社，1999：1259.

❷ （汉）刘熙．释名［M］．北京：中华书局，1985：80.

❸ （汉）毛亨传，（汉）郑玄笺，（唐）孔颖达疏，李学勤主编．十三经注疏：毛诗正义［M］．北京：北京大学出版社，1999：188.

《周书》："葛，小人得其叶以为羹，君子得其材，以为缔绤以为君子朝廷夏服。"❶《庄子·让王》也有类似的记载："冬日衣皮毛，夏日衣葛绨。"❷

二、卫风中的佩饰

商周以来，随着礼制的形成和逐步完善，佩饰日趋繁复。佩饰种类众多，形式华美，蕴蓄着特定的精神内涵。卫诗中反映的佩饰已经日渐精美，体现了当时人们较高的物质生活水平；同时，也展现了卫地人的精神世界。

（一）卫风首饰

《释名·释形体》："首，始也。"❸装扮首部体现着古代人们独特的审美观念。周代人头部的装饰主要有两方面：一方面是发式。如《氓》的"总角之宴"；另一方面，是指佩戴的各种饰物。《君子偕老》对各种发饰，有比较集中的记载："君子偕老，副笄六珈。……鬒发如云，不屑髢也。玉之瑱也，象之揥也。"首部饰物不仅彰显贵族的身份，也造就一种权力的威严感。

其一，副。《君子偕老》："君子偕老，副笄六珈。"毛《传》："副者，后夫人之首饰，编发为之。"孔《疏》："副者，祭服之首饰。"《释名·释首饰》："王后首饰曰副，副，覆也，以覆首，亦言副贰也。兼用众物成其饰也。"❹所以，"副"是后夫人搭配祭服的首饰。其形制当如马王堆出土的"副"，即以整件假发覆于头上，堆成高髻。

---

❶（宋）李昉，李穆，徐铉等．太平御览［M］．北京：中华书局，2000：4403.

❷（清）郭庆藩．庄子集释［M］．上海：上海书店出版社，1996：190.

❸（汉）刘熙．释名［M］．北京：中华书局，1985：27.

❹（汉）刘熙．释名［M］．北京：中华书局，1985：72.

郑玄认为："副之言覆，所以覆首为之饰，其遗象若今步摇矣，服之以从王祭祀。编，编列发为之，其遗象若今假紒矣，服之以桑也。次，次第发长短为之，所谓髲髢，服之以见王。"❶ 郑玄混淆了"编"与"次"，清人王念孙在《广雅疏正》中说："其实副与编、次，皆取他人之发，合己发以为结，则皆是假结也。""次"是假发，"副"是把"次"编成假髻。"副"的本体由假发做成，在其上插戴衡、笄、六珈等物，这些统称为"副"，是后夫人最隆重的首饰，多用于祭祀的场合，是周代礼制中"别尊卑"关系的物件。

其二，笄、珈（见图3-8）。古代男女发式多以挽髻为主，新石器时代，人们开始使用发"笄"固定头髻。商周时代，"笄"已由竹笄、玉笄，增加到有金属材质的"笄"，装饰也由简到繁。周代女子插笄，是成年的一种标志。《礼记·内则》："女子十有五年而笄。"❷

"笄"的名称与形制并不相同，"笄"的使用在周代已有礼制与划分阶级的象征意义了。《君子偕老》："君子偕老，副笄六珈。"毛《传》："笄，衡笄也。珈，笄饰之最盛者，所以别尊卑。……象服，尊者所以为饰。"戴"副"一定有衡笄。笄一般是横插在发髻之中，故又称"衡笄"或"衡"。《周礼》郑玄注"衡笄"，"衡，维持冠者"。贾公彦《疏》："衡训为横，既垂之而又得为横者，其笄言横据在头上横贯为横。"❸ 男子的衡是用来维持冠的，

---

❶ （汉）毛亨传，（汉）郑玄笺，（唐）孔颖达疏，李学勤主编．十三经注疏：毛诗正义［M］．北京：北京大学出版社，1999：184．

❷ （清）朱彬撰，饶钦农点校．礼记训纂［M］．北京：中华书局，1995：416．

❸ （汉）郑玄注，（唐）贾公彦疏，李学勤主编．十三经注疏：周礼注疏［M］．北京：北京大学出版社，1999：212．

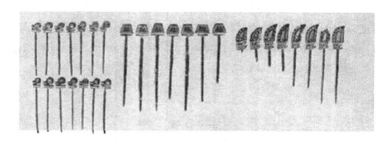

图 3-8 殷墟妇好墓出土骨笄拓片

社科院考古研究所:《殷墟妇好墓》,文物出版社 1980 年版,第 175 页

女子的衡就是保持"副"的"笄",也叫作"副笄"。《周礼·追师》:"追师掌王后之首服,为副、编、次,追衡、笄。"❶ 周代,"衡笄"质地亦被作为区分地位等级的标志。"衡笄"一般用玉做成。"副"多与"笄""珈"这些饰物连用。天子、后和诸侯用玉笄,士大夫用象牙笄。

"珈"是"笄"的装饰,毛《传》:"珈,笄饰之最盛者,所以别尊卑。"姚际恒《诗经通论》:"加于笄上,故名珈。犹今之钗头,以满玉为之,状如小菱,两角向下,广五分,高三分。"❷ "六珈"是"副""笄"的装饰,"六珈"即代指六个衡笄。闻一多《风诗类钞》:"笄上垂珠为饰曰珈,其数有六,故曰六珈。"❸ 《君子偕老》女主人公头上佩戴假髻之"副",并有六个以玉加饰外端的衡笄使之固定,这种"笄"饰用玉做成,有六颗垂珠,所以叫

❶ (汉)郑玄注,(唐)贾公彦疏,李学勤主编.十三经注疏:周礼注疏 [M].北京:北京大学出版社,1999:2122.

❷ (清)姚际恒著,顾颉刚标点.诗经通论 [M].北京:中华书局,1958:72.

❸ 闻一多.闻一多全集:风诗类钞 [M].武汉:湖北人民出版社,1994:528.

"六珈",其华美之状可想而知。

其三,髢。"髢"也是假发。《君子偕老》:"玼兮玼兮,其之翟也。鬒发如云,不屑髢也。"孔《疏》:"髢一名髮,故云'髢髮也。'"❶《说文》云:"髮,益髮也,言己髮少,聚他人髮益之。""髢"与"编"不同在于,"编"是用梳好的假髻套上头上成为"副"。"髢"是直接用长短不一的假发接续在真发上面,使原本较参差、稀疏的头发变得丰美,用来梳髻。"髢"的规模比"副"小,变化与装饰也较少。《君子偕老》中卫夫人本身头发长而浓密,即可梳高髻,因而不需要"髢",只需加上笄、六珈等饰物即成祭礼所戴的"副"。"髢"反映了当时女人以发多为美的审美取向。《左传·哀十七年》:"初,公自城上见己氏之妻发美,使髡之,以为吕姜髢。"❷

其四,瑱(见图3-9)。《君子偕老》:"玉之瑱也,象之揥也。"《淇奥》:"有匪君子,充耳琇莹,会弁如星。"《旄丘》有"叔兮伯兮,褎如充耳"句,"瑱",亦称"充耳",毛《传》:"瑱,塞耳也。"瑱的形制,如《诗经稗疏》所载:"《玉古图考》绘有充耳,形圆而长如大枣,顶上一孔以受系,下垂如赘。"❸《毛诗正义》:"礼以一缘五采横冕上,两头下垂系黄绵,绵下又县玉为瑱以塞耳。""瑱"的质料也有等级,《说文解字》:"天子以玉,诸侯以石,字亦作磌。玉之瑱也。"❹《周礼》贾《疏》:"妇得服翟

---

❶ (汉)毛亨传,(汉)郑玄笺,(唐)孔颖达疏,李学勤主编.十三经注疏:毛诗正义[M].北京:北京大学出版社,1999:188.

❷ (西晋)杜预.春秋左传集解[M].上海:上海人民出版社,1977:1829.

❸ (清)王夫之.船山全书:诗经稗疏[M].长沙:岳麓书社,1996:149.

❹ (汉)许慎撰,(宋)徐铉校定.说文解字[M].北京:中华书局,2013:5.

衣者，紞用五采，瑱用玉；自鞠衣以下，紞用三采，瑱用石。"❶

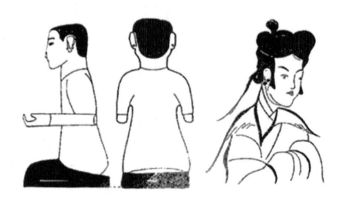

图3-9 戴瑱男子与女子

男子图，河南文物研究所：信阳古楚墓出土木俑；女子图，洛阳博物馆：两汉卜千秋墓壁画

"瑱"即是首部饰物，也是周人自我道德规范的物用象征之一。古人佩戴瑱的意义是"不欲使人妄听，自镇重也"。《释名·释首饰》："瑱，镇也。悬当耳旁，不欲使人妄听，自镇重也。或曰'充耳'，充，塞也，塞耳，亦所以止听也。"❷"瑱"亦反映了周代"孝"的伦理要求。孝道有"不毁伤发肤"的观念，所以卫人不将"瑱"直接戴在耳上，男子将"瑱"装饰于冠冕之上，用丝绳系着垂于耳旁，左右两边各一个。"瑱"既可以塞入耳内，也可以悬于耳边。女子将悬有"瑱"的丝绳系在头发上，垂于耳旁。

其五，揥。《君子偕老》："玉之瑱也，象之揥也。"毛

---

❶ （宋）朱熹．仪礼经传通解［M］．上海：上海古籍出版社，2002：410.
❷ （汉）刘熙．释名［M］．北京：中华书局，1985：76.

《传》："揥，所以摘发也。"孔《疏》："以象骨搔首，因以为饰，名之揥，故云'所以摘发'。"❶ "揥"为发具在后代几乎没有争议，但作为贵族女子装饰，究竟饰在何处，历代几乎没有明说。《君子偕老》："玭兮玭兮，其之翟也。鬒发如云，不屑髢也。玉之瑱也，象之揥也。"诗从头发叙述到充耳，集中在首部物事的描绘，所以这里"揥"应该也不离首部，可能是插在头发上的装饰。

《毛诗传笺通释》："揥者，搔头之替。"❷ "揥"或可用来搔头。"揥"应该近似于后代妇女用的梳子，在古代可以作首饰插于发髻之上，或可用以加固冠"笄"。诗中"象揥"是用象牙制作，当不是一般普通妇人所用之物。

其六，弁（见图 3-10）。《淇奥》："充耳琇莹，会弁如星。"郑《笺》："会，谓弁之缝中，饰之以玉，皪皪而处，状似星也。天子之朝服皮弁，以日视朝。"❸ "弁"是次于冕的帽子，有各种材质。《释名·释首饰》："弁，弁如两手相合抃时也，以爵韦为之，谓之'爵弁'；以鹿皮为之，谓之'皮弁'。"❹ 据《后汉书·舆服志》，皮"弁"，"长七寸，高四寸，制如覆杯，前高广，后卑锐"。❺ "弁"也是有身份等级区别的，《周礼·弁师》："王之皮

❶ （汉）毛亨传，（汉）郑玄笺，（唐）孔颖达疏，李学勤主编．十三经注疏：毛诗正义 [M]．北京：北京大学出版社，1999：186．

❷ （清）马瑞辰撰，陈金生点校．毛诗传笺通释 [M]．北京：中华书局，1989：174．

❸ （汉）毛亨传，（汉）郑玄笺，（唐）孔颖达疏，李学勤主编．十三经注疏：毛诗正义 [M]．北京：北京大学出版社，1999：218．

❹ （汉）刘熙．释名 [M]．北京：中华书局，1985：79．

❺ （南朝宋）范晔撰，（唐）李贤等注．后汉书 [M]．北京：中华书局，1965：3665．

弁，会五采玉瑱，象邸玉笄，王之弁绖，弁而加环绖。诸侯及孤卿大夫之冕，韦弁、皮弁、弁绖，各以其等为之，而掌其禁令。"❶"皮弁"上玉石的多少，按人身份的贵贱依次递减。《诗序》："《淇奥》，美武公之德也。"诗写"皮弁"的帽缝处被点缀以各种宝石，灿若星辰，更加增添了君子悠扬雅致之姿。它与武公的"瑟兮僩兮，赫兮咺兮"的胸襟、风度相得益彰，于是令姑娘"终不可谖兮"，"谖"是忘记之意。观之不忘，则更加倾慕主人公服饰之盛，以其德称其服。

图 3-10

左图为河北易县出土的戴皮弁铜人，中国历史博物馆：《中国古代史参考图录（战国时期）》，上海出版社，1989 年，第 125 页；右图为戴皮弁、笄、充耳示意图

其七，髦与总角。"髦"与"总角"都是周朝的未成年人发

---

❶ （汉）郑玄注，（唐）贾公彦疏，李学勤主编．十三经注疏：周礼注疏[M]．北京：北京大学出版社，1999：836．

型。周代的孩童一般是垂发梳向两边，称为"两髦"，《鄘风·柏舟》："泛彼柏舟，在彼中河。髧彼两髦，实维我仪。"毛《传》："髧者，两髦之貌。髦者，发至眉，子事父母之饰。"《毛诗正义》："《内则》云，子事父母，总拂髦，是子事父母之饰也。言两者，以象幼时鬌，则知鬌以挟囟，故两髦也。"❶

卫诗中另有种未成年发型，是将两髦梳扎起来成为两个形状如角的发结，称为"总角"。《氓》有"总角之宴，言笑晏晏，信誓旦旦，不思其反。反是不思，亦已焉哉"。毛《传》："总角，结发也。"孔《疏》："《内则》云，男女未冠笄者，总角衿缨。以无笄直结其发，聚之为两角。"❷（见图3-11）

图3-11 洛阳东郊出土玉人

沈从文:《中国古代服饰研究》，上海书店2002年版，第40页

（二）卫风佩饰

古人的配饰，"邶鄘卫"诗中以《芄兰》描写得最详细："芄

---

❶ （汉）毛亨传，（汉）郑玄笺，（唐）孔颖达疏，李学勤主编. 十三经注疏：毛诗正义 [M]. 北京：北京大学出版社，1999：180.

❷ （汉）毛亨传，（汉）郑玄笺，（唐）孔颖达疏，李学勤主编. 十三经注疏：毛诗正义 [M]. 北京：北京大学出版社，1999：234.

兰之支，童子佩觿。虽则佩觿，能不我知。容兮遂兮，垂带悸兮。芄兰之叶，童子佩韘。虽则佩韘，能不我甲。容兮遂兮，垂带悸兮。"

其一，觿（见图3-12）。毛《传》解之为："觿，所以解结，成人之佩也。"可知，"觿"为古代成年男女常佩之物，作用是解结。《说文》："觿，佩角，锐端可以解结。"❶ 形状如牛角，一般用

图3-12　宝鸡市益门村2号春秋墓出土玉觿

《文物》，1993年第10期，第8页

象骨、玉石等物制成，《礼记·内则》："觿貌如锥，以象骨为之。"❷ 后来"觿"慢慢发展为装饰之物用，实用性逐渐降低。殷墟中有制作精良的玉觿出土。"觿"所谓解结，除指实用外，又寓意童子佩"觿"后，可以解除疑难困结，借此引申为聪明智慧。毛《传》："觿所以解结，成人之佩也。人君治成人之事，虽童子犹佩

---

❶ （汉）许慎撰，（宋）徐铉校定. 说文解字［M］. 北京：中华书局，2013：88.

❷ （清）朱彬撰，饶钦农点校. 礼记训纂［M］. 北京：中华书局，1995：414.

觿，早成其德。"❶ "觿"的佩戴在春秋战国时期比较流行，成人佩戴着"觿"等事是为了服侍父母，是孝道的一部分。《礼记·内则》："子事父母，左佩纷帨、刀、砺、小觿、金燧、右佩玦、捍、管、遰、大觿、木燧。"❷ 目的如刘向所言："知天道者冠鉥，知地道者履蹻，能治烦决乱者佩觿，能射御者佩韘。"由此可见"觿"除了是日常生活实用的工具外，还具有更深的道德象征意义。

其二，韘（见图 3-13）。毛《传》："韘，玦也。能射御则佩韘。"刘向《说苑·修文》："能治烦决乱者佩觿，能射御者佩韘。"❸ 所以，"韘"就是射箭时戴在手上的扳指，开弓时套在拇指上，起保护手指作用，并称为"决"。它的材质也由等级规定，孔《疏》："则天子用象骨为之，著右臂大指以钩弦闿体。《大射》、《士丧》注皆然。"❹

古代男子只有在接近成年才具有射箭的能力，《芄兰》中的童子不仅佩戴"觿"，还佩戴标志有射德的射玦，是成年的表征。而周人对"童子"服饰、举止、礼仪都有严格的规范，逾越视为"非礼"。《玉藻》："童子之节也，缁布衣，锦缘，锦绅并纽，锦束发，皆朱锦也。童子不裘不帛，不屦絇，无缌服。"❺《芄兰》中的这个"童子"，其佩饰显示了与其年龄不相称的世故，故《诗序》

❶ （汉）毛亨传，（汉）郑玄笺，（唐）孔颖达疏，李学勤主编．十三经注疏：毛诗正义［M］．北京：北京大学出版社，1999：225.

❷ （清）朱彬撰，饶钦农点校．礼记训纂［M］．北京：中华书局，1995：1948.

❸ （汉）刘向撰，向宗鲁校注．说苑校证［M］．北京：中华书局，1987：482.

❹ （汉）毛亨传，（汉）郑玄笺，（唐）孔颖达疏，李学勤主编．十三经注疏：毛诗正义［M］．北京：北京大学出版社，1999：228.

❺ （清）朱彬撰，饶钦农点校．礼记训纂［M］．北京：中华书局，1995：470.

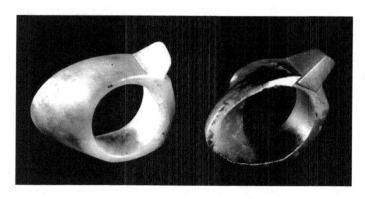

图 3-13　山西省考古研究所藏玉鞢

《中国出土玉器全集 3》，科学出版社 2005 年版，第 192 页

认为这首诗是讽刺年幼即位而骄慢的卫惠公的，非为妄说。

（三）佩玉与赠玉

卫地风诗中提及女性佩饰品，基本以玉作为材质，反映了周代人用玉的普遍性，也反映了卫地玉使用的多样化。《芄兰》："容兮遂兮，垂带悸兮。"毛《传》："佩玉遂遂然。""遂"，郑笺："瑞也。"可见周人身上的饰物以玉为主。

与此相对应的是周代制玉业的发达，《淇奥》中有"如切如磋，如琢如磨"。其中，"切、磋、琢、磨"就是造玉器的基本流程，也是周人大量用玉的证明。

同时，商周时代，佩玉亦用以区别身份、等级。佩玉与对道德的规范追求也有关系，所谓"佩以表德"。古代男女腰间皆佩玉，行走时脚步移动，玉佩相互撞击发出悦耳之声。《竹竿》："巧笑之瑳，佩玉之傩。"毛《传》："傩，行有节度。"❶　《礼记·玉藻》：

---

❶　（汉）毛亨传，（汉）郑玄笺，（唐）孔颖达疏，李学勤主编．十三经注疏：毛诗正义 [M]．北京：北京大学出版社，1999：236.

"古之君子必佩玉，右徵角，左宫羽，趋以《采齐》，行以《肆夏》，周还中规，折还中矩，进则揖之，退则扬之，然后玉锵鸣也。"❶ 玉佩是重要的佩饰，更重要的是人格的象征。《君子偕老》："玼兮玼兮，其之翟也。"毛《传》："玼，鲜盛貌。"以玉的鲜白色形容女子笑容，又以佩玉的美暗指女子体态婀娜，仪容有度。韦昭《国语》注："玉，佩玉，所以节行步也。君臣尊卑，迟速有节，言服其服则行其礼。"（见图3-14）❷

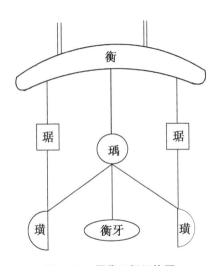

图 3-14　周代玉佩组构图

《文物》，1998年第4期，第11页

玉因其温润晶莹、色泽清澈，还被用作情人间的赠答之物。《木瓜》："投我以木瓜，报之以琼琚。""投我以木桃，报之以琼

---

❶ （清）朱彬撰，饶钦农点校．礼记训纂［M］．北京：中华书局，1995：468.

❷ 徐元诰撰，王树民、沈长云点校．国语集解［M］．北京：中华书局，2002：53.

瑶。""投我以木李，报之以琼玖。"《毛诗故训传》："琼，玉之美者。琚，佩玉名。……琼瑶，美玉……琼玖，玉名。"❶ 玉形美质坚，通千年而不朽，赋予了恒久、纯洁的感情。朱熹认为《木瓜》是："男女相赠答之词。"❷ 总之，古人有赠玉的习惯。玉是情感、权力的主观载体，古代朝聘赠玉，是权力与地位的象征。而亲友恋人间的赠玉，则是情感寄托的外化。

服饰最初的作用是遮蔽身体，抵御寒冷，但随着社会的发展，服饰逐渐发展成一种制度和文化的载体。周是一个方国兼容、民族并存的王朝，地域的差异使服饰趋于多元化，服饰文化有开放性的一面。同时，在周代社会，服饰早已超出了最初的功能，成为彰显人与人之间身份和地位的标志。《周礼·地官·大司徒》倡导"衣服不贰，从容有常，以齐其民，则民德归壹"。❸ 因此，服饰又因其中注入的意识、观念，而成为周代礼制的一部分。

❶ （汉）毛亨传，（汉）郑玄笺，（唐）孔颖达疏，李学勤主编．十三经注疏：毛诗正义 ［M］．北京：北京大学出版社，1999：246-247．

❷ （宋）朱熹集注．诗集传 ［M］．上海：上海古籍出版社，1958：43．

❸ （汉）郑玄注，（唐）贾公彦疏，李学勤主编．十三经注疏：周礼注疏［M］．北京：北京大学出版社，1999：274．

第四章 "邶鄘卫"风诗主旨例考

"邶鄘卫"风诗与《诗经》其他篇章一样，因为时代久远，且绝大多数诗篇没有史料加以佐证，一首诗的主旨往往存在着多种解读，如董仲舒所言"诗无达诂"。卫诗诸篇章之主旨，极少有定论。从先秦时候起，对《诗经》的解读，往往持功利主义的态度，"赋诗断章，余取所求焉。"❶

《诗序》对"邶鄘卫"风诗主旨的解读，对卫风诗旨的考量产生了不可估量的影响。如张少康所言："《毛诗大序》所提出的一些根本理论问题，成为两千多年来封建正统的文艺纲领，影响极大。"❷ 宋代以降，以欧阳修的《诗本义》为开端，逐渐形成"疑序"一派。随之，朱熹又指出，毛、郑过分夸大了《诗经》的政教、美刺作用，"使《诗》无一篇不为美刺时君国政而作"。因此，从朱熹开始，出现了以"本文本意"为标准的诗旨解读方式，认为"大率古人作诗，与今人作诗一般，其间亦自有感物道情，吟咏情性，几时尽是讥刺他人"?❸ 实现了对《小序》的"扬弃"。

因此，毛《序》与《诗集传》，成为《诗经》主旨解读的两大标杆。有鉴于此，本章的主旨研究，拟先对卫诗内容进行宏观分

---

❶ （西晋）杜预. 春秋左传集解［M］. 上海：上海人民出版社，1977：1099.

❷ 张少康. 中国文学理论批评史［M］. 北京：北京大学出版社，2005：105.

❸ （宋）黎靖德编. 朱子语类［M］. 北京：中华书局，2011：2076.

类。而分类的标准，就是《毛诗序》《诗集传》对卫诗风旨的考量。希望能够在二者的比较中，一窥历代"邶鄘卫"风诗旨意，以及对前代的扬弃。现将卫风的主旨以《毛诗序》和朱熹的《诗集传》解读为标准，如表4-1所示。

表4-1 《毛诗序》与朱熹《诗集传》主旨对比

篇名	《毛诗序》	《诗集传》	类别
《邶风·柏舟》	言仁而不遇也。卫顷公之时，仁人不遇，小人在侧。	妇人不得于其夫。故以柏舟自比。言以柏为舟。坚致牢实、而不以乘载。无所依薄，但泛然于水中而已。故其隐忧之深如此。非为无酒可以敖游而解之也。	毛：怨刺 朱：婚恋
《绿衣》	卫庄姜伤己也。妾上僭，夫人失位而作是诗也。	庄公惑于嬖妾。夫人庄姜贤而失位。故作此诗。言绿衣黄里，以比贱妾尊显而正嫡幽微，使我忧之不能自己也。	婚恋
《燕燕》	卫庄姜送归妾也。	庄姜无子。以陈女戴妫之子完、为己子。庄公卒、完即位。嬖人之子州吁弑之。故戴妫大归于陈，而庄姜送之、作此诗也。	送别
《日月》	卫庄姜伤己也。遭州吁之难，伤己不见答于先君，以至困穷之诗也。	庄姜不见答于庄公。故呼日月而诉之。言日月之照临下土久矣。今乃有如是之人、而不以古道相处。是其心志回惑。亦何能有定哉。而何为其独不我顾也。见弃如此、而犹有望之之意焉。	婚恋
《终风》	卫庄姜伤己也。遭州吁之暴，见侮慢而不能正也。	庄公之为人、狂荡暴疾。庄姜盖不忍斥言之。故但以终风且暴为比。	毛：感伤 朱：婚恋

篇名	《毛诗序》	《诗集传》	类别
《击鼓》	怨州吁也。卫州吁用兵暴乱，使公孙文仲将而平陈与宋，国人怨其勇而无礼也。	卫人从军者，自言其所为。	毛：怨刺 朱：战争
《凯风》	美孝子也。卫之淫风行，虽有七子之母，犹不能安其室，故美七子能尽其孝道，以慰其母心，而成其志尔。不安其室，欲去嫁也。成其志者，成言孝子自责之意。	卫之淫风流行，虽有七子之母，犹不能安其室。故其子作此诗，以凯风比母，棘心比子之幼时。盖曰：母生众子，幼而育之。其劬劳甚矣。本其始而言，以起自责之端也。	毛：美刺 朱：自怨
《雄雉》	刺卫宣公也。淫乱不恤国事，军旅数起，大夫久役，男女怨旷，国人患之而作是诗。	妇人以其君子从役于外，故言雄雉之飞舒缓自得如此，而我之所思者，乃从役于外，而自遗阻隔也。	毛：怨刺 朱：战争 行役
《匏有苦叶》	刺卫宣公也。公与夫人并为淫乱。	此刺淫乱之诗。言匏未可用，而渡处方深。行者当量其浅深，而后可渡。以比男女之际，亦当量度礼义而行也。	怨刺
《谷风》	刺夫妇失道也。卫人化其上，淫于新昏而弃其旧室，夫妇离绝，国俗伤败焉。新昏者，新所与为昏礼。	妇人为夫所弃。故作此诗、以叙其悲怨之情。	毛：怨刺 朱：婚恋
《式微》	黎侯寓于卫，其臣劝以归也。	旧说以为黎侯失国，而寓于卫。其臣劝之曰，衰微甚矣，何不归哉？我若非以君之故，则亦胡为而辱于此哉。	劝诫
《旄丘》	责卫伯也。狄人迫逐黎侯，黎侯寓于卫。卫不能修方伯连率之职，黎之臣子以责于卫也。	此诗本责卫君，而但斥其臣，可见其优柔而不迫也。	怨刺

203

续表

篇名	《毛诗序》	《诗集传》	类别
《简兮》	刺不用贤也。卫之贤者仕于伶官，皆可以承事王者也。	贤者不得志，而仕于伶官，有轻世肆志之心焉。故其言如此，若自誉而实自嘲也。	毛：怨刺 朱：自嘲
《泉水》	卫女思归也。嫁于诸侯，父母终，思归宁而不得，故作是诗以自见也。	卫女嫁于诸侯，父母终，思归宁而不得，故作此诗。	思归
《北门》	刺仕不得志也。言卫之忠臣不得其志尔。不得其志者，君不知己志而遇困苦。	卫之贤者，处乱世，事暗君，不得其志，故因出北门而赋以自比。又叹其贫窭，人莫知之，而归之于天也。	毛：怨刺 朱：隐逸
《北风》	刺虐也。卫国并为威虐，百姓不亲，莫不相携持而去焉。	言北风雨雪，以比国家危乱将至，而气象愁惨也。故欲与其相好之人，去而避之。且曰是尚可以宽徐乎？彼其祸乱之迫已甚，而去不可不速矣。	怨刺
《静女》	刺时也。卫君无道，夫人无德。以君及夫人无道德，故陈静女遗我以彤管之法德，如是可以易为人君之配。	此淫奔期会之诗也。	毛：怨刺 朱：婚恋
《新台》	刺卫宣公也。纳伋之妻，作新台于河上而要之。国人恶之，而作是诗也。伋，宣公之世子。	旧说以为卫宣公为其子伋娶于齐，而闻其美，欲自娶之，乃作新台于河上而要之。国人恶之，而作此诗以刺之。言齐女本求与伋为燕婉之好，而反得宣公丑恶之人也。	怨刺

篇名	《毛诗序》	《诗集传》	类别
《二子乘舟》	思伋、寿也。卫宣公之二子争相为死，国人伤而思之，作是诗也。	旧说以为宣公纳伋之妻，是为宣姜，生寿及朔。朔与宣姜愬伋于公，公令伋之齐。使贼先待于隘而杀之，寿知之以告伋。伋曰：君命也，不可以逃。寿窃其节而先往，贼杀之。伋至曰：君命杀我，寿有何罪？贼又杀之。国人伤之，而作是诗也。	感伤
《鄘风·柏舟》	共姜自誓也。卫世子共伯蚤死，其妻守义，父母欲夺而嫁之，誓而弗许，故作是诗以绝之。	旧说以为卫世子共伯蚤死，其妻共姜守义，父母欲夺而嫁之。故共姜作此以自誓，言柏舟则在彼中河，两髦则实我之匹，虽至于死，誓无他心。母之于我，覆育之恩，如天罔极，而何其不谅我之心乎？不及父者，疑时独母在，或非父意耳。	婚恋
《墙有茨》	卫人刺其上也。公子顽通乎君母，国人疾之而不可道也。	旧说以为宣公卒，惠公幼。其庶兄顽烝于宣姜，故诗人作此诗以刺之。言其闺中之事皆丑恶而不可言。理或然也。	怨刺
《君子偕老》	刺卫夫人也。	言夫人当与君子偕老，故其服饰之盛如此，而雍容自得，安重宽广，又有以宜其象服。今宣姜之不善乃如此。虽有是服，亦将如之何哉！言不称也。	怨刺
《桑中》	刺奔也。卫之公室淫乱，男女相奔，至于世族在位，相窃妻妾，期于幽远，政散民流而不可止。	卫俗淫乱，世族在位，相窃妻妾。故此人自言将采唐于沫，而与其所思之人。相期会迎送如此也。	毛：怨刺 朱：婚恋

篇名	《毛诗序》	《诗集传》	类别
《鹑之奔奔》	刺卫宣姜也。	卫人刺宣姜与顽，非匹耦而相从也。故为惠公之言以刺之曰：人之无良，鹑鹊之不若，而我反以为兄何哉！	怨刺
《定之方中》	美卫文公也。卫为狄所灭，东徙渡河，野处漕邑。齐桓公攘戎狄而封之。文公徙居楚丘，始建城市而营宫室，得其时制，百姓说之，国家殷富焉。	卫为狄所灭，文公徙居楚丘，营立宫室。国人悦之而作是诗以美之。苏氏曰：种木者求用于十年之后，其不求近功凡此类也。	美刺
《蝃蝀》	止奔也。卫文公能以道化其民，淫奔之耻，国人不齿也。不齿者，不与相长稚。	此刺淫奔之诗，言蝃蝀在东而人不敢指，以比淫奔之恶人，不可道。况女子有行，又当远其父母兄弟，岂可不顾此而冒行乎？	怨刺
《相鼠》	《相鼠》，刺无礼也。卫文公能正其群臣，而刺在位承先君之化无礼仪也。	言视彼鼠而犹必有皮，可以人而无仪乎？人而无仪，则其不死亦何为哉？	怨刺
《干旄》	美好善也。卫文公臣子多好善，贤者乐告以善道也。贤者，时处士也。	言卫大夫乘此车马，建此旌旄，以见贤者。彼其所见之贤者，将何以畀之，而答其礼意之勤乎？	美刺
《载驰》	许穆夫人作也。闵其宗国颠覆，自伤不能救也。卫懿公为狄人所灭，国人分散，露于漕邑。许穆夫人闵卫之亡，伤许之小，力不能救，思归唁其兄，又义不得，故赋是诗也。	宣姜之女为许穆公夫人，闵卫之亡，驰驱而归，将以唁卫侯于漕邑。未至，而许之大夫有奔走跋涉而来者，夫人知其必将以不可归之义来告，故心以为忧也，既而终不果归。乃作此诗，以自言其意尔。	战争
《淇奥》	美武公之德也。有文章，又能听其规谏，以礼自防，故能入相于周，美而作是诗也。	卫人美武公之德，而以绿竹始生之美盛，兴其学问自修之进益也。	美刺

续表

篇名	《毛诗序》	《诗集传》	类别
《考槃》	刺庄公也。不能继先公之业，使贤者退而穷处。穷犹终也。	诗人美贤者隐处涧谷之间，而硕大宽广无戚戚之意。虽独寐而寤言，犹自誓其不忘此乐也。	变刺为美
《硕人》	闵庄姜也。庄公惑于嬖妾，使骄上僭。庄姜贤而不答，终以无子，国人闵而忧之。	庄姜美而无子，卫人为之赋《硕人》。即谓此诗。而其首章极称其族类之贵，以见其为正嫡小君。所宜亲厚，而重叹庄公之昏惑也！	怨刺
《氓》	刺时也。宣公之时，礼义消亡，淫风大行，男女无别，遂相奔诱。华落色衰，复相弃背。或乃困而自悔，丧其妃耦，故序其事以风焉。	此淫妇为人所弃，而自叙其事以道其悔恨之意也。夫既与之谋而遂往，又责所无以难其事，不再为之约以坚其志。此其计亦狡矣，以御蚩蚩之氓。宜其有余，而不免于见弃。	毛：怨刺朱：婚恋
《竹竿》	卫女思归也。	卫女嫁于诸侯，思归宁而不可得，故作此诗。言思以竹竿钓于淇水，而远不可至也。	思归
《芄兰》	刺惠公也。骄而无礼，大夫刺之。	此诗不知所谓。不敢强解。	毛：怨刺朱：阙疑
《河广》	宋襄公母归于卫，思而不止，故作是诗也。	宣姜之女为宋桓公夫人，生襄公而出归于卫。襄公即位，夫人思之而义不可往。盖嗣君承父之重，与祖为体。母出与庙绝，不可以私反，故作此诗。	思归
《伯兮》	刺时也。言君子行役，为王前驱，过时而不反焉。	妇人以夫久从征役，而作是诗。	毛：怨刺朱：战争
《有狐》	刺时也。卫之男女失时，丧其妃耦焉。	国乱民散，丧其妃耦，有寡妇见鳏夫而欲嫁之，故托言有狐独行。	毛：怨刺朱：婚恋

篇名	《毛诗序》	《诗集传》	类别
《木瓜》	美齐桓公也。卫国有狄人之败，出处于漕，齐桓公救而封之，遗之车马器服焉。	言人有赠我以微物，我当报之以重宝，而犹未足以为报也，但欲其长以为好而不忘耳。疑亦男女相赠答之辞，如《静女》之类。	毛：美刺 朱：赠答

按：表4-1从侧面反映了"邶鄘卫"风诗主旨的解读变化，据此，暂将"邶鄘卫"风诗的主要内容，分为如下几类。

（1）婚恋诗。"邶鄘卫"风诗39篇，其中涉及婚姻、家庭的诗篇，概有20篇左右。婚恋诗在三风中比重之高，《诗经》其他部分无出其右。此类诗歌，既有《邶风·静女》幽会的欢乐，亦有《氓》《谷风》之弃妇题材，也有《泉水》《伯兮》的征夫思妇之恋。为后世同类题旨诗歌，奠定了情感基调。

（2）怨刺诗。卫国多昏君，国内政治，既不能安民强国，遵循伦理之则，亦不能安邦定国，致使卫国战乱频仍，国力贫弱，为当时之罕见。《诗经》观风知俗，具有史鉴意义，卫诗必然对此有讥刺惩创之作。《新台》《墙有茨》《君子偕老》等，与史籍资料等互为补充，再现了卫国当时政道无绩，民声沸沸之景象。

（3）美刺诗。"汉儒言《诗》，不过美、刺两端。"❶《诗经》存在大量的美刺诗是不争的事实。不管是《定之方中》之"美卫

---

❶ 郭绍虞. 中国历代文论选：程廷祚诗论［M］. 上海：上海古籍出版社，2001：14.

文公"（《诗集传》），抑或是《淇奥》之"美武公之德也"（诗《序》）❶ 等。对于卫国的政治、社会、文化之兴灭，"邶鄘卫"风诗有见证意义。

（4）战争诗。"国之大事，在祀与戎。"❷ 由于史料有限，年代久远，卫国参与战争的情况，尤其是战争影响下其地之民的心态、情感记载少之又少。因而产生于该地的征戍、战争诗篇亦是历史之见证。如《载驰》之爱国卫邦，《击鼓》之怨怼征役，毛《序》："《击鼓》，怨州吁也。卫州吁用兵暴乱，使公孙文仲将而平陈与宋，国人怨其勇而无礼也。"❸

（5）送别赠答。《九歌·少司命》："悲莫悲兮生别离。"古代交通不便，卫国国事动荡，生离或即意味着死别。送别诗在卫诗中也占有一席之地。如《燕燕》："卫庄姜送归妾也。"❹ 《雄雉》："妇人以其君子从役于外，故言雄雉之飞舒缓自得如此，而我之所思者，乃从役于外，而自遗阻隔也。"❺

当然，卫诗的内容绝不仅仅限于这几类。如何解读诗歌的主旨，是一个复杂的问题。社会、历史、文化、时代、作者、读者等，都会影响到对"邶鄘卫"风诗主旨的考量。"缀文者情动而辞

---

❶ （宋）朱熹集注．诗集传［M］．上海：上海古籍出版社，1958：31，34.
❷ （西晋）杜预．春秋左传集解［M］．上海：上海人民出版社，1977：1099.
❸ （汉）毛亨传，（汉）郑玄笺，（唐）孔颖达疏，李学勤主编．十三经注疏：毛诗正义［M］．北京：北京大学出版社，1999：210.
❹ （汉）毛亨传，（汉）郑玄笺，（唐）孔颖达疏，李学勤主编．十三经注疏：毛诗正义［M］．北京：北京大学出版社，1999：121.
❺ （汉）毛亨传，（汉）郑玄笺，（唐）孔颖达疏，李学勤主编．十三经注疏：毛诗正义［M］．北京：北京大学出版社，1999：135.

发，观文者披文以入情。"❶ 因而，卫风主旨研究很有必要。表4-1
的分类，仅仅只是抛砖引玉的宏观把握。而真正的探讨，需要从
"邶鄘卫"风诗的文本出发。

第一节　《卫风·燕燕》诗旨考

《分甘余话》曰："《燕燕》之诗，许彦周以为可泣鬼神。合本
事观之，家国兴亡之感，伤逝怀旧之情，尽在阿堵中。《黍离》、
《麦秀》未足喻其悲也，宜为万古送别诗之祖。"《燕燕》一诗，以
其动人的情怀，悲伤的离别，历来受到学者的关注。但一直以来，
有关《燕燕》的主旨、作者等相关问题，存在着较大争议。《燕
燕》是送别诗这一点上，各派观点较为接近。但争论的焦点，在送
与被送者的身份确定上。或言女子别，或言兄妹别，或言婆媳别，
或言朋友别。这种不确定性，给予读者以广阔的想象空间，丰富了
《燕燕》诗的美感体验。

一、《燕燕》主旨的主要观点

《燕燕》的主旨，前贤的诸说之中，只能有一种是正确的。或
者是以某一说为主，以他说作为补充参考，不可能都正确。笔者拟
在解读前贤已有成说，而不另立新说的情况下，对"邶风卫"风诗
进行主旨考辨，其余两篇《考槃》《终风》出发点与此一致。

（一）"卫庄姜送归妾戴妫"说

"卫庄姜送归妾戴妫"说始于《诗序》："《燕燕》，卫庄姜送归
妾也。"接着郑《笺》点出所送之妾为陈女戴妫，"庄姜无子，陈

---

❶ （梁）刘勰著，陆侃如、牟世金译注. 文心雕龙 [M]. 济南：齐鲁书
社，1996：587.

女戴妫生子名完，庄姜以为己子。庄公薨，完立，而州吁杀之，戴妫于是大归，庄姜远送之于野，作诗见己志。"❶ 明确提出《燕燕》的作者为卫庄姜。持类似观点的作品还有以下几种。

> 孔《疏》："作《燕燕》诗者，言卫庄姜送归妾也。谓戴妫大归，庄姜送之。经所陈皆诀别之后，述其送之之事也。"

> 《诗集传》："庄姜无子，以陈女戴妫之子完为己子。庄公卒，完即位，嬖人之子州吁杀之。故戴妫大归于陈，而庄姜送之，作此诗也。"❷（"远送于南"一句可谓送戴妫之验。）

> 《诗经原始》："卫庄姜送归妾也。"❸

> 《诗童子问》："卫庄姜，送归妾也。"

> 《诗演义》："庄姜无子，以陈女戴妫之子完为己子。庄公卒而完立，嬖人之子州吁弑之，戴妫乃大归于陈，庄姜送之而作此诗也。"

> 《毛诗李黄集解》："李樗曰：'此庄姜送归妾而作此诗，以见己志也。'"

(二) "卫定姜送子妇归"说

这个观点中，送别者由庄姜变成了定姜，被送者成了她的媳妇。《礼记》："《诗》云：'先君之思，以畜寡人。'此卫夫人定姜之诗也。定姜无子，立庶子衎，是为献公畜孝也。献公无礼于定姜，定姜作诗，言献公当思先君定公，以孝于寡人。"

牟庭《诗切》持同样观点："《燕燕》，夫人定姜送归妾，感献

---

❶ （汉）毛亨传，（汉）郑玄笺，（唐）孔颖达疏，李学勤主编. 十三经注疏：毛诗正义 [M]. 北京：北京大学出版社，1999：121.

❷ （宋）朱熹集注. 诗集传 [M]. 上海：上海古籍出版社，1958：16.

❸ （清）方玉润撰，李先耕点校. 诗经原始 [M]. 北京：中华书局，1986：125.

公不孝也。毛《传》：'之子，去者也。归，归宗也。'余按，去者，即仲氏也。仲氏者，定姜之娣也。"王应麟《诗考》："卫定姜归其娣，送之而作。李迁仲云：定姜归其妇。"《诗三家义集疏》："鲁说曰：卫姑定姜者，卫定公之夫人，公子之母也。"

（三）"庄姜与戴妫同出卫野"说

此种持论，认为《燕燕》不是送别诗，而是庄姜与戴妫两人一起被州吁所逐，出于卫野而作别。申培《诗说》："庄姜与娣戴妫皆为州吁所逐，同出卫野而别，庄姜作诗以赠妫皆焉。前三章皆兴也，后一章赋也。"❶《鲁诗世学》："戴妫皆幼归于陈，庄姜赠之于野，赋《燕燕》。戴，谥，妫，姓，陈国之女，桓公之生母也，州吁既弑桓公，并其二母而逐之。庄姜归齐，戴妫归陈。赠，谓作诗送别。野，谓卫之郊外，二母同去卫国，至野而分手，故有赠言以叙其情耳。"

（四）"送嫁"说

送嫁说的观点，在送别者身份上意见不统一，有兄送妹出嫁，有送情人出嫁等说法。

其一，兄送妹出嫁。此说的共同点是，都认为《燕燕》是兄送妹出嫁的诗歌，但在送者方面，却分为三种观点。第一，身份不明兄长送妹说。崔述《读风偶识》："恐系卫女嫁于南国，而其兄送之之诗，绝不类庄姜戴妫事也。"❷《诗经通义》亦云："但有惜别之意，绝无感时悲遇之情……嫁于南国而其兄送之之诗，绝不类

---

❶ （汉）申培. 诗说 [M]. 文渊阁四库全书经部诗类 87 册：10.
❷ （清）崔述. 读风偶识 [M]. 丛书集成新编，台北：新文丰出版有限公司，1985：31.

庄姜、戴妫事也。"❶ 第二，卫君送妹说。蒋立甫《诗经选注》：
"这是卫君送妹妹出嫁的诗，表现了兄妹之间的真挚感情。此卫君
是谁已不可考。"马持盈《诗经今注今译》："此卫君送女弟远嫁之
诗。"❷ 第三，他国君主送嫁妹妹说。有的认为是任姓国君送妹适
于卫。如《风诗类钞》："《燕燕》，任姓国君送妹出适于卫也。"有
的认为是薛姓国君送妹适于卫。如袁梅《诗经译注》："这是薛国
国君送妹远嫁卫国时所唱的骊歌，流露出剥削阶级消极颓废的儿女
之情。这位国君也美化了他们自己。"❸ 有的认为是不明国君送妹
远嫁他方。如王质认为是"二月中为乙鸟至，当是国君送女弟适他
国也"。❹其《诗总闻》曰："仲氏，次女也。任，氏也，其女所嫁
之家也。先君钟情此女，以属于我，故以美言誉之，以善言劝之。
思其父则爱其男女之兄弟，且于女兄弟尤深。今人多然。又况既
孤，乃始出适，益伤其父之不见，而念其妹之愈切也。"

其二，送情人出嫁。此说认为，《燕燕》是情人不得已送心上
人出嫁他方。如高亨《诗经今注》："此诗作者当是年轻的卫君。
他和一个女子原是一对情侣，但迫于环境，不能结婚。当她出嫁旁
人时，他去送她，因作此诗。"❺ 蓝菊荪《诗经国风今译》："细玩
诗意，作者倒不一定是庄姜、定姜，写的更不一定是归妾、归娣的
事。我看本诗与庄姜、定姜无论如何也把不上，这纯全是民间之
作。主人公当是农村的贫家小子，见他的情人出嫁他姓时作是诗。
至于他们婚姻之所以遭受挫折，从诗上看来大概是由于名叫仲氏的

❶❶ 闻一多．闻一多全集：诗经通义乙 ［M］．武汉：湖北人民出版社，
1994：61．

❷ 马持盈．诗经今注今译 ［M］．台北：台湾商务印书馆，1979：37．

❸ 袁梅．诗经译注 ［M］．济南：齐鲁书社，1985：210．

❺ 高亨．诗经今注 ［M］．上海：上海古籍出版社，1980：38．

妇人在暗中刁唆的缘故。"❶ 杨仲义《诗骚新识》："细细体味其'泣涕如雨'、'伫立以泣'的惜别情态，解作一个自己爱得很深但却不能与之结合的情侣远嫁外地，似较合适。"❷

二、"燕燕"考辨

《燕燕》的主旨，从一些关键词句的分析上，或可以看出些许蛛丝马迹。如："燕燕"是何物？《燕燕》以"燕"起兴，"燕燕"出现在诗篇前三章，并贯穿全诗。有关"燕燕"的解释，主要集中于"燕"究竟是单只燕子，还是两只燕子上。

（一）单燕说

这种观点认为，从数量上看，《燕燕》诗中是单只燕子。但在燕子的名称上，又有争议。

一派认为，"燕燕"是鸟的名称，即"燕燕"本身就是一种鸟的名称，即"鳦"。不能分开，亦不是重言。毛《传》："燕燕，鳦也。"苏辙《诗集传》解释"燕燕"："鳦也。春则来，秋则去，知有所避也。"❸ 姚际恒《诗经通论》卷三："鳦鸟本名'燕燕'，不名'燕'，以其双飞往来，遂以双声名之，若周周、蛰蛰、猩猩、拂拂之类，近古之书，凡三见，而语适合此经及《尔雅》、《汉书》是也。……故以燕燕为两燕及曲为重言之说者，皆非也。"❹ 《尔雅》："襛周、燕燕，鳦。"❺ 认为这三个名称实际上都是"燕"。

❶ 蓝菊荪．诗经国风今译［M］．成都：四川人民出版社，1982：69.
❷ 杨仲义．诗骚新识［M］．北京：学苑出版社，1999：208.
❸ （宋）苏辙．诗集传［M］．上海：上海古籍出版社，续四库全书56册：22.
❹ （清）姚际恒著，顾颉刚标点．诗经通论［M］．北京：中华书局，1958：52.
❺ （晋）郭璞注，（宋）邢昺疏，李学勤主编．十三经注疏：尔雅注疏［M］．北京：北京大学出版社，1999：311.

"鶠",《说文》解释为:"周燕也。从隹从中,象其冠也。"《吕氏春秋·本味篇》也认为"燕"又名"鶠",也叫"周燕",合称为"鶠燕":"肉之美者,鶠燕之翠。"❶

另一派认为"燕燕"是单只鸟种,但是名称是"燕",称为"燕燕"是重言现象。朱熹《诗集传》:"燕,鳦也,谓之燕燕者,重言之也。"方玉润《诗经原始》:"按鳦鸟本名'燕燕',不名'燕',以其双飞往来,遂以双声名之。"❷ 孔颖达也认为是重言现象。孔颖达《疏》:"此燕即今之燕也,古人重言之。"郭璞:"一名玄鸟,齐人呼鳦。此燕即今之燕也,古人重言之。《汉书》童谣云'燕燕尾涎涎',是也。"季本《诗说解颐》:"燕,鳦鸟,燕燕重言之,以见其双飞也。"❸

(二) 双燕说

"双燕说"认为"燕燕"是两只燕子。《诗三家义集疏》:"连言'燕燕'者,非一燕。"❹ 朱谋㙔《诗故》:"燕之往来必双,故曰燕燕其飞也。一上一下故曰颉之颃之。"认同此观点的还有许伯政《诗深》:"燕燕,双燕也。"范王孙《诗志》曰:"燕燕,双燕也。不说双燕却叠言之意,妙。"

按:笔者认为诗中的"燕"是单燕。第一,从诗歌形式上看。与"燕燕于飞"类似的诗句,在《诗经》其他诗篇中也有,如《雄雉》有"雄雉于飞,泄泄其羽"句,《小雅·鸿雁》有"鸿雁于飞,肃肃其羽"句式,《周南·葛覃》有"黄鸟于飞,集于灌

---

❶ (汉) 高诱注. 吕氏春秋 [M]. 上海:上海书店出版社,1996:160.

❷ (清) 方玉润撰,李先耕点校. 诗经原始 [M]. 北京:中华书局,1986:125.

❸ (明) 朱善. 诗说解颐 [M]. 四库全书荟要 (乾隆御览本):18.

❹ (清) 王先谦. 诗三家义集疏 [M]. 北京:中华书局,1987:137.

木"。这些句子，共同的特征都是"××于飞"句，而"雄雉""鸿雁""黄鸟"都是单一物种，没有道理"燕燕"是双燕。诗经时代音韵天成，当不会为了音韵、音节的原因，而凑成"燕燕"双飞。所以燕燕应该指单燕，其名为"燕燕"。

第二，从"差池"一词看。《左氏·襄公二十二年》有言："谓我敝邑，迩在晋国，譬诸草木，吾臭味也，而何敢差池?"杜预注："差池，不齐一。"❶ 焦循《毛诗补疏》："'而上曰颉，飞而下曰颃；飞而上曰上音，飞而下曰下音。'即差池之不齐也。"❷ 许伯政《诗深》："差池，相次不齐之貌，其比意如唐人诗大妇前行小妇随也。"可见"差池"，前贤多训为"参差不齐"，应该是指飞行的状态，范处义《诗补传》亦曰："差池，羽不齐也。"❸ 文中，"差池其羽"在"燕燕于飞"之后。第二章、第三章"燕燕于飞"后紧随"颉之颃之""下上其音"，均指燕的飞行中的状态。所以，从"燕燕"内容看，文中的飞燕是单燕，而非双燕，"差池"只是形容鸟飞行中的状态，而非双燕伴飞，似乎更为妥当。如姚际恒《诗经通论》所言："'差池其羽'，专以尾言，燕尾双歧如剪，故曰'差池'。不必溺两燕之说。"

三、"之子于归"考

《燕燕》全诗，"之子于归"屡屡出现，拉开了送别的主人公上场的序幕。"之子"，指要离开的人，毛《传》："之子，去者也。"这个基本没有争议，争议在"于归"上。

---

❶ （西晋）杜预 . 春秋左传集解 ［M］. 上海：上海人民出版社，1977：986.

❷ （清）焦循 . 毛诗补疏 ［M］. 上海：续四库全书 65 册，上海古籍出版社，2002：404.

❸ （宋）范处义 . 诗补传 ［M］文渊阁四库全书经部诗类 72 册：7.

(一)"归"字

"于归"二字在《燕燕》诗中有重要的作用,陆化熙《诗通》:"通诗以'于归'两字为主。"❶ 对"于归"的解释,学者们的分歧主要集中在"归"字的理解上。

其一,"归"是归还。《礼记·祭义》:"父母全而生之,子全而归之。"❷《孟子》:"久假而不归。"都是还的意思。

其二,"归"是去而不返。毛《诗序》:"归,大归也。"《左传·文公十八年》:"夫人姜氏归于齐,大归也。"郝懿行《诗问》认为"归宗","归,归宗也。"❸"大归""归宗"重在指"去而不返"。《毛诗正义》《诗说解颐》《诗经原始》等皆从之。如方玉润《诗经原始》:"归,大归也。孔氏曰:'大归者,不反之辞。以归宁者有时而反,此即归不复来,故谓之大归也'。"❹ 许谦《诗集传名物钞》:"之子于归,他诗皆言嫁归之归,惟此诗谓归父母家,故曰大归。大归者,不反之辞。"❺

其三,"归"是出嫁。"归"指女子出嫁,《说文》:"归,女嫁也。"与第二种"去而不返"正好相反,《礼记·礼运》:"男有分,女有归。"《穀梁传》:"妇人谓嫁曰归,反曰来归。"❻《周南·桃

❶ (明)陆化熙.诗通[M].上海:上海古籍出版社,续四库全书61册:69.

❷ (清)朱彬撰,饶钦农点校.礼记训纂[M].北京:中华书局,1995:706.

❸ (清)郝懿行.诗问[M].上海:上海古籍出版社,续四库全书69册:187.

❹ (清)方玉润撰,李先耕点校.诗经原始[M].北京:中华书局,1986:129.

❺ (元)许谦.诗集传名物钞[M].文渊阁四库全书经部诗类76册:34.

❻ (清)钟文烝.春秋穀梁经传补注[M].北京:中华书局,1996:11.

夭》："之子于归，宜其室家。"苏辙《诗集传》："妇人谓嫁曰归。"❶《匏有苦叶》中，"士如归妻"的"归"字，郑玄笺："归妻，使之来归于己。"可以与此处"出嫁"归为一类。

（二）"于"字

"于"字用法，前贤主要有两种解释，一种认为"于"为"助词"。马瑞辰《毛诗传笺通释》："'之子于归'，正与'黄鸟于飞'，'之子于征'为一类。……又与《东山》诗'我东曰归'、《采薇》诗'曰归曰归'同义，曰亦聿也。于、曰、聿，皆词也。"❷在王力的《古代汉语》与郭锡良的《古代汉语》中，均将"于"释为"动词词头"，即"助词"。

另一种看法认为，"于"可训为"往也"。《毛传》："于，往也。"《尔雅》："《诗》言：'于归、于仕、于狩、于迈'之类皆以为'往'。"

按：考察《诗经》时代，据郭锡良考证，在《殷墟甲骨刻辞摹释总集》中，"于"用作动词的比例占5%左右，与《诗经》成书时间接近的《尚书》中，也保留了"于"训为"往"的用法。可见，"于"释为"往"不是孤证，是上古汉语习惯。

（三）"之子于归"

《诗经》一书，除《燕燕》外，"之子于归"还出现过几次，如：《周南·桃夭》篇有"之子于归，宜其室家""之子于归，宜其家室""之子于归，宜其家人"。《豳风·东山》中有"之子于归，皇驳其马"。《召南·鹊巢》中有"之子于归，百两御之""之

---

❶ （宋）苏辙. 诗集传［M］. 上海：上海古籍出版社，续四库全书56册，1987：24.

❷ （清）马瑞辰撰，陈金生点校. 毛诗传笺通释［M］. 北京：中华书局，1989：114.

子于归，百两将之""之子于归，百两成之"。《周南·汉广》中有
"之子于归，言秣其马""之子于归，言秣其驹"。

《桃夭》与婚姻有关，《鹊巢》描写婚礼，朱熹《诗集传》：
"南国诸侯被文王之化，其女子亦被后妃之化，故嫁于诸侯，而其
家人美之。"❶《东山》篇中，"之子于归，皇驳其马"两句，后面
紧跟着"亲结其缡，九十其仪"，当是婚礼无疑。《汉广》《文选》
注引《韩诗序》："《汉广》，说人也。"❷ 可见，也与婚恋有关。
《读风偶识》："诗称'之子于归'者，皆指女子之嫁者言之，未闻
有称大归为'于归'者。"❸

按：《燕燕》篇"之子于归"在用法上，与其他篇目相同，可
以推测，其意义应该也是一致的。崔述《读风偶识》曰："诗称
'之子于归'者，皆指女子之嫁者言之，未闻有称'大归'为'于
归'者。"所以，"之子于归"指女子出嫁，是比较合适的。

四、《燕燕》第四章考

从上文论述可以看出，《燕燕》一文，与婚嫁有关，是可以讲
得通的。目前影响其主旨判断的，是对第四章理解的不同。《燕燕》
一文在三章"燕燕于飞"后，第四章笔锋一转，写道："仲氏任
只，其心塞渊。终温且惠，淑慎其身。先君之思，以勖寡人。"文
风的突变，称谓的转换，引来了谜团。

（一）《燕燕》之"错简说"

《燕燕》一文最大的谜团之一，是《燕燕》的错简与否问题。

---

❶ （宋）朱熹集注. 诗集传 [M]. 上海：上海古籍出版社，1958：8.
❷ （梁）萧统编，（唐）李善、吕延济等注. 六臣注文选 [M]. 北京：中
华书局，1987：39.
❸ （清）崔述. 读风偶识 [M]. 丛书集成新编，台北：新文丰出版有限
公司，1985：31.

20 世纪 60 年代，孙作云于《诗经与周代社会研究》一文中首次提出，《诗经》中存在错简问题，但相关篇目未提到《燕燕》。80 年代，边家珍于《学术研究》上发表《〈邶风·燕燕〉是两诗误合？》一文，首次认为《燕燕》存在错简现象，"（《燕燕》）表现出来诗的前三章和末章之间似乎存在断裂"。前三章像"里巷歌谣"，第四章却是君王的口气。❶《上海博物馆藏战国楚竹书》中《孔子诗论》的问世，为"错简派"增加了立论依据。上博简《孔子诗论》中，第 27 号简中载"中氏君子"一句。李学勤先生将"中氏"读作"仲氏"，指出其"系指今传本《燕燕》的第四章"。❷ 郎宝如《〈邶风·燕燕〉"错简说"考辨》，认为《燕燕》第四章由另一首残诗错编而来，《燕燕》错简可与上博简《孔子诗论》互为说明。❸ "错简说"的主要观点在于，《燕燕》存在称谓上转换问题，第三章称"我"，第四章称"寡人"；内容上，《燕燕》终章与前三章语义则难以贯通。

按：王小盾、马银琴认为"中氏"即使错简，也与《燕燕》无涉，而与《周南·螽斯》相关。所谓"中氏君子"，应读为"螽斯群子"，是"后妃子孙众多"的意思，"'中氏'实即《周南》的《螽斯》。所谓'中氏君子'，应读为'《螽斯》群子'。《周书·谥法》：'从之成群曰君。'可见'群'意为众多。其义与《诗序》所说'后妃子孙众多'相同。"❹ 李零持同样看法："'中氏'以音近读为'螽斯'，即今《周南·螽斯》篇，此篇是以'宜尔子孙'祝

❶ 边家珍.《邶风·燕燕》是两诗误合？[J]. 学术研究，1988（2）：33.

❷ 李学勤.《诗论》与《诗》[C] //清华简帛研究，2002：29-37.

❸ 郎宝如.《邶风·燕燕》"错简说"考辨 [J]. 内蒙古大学学报，2009（4）：4-7.

❹ 王小盾，马银琴. 从《诗论》与《诗序》的关系看《诗论》的性质与功能 [J]. 文艺研究，2002（2）：45-48.

福别人，所祝者盖即君子。"❶ 就读音上看，"螽斯"与简文中的"中氏"更为接近。笔者认为有一定道理。《燕燕》未必有错简现象。

从称谓上看，《燕燕》一诗，"瞻望弗及，实劳我心"句称"我"，第四章"先君之思，以勖寡人"句，称谓转换成了"寡人"，这被认为是错简的表现。所以关键问题就是："我"与"寡人"指代能不能一样。考之《诗经》，没有出现过君主自称"我"的范例，但有贵族自称"我"。《鄘风·载驰》一文中，"大夫跋涉，我心则忧"的"我"指许穆夫人。《秦风·渭阳》中也有"我"："我送舅氏，曰至渭阳。"《毛诗序》："《渭阳》，康公念母也。康公之母，晋献公之女。文公遭丽姬之难未返，而秦姬卒。穆公纳文公。康公时为太子，赠送文公于渭之阳，念母之不见也，我见舅氏，如母存焉。"❷ 这个"我"是秦穆公太子。但在先秦史传作品中，却有不少君主自称"我"的例子。《左传·隐公元年》，郑庄公对颖考叔说："尔有母遗，繄我独无！"❸ 《左传·庄公八年》："仲庆父请伐齐师。公曰：'不可。我实不德，齐师何罪？罪我之由。'"❹ "我"指鲁庄公。甚至有的作品中，出现国君自称"我"与"寡人"同时并存的现象，《左传·昭公二十六年》："齐侯与晏子坐于路寝。……公曰：'善哉！我不能矣。吾今而后知礼之可以为国也。对曰：'礼之可以为国也久矣，与天地并。君令臣

---

❶ 李零. 上博楚简校读记［C］，中华文史论丛，2001（4）：14.

❷ （汉）毛亨传，（汉）郑玄笺，（唐）孔颖达疏，李学勤主编. 十三经注疏：毛诗正义［M］. 北京：北京大学出版社，1999：433.

❸ （西晋）杜预. 春秋左传集解［M］. 上海：上海人民出版社，1977：7.

❹ （西晋）杜预. 春秋左传集解［M］. 上海：上海人民出版社，1977：143.

共，父慈子孝，兄爱弟敬，夫和妻柔，姑慈妇听，礼也……'公曰：'善哉！寡人今而后闻此礼之上也。'"❶齐侯是"齐景公"，其前称"我"，后称"寡人"。这种情况与《燕燕》一诗相似。所以，称谓不一致不是《燕燕》有错简的确凿证据。

有关前三章与最后一章内容的承接问题。笔者认为，《燕燕》一诗，就内容看，前三章以"燕燕于飞"起兴，铺垫了该诗的情感环境，第四章接着点明主旨，缺少任何一个，文意都不连贯。惠周惕《诗说》："（《燕燕》）前三章皆兴也，后一章赋也。"❷《鼎镌邹臣虎增补魏仲雪先生诗经脉讲意》分析《燕燕》艺术手法："《燕燕》首三章。燕之宿也相向，其飞也相背，故取以为离别之兴，燕之分飞，若不忍离，兴己之远送，自不忍别。盖飞各东西，声相应和，其象如此。……末章。此追念戴妫之贤，不是推其离恨之故，凡人朝夕聚首，虽深恩厚谊，都可相忘。一经别离，便想象他平日许多好处。诗曲尽人情如此。"❸

要之，《燕燕》一诗，前三章与末章在情感上起承转合，有密切的关联性，没有任何铁证，能证明二者毫无联系。末章是对前三章的升华，点明了主旨，并在情绪最深处戛然而止。如《诗经蠹简》所言"妙处全在末章"："前三章言其离别之痛切，末章言其所以离别痛切之故……读此篇未有不叹前三章之妙者，岂知妙处全在末章。末章与上三章绝不配色，而情致音节亦迥，不相似。然三章之后加上此章，则文境更深远，情味更渊，永无此章，固然减

---

❶ （西晋）杜预．春秋左传集解［M］．上海：上海人民出版社，1977：1534-1535.

❷ （清）惠周惕．诗说［M］．文渊阁四库全书经部诗类87册：12.

❸ （明）魏浣初撰、邹之麟增补．鼎镌邹臣虎增补魏仲雪先生诗经脉讲意［M］．四库全书存目丛书66册：235.

色，即有此章，而不着在末了亦无意味也。"❶《燕燕》应该不存在错简的问题，对错简与否问题，应持谨慎的态度。

（二）"任氏任只"

其一，"只"。《说文解字》段注："只，语已也。已，止也。矣只皆语止之词。鄘风'母也天只、不谅人只'是也。"郑《笺》："言其自乐此而已。"说明在三风时代，"只"字大多被当作语气词，《左传·襄公二十七年》："诸侯归晋之德只，非归其尸盟也。"❷ 相当于"兮"与"也"。

其二，"任"。"任"字一般有两种解说。首先，"任"通"妊"。《大戴礼记·保傅》有"周后妃任成王于身，立而不跛，坐而不差，独处而不倨"。❸ 其次，与品格有关。毛《传》："任，大也。"郑《笺》："任者，以恩相亲信也。"❹《周礼》："六行：孝、友、睦、姻、任、恤。"《康熙字典》："《唐韵》、《集韵》、《韵会》'如林切'，《正韵》'如深切'，丛音'壬'。诚笃也。《诗·邶风》'仲氏任只'。《郑笺》以恩相信曰任。又《周礼·地官》大司徒之职，以乡三物，教万民而宾兴之。二曰六行，孝友睦姻任恤。《注》任，信于友道。"❺

按：从《燕燕》诗上下文看，前三章讲别离之情。训"任"

---

❶（清）李诒经撰．诗经盍简［M］．四库未收书辑刊（清单伟志慎思堂刻本），1997：320．

❷（西晋）杜预．春秋左传集解［M］．上海：上海人民出版社，1977：1074．

❸（清）王聘珍．大戴礼记解诂［M］．北京：中华书局，1983：50．

❹（汉）毛亨传，（汉）郑玄笺，（唐）孔颖达疏，李学勤主编．十三经注疏：毛诗正义［M］．北京：北京大学出版社，1999：123．

❺（清）张玉书，（清）陈廷敬等．康熙字典［M］．北京：中国档案出版社，2002：20．

为"孕",会很突兀。训"任"为品格之类,文意就顺畅很多。于省吾《泽螺居诗经新证》将"任"训为"好",说"'仲氏任只',犹言'仲氏善只',与下'其心塞渊,相衔接'。""仲氏任只",就是"可亲可信的仲氏呀"。❶

其三,"仲氏任"。关于这三个字,先贤或读为"仲氏任",或句读为"仲氏/任"。如何句读与对"仲氏任"的理解联系在一起。第一,薛国姓。这种认知认为"仲氏"连在一起,是个姓氏,"仲氏任"就是"仲任"。考之史传,《国语》:"昔挚、畴之国也由大任,杞、缯由大姒,齐、许、申、吕由大姜,陈由大姬,是皆能内利亲亲者也。昔鄢之亡也由仲任,密须由伯姞,郐由叔妘,聃由郑姬,息由陈妫,邓由楚曼,罗由季姬,卢由荆妫,是皆外利离亲者也。"❷ "仲氏"是仲虺之后,仲虺为商汤的右相,世袭薛地。商末,《世本·氏姓篇》:"仲氏""祖己七世孙成,徙国于挚,更号挚国。"挚国首领次女大任嫁于季历为妻,《诗·大雅·大明》:"挚仲氏任,自彼殷商。来嫁于周,曰嫔于京。乃及王季,维德之行。大任有身,生此文王。"《燕燕》中的"仲氏任"不可能是文王之母。不过,由此可知,"仲氏任"是女性。但其是庄姜?定姜?抑或薛姓女?从诗歌和史料记载都无法确切判断。《燕燕》诗有"之子于归,远送于南"。若将"南"看作方向,那么从地理位置上看,薛地正好在卫地之南。所以,"仲氏任"是薛国之女,也有一定道理。第二,将"仲氏任"断句为"仲氏/任"。既然"只"是语气词,那么"仲氏/任"看起来就是在叙述"仲氏"具有"任"的品格。前文中言"任"有指向品格的意思,那么,在"仲

❶ 于省吾. 泽螺居诗经新证 [M]. 北京:中华书局,1982:10.

❷ 徐元诰撰,王树民、沈长云点校. 国语集解 [M]. 北京:中华书局,2002:46.

氏任只"之后，文章紧跟着写道"其心塞渊。终温且惠，淑慎其身"。合起来就是这个仲氏心地宽厚，为人温柔、贤惠，行事立身良淑而又谨慎，整首诗的逻辑也是讲得通的。

五、《燕燕》主旨考辨

（一）燕子物象的文化内涵

《燕燕》中，"燕"是起兴之物，这个没有疑问。本书第三章，专门讨论过卫诗的"飞鸟崇拜"问题，"燕燕"是其中的典型意象。"燕"又被称之"元鸟"，《诗经·商颂》曰："天命元鸟，降而生商。"

第一，燕是祖先崇拜的象征。《史记·殷本纪》："三人行浴，见玄鸟堕其卵，简狄取而吞之，因孕，生契。"❶前文已论，不再赘述。第二，"燕"代表着怀恋故土，思念家乡。"燕"是恋旧的，《礼记·月令》："仲春之月元鸟至，仲秋之月元鸟归。""燕"恋故乡，"一候元鸟至；二候雷乃发声；三候始电。"第三，"燕"是双宿双飞的爱情代言者。《禽经》："鸳鸯，匹鸟也；玄鸟，（鷾）燕也。二鸟朝奇而暮偶，爱其类也。"第四，"燕"子文学形象往往与孤独、离群索居有关。《礼记·月令》："今玄鸟之蛰，虽不远在四夷，必于幽僻之处，非中国之所常见。"❷"燕"集离群、怀念故人、思念家乡、爱恋等情怀于一体，从其意象的文化承载上，就能够感受到全诗的悲伤气氛。孔颖达《毛诗正义序》："若夫哀乐之起，冥于自然。喜怒之端，非由人事。故燕雀表啁噍之感，鸾凤有

---

❶ （汉）司马迁. 史记［M］. 杭州：浙江古籍出版社，2000：10.
❷ （清）朱彬撰，饶钦农点校. 礼记训纂［M］. 北京：中华书局，1995：228.

歌舞之容。"❶ "燕燕"二字重章叠唱，又增强了诗的意蕴，给人以广阔的想象空间。

（二）前说辨析

其一，《燕燕》非"定姜送子妇"。"定姜送子妇"这个说法文献、史料支撑是《列女传》的记载："卫姑定姜者，卫定公之夫人，公子之母也。公子既娶而死，其妇无子。毕三年之丧，定姜归其妇，自送之至于野，恩爱哀思，悲心感恸，立而望之，挥泣垂涕，乃赋诗曰：'燕燕于飞，差池其羽。之子于归，远送于野。瞻望弗及，泣涕如雨。'送去妇泣而望之。又作诗：'先君之思，以畜寡人。'颂曰：'卫姑定姜，送妇作诗，恩爱慈惠，泣而望之。'"❷

按：此说似为不妥。第一，《列女传》的说法，自身就有矛盾。《列女传》认为前三章是"赋诗"，而最后一章用"作诗"。"赋诗"在先秦时期，不一定是作诗意思，至少可以看出，《列女传》对定姜是否作整首《燕燕》，是持不确定态度的。所以才会又言定姜"作诗""先君之思，以畜寡人"，认为能确定的只有这一句。第二，定姜作诗仅见于《列女传》，但《列女传》并非史书，并无其他史料资料与之相互证明。第三，从创作时间上看，假定《燕燕》为定姜之作，那么此时应该出自卫定公时。卫定公在位时间仅十二年。若按《烈女传》之言，定姜之子被立为太子，且太子又娶妻，太子去世，其妻守礼三年，十二年中发生这么多事情，似乎不太可能。即便太子出生于卫定公当国君之前，也不太妥，因为卫定公之父穆公在位仅十一年。且若作诗之时，定公尚在，是不能称"先

---

❶ （汉）毛亨传，（汉）郑玄笺，（唐）孔颖达疏，李学勤主编．十三经注疏：毛诗正义［M］．北京：北京大学出版社，1999：3.

❷ （汉）刘向著，张涛译．列女传译注［M］．济南：山东大学出版社，1990：17.

君"的，胡承珙《毛诗后笺》："此诗《列女传》以为卫定姜子死，其妇无子，毕三年之丧而归，定姜送之而作，是时定公尚在，不得称先君，且其词亦不类送妇之作。"❶ 所以《燕燕》应该与定姜无关。

其二，《燕燕》非庄姜、戴妫"同逐于野"。《左传》只记载"州吁弑桓公而自立"。庄、桓去世，州吁逐桓公之生母戴妫、养母庄姜出于卫野，似乎也有一定的可能性。但庄姜、戴妫被"同逐于野"无任何史证材料，因此有学者就明确提出反对，如明代何楷《诗经世本古义》："庄姜被逐事无所载，且诗中明言一远送于野，岂同逐之辞乎?"❷ 然也。

其三，《燕燕》非"送妹"之作。《燕燕》一文，主旨是送妹出嫁，似乎不太妥当。它与"燕"意象文化承载不太符合，而且全诗口吻，也不太适合兄长的身份。故从诗的整体基调和一般情理上讲，"送妹"之说有些牵强附会。如魏源的《诗古微·卫风答问》认为《燕燕》中的"仲氏任只"，犹如《诗经·大明》中"挚仲氏任"，"此妇本出薛国任姓，薛在卫东南，故云'远送于南'"。魏源认为庄姜所送归妇非戴妫，而是薛国之女。❸ 本于此，袁梅《诗经译注》进一步推断，认为《燕燕》是薛君送妹出嫁于卫："这是薛国国君（姓任）送妹远嫁卫国时所唱的骊歌，流露出剥削阶级消极颓废的儿女之情。这位国君也美化了他们自己。"此说亦有他人持论，前文已引，不再赘述，仅辨析。"邶鄘卫"皆是卫诗，或作

❶ （清）胡承珙. 毛诗后笺 [M]. 上海：上海古籍出版社，续四库全书67 册：77.

❷ （明）何楷. 诗经世古本义 [M]. 台北：台湾商务印书馆，文渊阁四库全书经部诗类81 册：670.

❸ （清）魏源. 诗古微 [M]. 上海：上海古籍出版社，续四库全书77 册：162.

于卫地，或与卫人有关，或言卫事。薛国国君之作，不太可能编入其中。即使是送嫁于卫，但若被送之人籍籍无名，也基本不会入诗。更何况，除文王之母外，没有史料记载有薛君之女入卫。

其四，《燕燕》诗非"庄姜非戴妫归"。从文中理解上来说，是庄姜送别戴妫也有一定道理，但笔者更倾向于此诗非"庄姜送归妾戴妫"。第一，按照前文"任氏仲"的解释，薛为任姓国，此仲氏是薛国之女的可能性更大。第二，依据史实。《左传·隐公三年》载："卫庄公娶于齐东宫得臣之妹，曰庄姜。""又娶于陈，曰厉妫，生孝伯，蚤死。其娣戴妫，生桓公，庄姜以为己子。"❶ 说明桓公是戴妫所生，而庄姜把他看成自己的孩子。《史记·卫康叔世家》补充："庄公五年，取齐女为夫人，好而无子。又取陈女为夫人，生子，蚤死。陈女女弟亦幸于庄公，而生子完。完母死，庄公令夫人齐女子之，立为太子。"❷ 《左传》《史记》内容的区别在于后者认为"完母死"。清代牟应震《诗问》："《史记》：完母死，庄公命齐女子之立为太子，是戴妫已早死也。"❸ 崔述《读风偶识》也认为戴妫应该已经去世："自庄公之立，至是已三十有九年，庄姜、戴妫恐不复存，《史记》以为戴妫先死而后庄姜以桓公为己子。虽未敢必其然，然献公之出也，定姜见于《传》，其入也，敬妫见于《传》。而记桓公之弑，州吁之杀，绝无一语及于庄姜、戴妫，若无二人然者，则二人固未必存也。且庄姜既以桓公为己子矣，庄姜当大归，何以大归者反在戴妫？而古者妇人送迎不出门，庄姜亦

---

❶ （西晋）杜预. 春秋左传集解 [M]. 上海：上海人民出版社，1977：22-23.

❷ （汉）司马迁. 史记 [M]. 杭州：浙江古籍出版社，2000：500.

❸ （清）牟应震. 诗问 [M]. 上海：上海古籍出版社，续四库全书65册：58.

不应远送于野也。"❶ 第三，周代礼制森严，"礼"已渗入人的性格、品行中。即便贵族有违礼行为，也将受到惩处："礼之所去，刑之所取，失礼则入刑，相为表里者也。"❷ 而在礼节上，"古者妇人迎送不出门"，如《左传·僖公二十二年》所载："妇人送迎不出门，见兄弟不逾阈。"庄姜远送戴妫于野，在当时州吁已夺位的情况下，于礼不合，于情也不合。《毛诗故训传》郑笺："妇人之礼，送迎不出门。"❸ 第四，如前文所言，《诗经》中，"之子于归"常跟女子出嫁有关。《燕燕》中"之子于归，远送于野"也应是指女子出嫁。语言是文化的记忆，有约定俗成的稳定性。没有道理，"之子于归"在其他诗篇中跟婚嫁有关，而在《燕燕》却是去而不返的"大归"。

因此，《燕燕》是庄姜送戴妫之作，无论从史料记载、社会礼仪还是《诗经》的用语习惯上，都不太合适。

(三) "寡人" 与主旨

前文中，已论及第四章非错简现象，所以"先君之思，以勖寡人"，就引出了抒情主人"寡人"。"寡人"的身份也是解读主旨的关键之一。

"寡"字古时可以单独用作名词，《礼记·礼运》："鳏寡孤独废疾者，皆有所养。"❹ "寡"还有"嫡"之意，《尚书·康诰》：

---

❶ （清）崔述．读风偶识 [M]．台北：新文丰出版有限公司，丛书集成新编，1985：32.

❷ （南朝宋）范晔撰，（唐）李贤等注．后汉书 [M]．北京：中华书局，1965：1549.

❸ （汉）毛亨传，（汉）郑玄笺，（唐）孔颖达疏，李学勤主编．十三经注疏：毛诗正义 [M]．北京：北京大学出版社，1999：122.

❹ （清）朱彬撰，饶钦农点校．礼记训纂 [M]．北京：中华书局，1995：332.

"殪戎殷，诞受厥命越厥邦民，惟时叙，乃寡兄勖。"周公称武王为寡兄，"寡者，嫡也"。❶ 丧偶，女性自不必言，男性也可以称为"寡"，《左传·襄公二十七年》"齐崔杼生成及疆而寡"。最后，"寡"也是君主自称，《礼记·曲礼》："诸侯见天子，曰'臣某侯某'。其与民言，自称曰'寡人'。"❷

"寡人"一词，卫诗时代，《诗经》中只有《燕燕》出现过一次。史书中出现较多，据学者统计，《国语》中作为某国国君的话语中，是国君的自称性传，书共出现 95 次。即使偶有例外，如《左传·僖公四年》载："四年春，齐侯以诸侯之师侵蔡，蔡溃，遂伐楚。楚子使与师言曰：'君处北海，寡人处南海，唯是风马牛不相及也，不虞君涉吾地，何故？'"管仲对曰："昔召康公命我先君太公曰：'五侯九伯，女实征之，以夹辅周室。'赐我先君履，东至于海，西至于河，南至于穆陵，北至于无棣。尔贡包茅不入，王祭不共，无以缩酒，寡人是征。昭王南征而不复，寡人是问。"❸这里的"寡人"虽是管仲所言，但实际上是为齐桓公建言。其余情况下，"寡人"基本上是诸侯或国君自称。所以，寡人为君主自谦之称，周代屡见不鲜，但尚未有女姓称寡人之例。因此，《燕燕》第四章的抒情主人公应该是一个男性国君，而《燕燕》为"邶鄘卫"之诗，所以《燕燕》应该与卫国某君主有关。

综上：《上博简》中，对《燕燕》的评价，除了被认为错简的简二十七之外，还有简十："'燕燕'之情。"简十一："（（燕

❶ （汉）孔安国注，（唐）孔颖达疏，李学勤主编．十三经注疏：尚书正义［M］．北京：北京大学出版社，1999：376．

❷ （汉）孔安国注，（唐）孔颖达疏，李学勤主编．十三经注疏：尚书正义［M］．北京：北京大学出版社，1999：66．

❸ （西晋）杜预．春秋左传集解［M］．上海：上海人民出版社，1977：244．

燕》)情爱也。"笔者认为《诗论》准确地描述了《燕燕》主人公的情感心理，《孔子诗论》"《燕燕》之情以其'独'也"。❶ "独"字，《说文解字》注："从犬。蜀声。徒谷切。三部。羊为羣。犬为独。犬好斗，好斗则独而不羣。引伸假借之为专一之偁。《小雅·正月》传曰：'独，单也。'"❷ 《燕燕》一诗，"燕燕"不是双飞燕，而是"单燕"。

因此，笔者认为《燕燕》的诗旨是送嫁之诗，送别之人是"寡人"，即卫国君主。从"燕燕"的意象，以及文中的情感氛围来看，被送女子应该是其心上人的可能性更大。但至于是哪里的女子，没有史志材料的支撑，也没有其他文学作品的佐证，笔者不能妄言。若单从《燕燕》一诗中感知，那个"任氏仲"或许是薛国女子。如高亨《诗经今注》所言："此诗作者当是年轻的卫君。他和一个女子原是一对情侣，但迫于环境，不能结婚。当她出嫁旁人时，他去送她，因作此诗。"❸ 《燕燕》是卫君送嫁后而作，真实地描述了其于卫野之上孤身一人的心情。陈震《读诗识小录》："哀在音节，使读者泪落如豆，竿头进步，在'瞻望弗及'一语。"《毛诗原解》："关山寥落，双影孤飞，凄然有流离之感。至曲终奏雅，未亡人之志又如曦日，千古离情，此为绝唱。"❹

❶　马承源.上海博物馆藏战国楚竹书［M］.上海：上海古籍出版社，2001：192.

❷　(汉)许慎撰，(宋)徐铉校定.说文解字［M］.北京：中华书局，2013：204.

❸　高亨.诗经今注［M］.北京：中华书局，1980：38.

❹　(明)郝敬.毛诗原解［M］.上海：上海古籍出版社，续四库全书58册：271.

第二节 《卫风·终风》诗旨考

《终风》一诗的诗旨，也是众说颇多，代表性的看法有如下几种。

一、《终风》诗旨略例

（一）"庄姜伤己"说

"庄姜伤己"说是种里程碑式的解读，奠定了之后近两千年解诗者们的基本论调。不过，在"庄姜伤己"的原因上，却有不同的看法。

其一，庄姜伤己，是由于遭州吁暴慢。毛《序》："《终风》，卫庄姜伤己也。遭州吁之暴，见侮慢而不能正也。"郑《笺》："既竟日风矣，而又暴疾。兴者，喻州吁之为不善，如终风之无休止，而其间又有甚恶，其在庄姜之旁，视庄姜则反笑之，是无敬心之甚。悼者，伤其如是，然而己不能得而止之。"孔《疏》："暴与难，一也。遭困穷是厄难之事，故上篇言难。见侮慢是暴戾之事，故此篇言暴。此经皆是暴戾见侮慢之事。"❶

《毛诗李黄集解》中，黄櫄认为庄姜伤己的原因是遭州吁之难，但《终风》诗作之目的，是以逆境反衬庄姜之贤："州吁虽暴，庄姜之慈自若也，州吁谑浪笑敖而庄姜乃中心是悼，州吁莫往莫来庄姜乃悠悠我思，此如象之不弟求以害舜，而舜也，象忧亦忧象喜亦喜，何尝以象之不敬而易其爱弟之心哉？吕吉甫曰卫庄姜仁于为嫡而为璧妾之憎，慈于为母而为州吁之暴，顺于为妇而为庄公之不见

---

❶ （汉）毛亨传，（汉）郑玄笺，（唐）孔颖达疏，李学勤主编. 十三经注疏：毛诗正义 [M]. 北京：北京大学出版社，1999：121.

答，若庄姜者可谓大不幸矣，不如是不足以见庄姜之贤。"❶ 袁燮《絜斋毛诗经筵讲义》也持这种观点："庄姜安于所遇，惟自伤。其无辜而无嫉妒他人之心，故序《绿衣》、《日月》、《终风》三诗皆以伤己。言可谓深探其所存矣。风终日而又甚暴。喻州吁之虐而见庄姜之柔。"❷

其他如段昌武《毛诗集解》、吕祖谦《吕氏家塾读诗记》、林岊《毛诗讲义》、范处义《诗补传》、郝敬《毛诗序说》等都认为《终风》是庄姜伤己遭州吁之慢。

其二，庄姜伤己，缘于不见答于庄公。这种看法由朱熹《诗集传》首次提出："庄公之为人，狂荡暴疾，庄姜盖不忍斥言之，故但以'终风且暴'为比。言虽其狂暴如此，然亦有'顾我则笑'之时，但皆出于戏慢之意，而无爱敬之诚，则又使我不敢言，而心独伤之耳。盖庄公暴慢无常，而庄姜正静自守，所以忤其意而不见。"❸ 它如：

丰坊《申培诗说》："庄姜戒州吁，公不悦，姜忧而作诗。"

方玉润《诗经原始》："《终风》，卫庄姜伤所遇不淑也。"

严虞惇《读诗质疑》按："此诗与《日月》同意，亦庄姜伤己不见答于庄公而作也。序云遭州吁之暴，非是朱子语类云。二诗当在《燕燕》之前，《终风》居先，《日月》次之。虞惇按，州吁弑桓公自立。庄姜大义灭亲，其于州吁。安得有悠悠我思之理？毛郑泥序遭州吁之暴，故其解多谬。今从朱语

❶ 李樗，黄櫄．毛诗李黄集解［M］．文渊阁四库全书经部诗类 71 册：102-103.

❷ 袁燮．絜斋毛诗经筵讲义［M］．文渊阁四库全书经部诗类 74 册：19.

❸ （宋）朱熹集注．诗集传［M］．上海：上海古籍出版社，1958：16.

类云，此诗有夫妇之情，无母子之意得之矣。"

刘瑾《诗传通释》："详味此诗有夫妇之情，无母子之意。若果庄姜之诗，则亦当在庄公之世，而列于《燕燕》之前。《序》说误矣。刘辰翁曰：'州吁无戏笑之理，分明是怨庄公也'。"

（二）"圣人立教"说

《诗故》认为《终风》诗写"庄姜伤己"之事，是圣人立教："《终风》，庄姜伤己也。非伤己也，伤州吁之当见讨也。暴风终日，拔木飞砂，乱常甚矣，喻其弑逆之事也，异常之风，非雨不解。'曀曀其阴，虺虺其雷'，将雨之候矣，喻州吁之将见讨也。我以正而教戒之，彼第'谑浪笑傲'以应之，如是之人，其能免乎'寤言不寐'？忧之以废寝也。'愿言则嚏''愿言则怀'，谓我有所感悟，愿与之言也。岂宰丑茌杀之谋既已闻之庄姜乎？"❶

姜炳璋《诗序补义》认为《终风》诗写"庄姜伤己"之事，是为万世立"母道"："按州吁嬖人之子，素有篡夺之心。而桓得以不废者，外有石碏，内有二母保护之功居多。乃一旦以平日从忧危中百计扶植之嗣子，绝脰于仇人之手。况帷堂犹在，秘不发丧，弃之如孤雏腐鼠。贤如庄姜，何以为情？诸儒说此篇则曰州吁虽无礼，庄姜犹思之也。又曰我思於此，彼或无故，自嚏嗟乎。是庄姜忘不共戴天之仇而认贼作子。保若婴儿作诗，招之使来，其不为戴妫冷齿几何矣。东海吕母当新莽之篡，犹能散家财为子复仇。曾庄姜而无此志也哉。朱子所以深恶而削之也，然则《序》言伤己，以己之不能讨贼而伤之也。按州吁篡位，五阅月。而庄姜呼号之诗。

---

❶ （明）朱谋㙔. 诗故［M］. 文渊阁四库全书经部诗类71册：556.

有三圣人存，而弗削者，所以立万世母道之准也。"❶

按：此说实际与州吁有很大关系，认为是庄姜因州吁侮慢而感伤，希望感化他。此说虽反映了孔子"兴观群怨"的教化观，不同于诗《序》之说，但仍在美刺的窠臼之内。

(三)"庄姜思念"说

其一，"庄姜思念州吁"。李樗、黄櫄《毛诗李黄集解》："州吁虽暴，庄姜之慈自若也。州吁谑浪笑敖，而庄姜乃中心是悼。"❷严粲《诗缉》："时有顺心，肯来见我，然不常来也。彼不来，则我亦不敢往，当不往不来之时，我则悠悠然长思之。"❸

其二，"庄姜怀念庄公"。《御纂诗义折中》："《终风》，庄姜怀庄公也……天下无不可处之境，亦无不可化之人。虽不可化，不可以为难化而遂置之也。是故人伦之变，知其不可奈何而安之，此易为也；即激烈而以身殉，亦无益也。必思积诚以化之。积诚以化别无他术，亲爱之而已矣。"❹

其三，"庄姜思念妫"。郝懿行《诗问》："《终风》，卫庄姜思戴妫也。先君暴惑，遇妫无恩，妫不怨，妫归，而庄姜思之。"

(四) 其他

这些观点摆脱了诗《序》等观点，从全新的角度对《终风》进行了阐释。

其一，"无关庄姜"说。如《读风偶识》认为诗歌与庄姜没有

---

❶ (清) 姜炳璋. 诗序补义 [M]. 文渊阁四库全书经部诗类 71 册：50-51.

❷ 李樗，黄櫄. 毛诗李黄集解 [M]. 文渊阁四库全书经部诗类 71 册：103.

❸ (宋) 严粲. 诗缉 [M]. 文渊阁四库全书经部诗类 75 册：47.

❹ (清) 傅恒. 御纂诗义折中 [M]. 文渊阁四库全书经部诗类 84 册：33.

关系："序云：'终风，卫庄姜伤己也。遭州吁之暴，见侮慢而不能正也。'余按：州吁，弑君之贼也，庄姜妇人不能讨之则已耳，岂当爱之而复望其爱己，及曰'顾我则笑，谑浪笑敖'。此何言也，而可以出之。曰'寤言不寐，愿言则怀'。此何人也，而可以存此心，庄姜果赋此诗，一何其无耻乎？朱子《集传》固已觉其不合，乃以《终风》为指庄公，然比之以'终风且暴'，斥之以'谑浪笑敖'，皆非庄姜所当施之于庄公者，且既谓庄姜不见答于庄公矣，又何以有'顾我则笑'之语？详其词意绝与庄姜之事不类，是以施之于州吁不合，施之于庄公亦不合也，窃谓年远事湮，诗说失传者多，宁可谓我不知，不可使古人受诬于千载之上。"❶持这种观点的，基本都认为诗歌与庄姜没有关系。如惠周惕《诗说》："若果庄姜之诗，则亦当在庄公之世，而列于《燕燕》之前，序说误。……此诗，辞颇切直，与前四篇爱夫忧国，温柔敦厚者不同，似非出于一手。且庄姜一人，已取四诗。如《终风》者，可以无录矣。"❷

其二，"民歌"说。陈子展《诗经直解》认为这是首民歌："诗果为庄姜自作，此中人为其夫庄公乎？抑为其子州吁乎？而庄姜之心理亦为之不正常矣，盖彼此皆患色情狂者乎？今按：《终风》盖采自民俗歌谣，关于打情骂俏一类调戏之言，实与庄姜无关。而谓庄姜伤己，非采诗者之言即序诗者之言……前人有已见及此者，崔述云……顾崔述不知以此诗还诸歌谣也。"❸

其三，"贤妇人嫁与狂夫"说。牟庭《诗切》："《终风》，贤妇

---

❶ （清）崔述. 读风偶识［M］. 上海：上海古籍出版社，续四库全书64册：257.

❷ （清）惠周惕：诗说［M］. 文渊阁四库全书经部诗类87册：16.

❸ 陈子展. 诗经直解［M］. 上海：复旦大学出版社，1993：91.

人嫁狂夫也。""天既多风,且又疾雨,喻其夫既狂,又好淫也。""此妇人端庄有礼,而其夫轻薄,不能相敬如宾,所以伤悼也。"陈延杰《诗序解》:"余尝细玩之,觉与庄姜之事绝不类。即归之于州吁、庄公,亦无确证。此盖写妇人见暴虐于其夫,故疾苦之深,情见乎词。若篇篇傅会庄姜,转窒碍难通,且使古人受诬,殊非风人之意焉。"❶ 裴普贤《诗经评注读本》:"这是夫婿轻薄而狂暴,妇人自伤遇人不淑的诗。"袁梅《诗经译注》:"这个女子对狂放不羁的丈夫又是气又是爱。相聚时,他的戏谑无礼使她烦恼,分离时,又想他想得愁绪牵肠。这首歌诉出了她这种矛盾心情。"❷

其四,女子自作诗说。高亨《诗经今注》:"一个妇女受强暴男子的调戏欺侮而无法抗拒或避开,因作此诗。"蓝菊荪《诗经国风今译》:"这明明是一个民间女人遭受浪子污辱后发出的血的抗议。声声悱恻,字字珠泪。令人不忍卒读,使两千载下读者,犹对那浪子的兽行,表示万分愤慨。诗中情节完整,语极沉痛,作者当系女人自己。"

按:这种解诗方法,结合著者本身,时代色彩太浓,过于主观。

其五,君子慎交往说。王质是较早敢于质疑《诗序》的治诗者之一,《诗总闻》:"一章后注:终风,末风也,风至末则衰,犹能为暴,况当盛时,可谓大异也。天灾如此,当徽惧,而反傲侮,是可忧也。二章云当是谑浪笑敖者来过君子,君子不欲亲之,我不往彼,彼亦勿来此也,疏之之辞也。三章云当是谑浪笑敖之人不平君子之不与己同,故切齿也。四章云气象犹冬雷也,故君子深忧至于

---

❶ 陈延杰. 诗序解 [M]. 上海:开明书店,1932:36.
❷ 袁梅. 诗经译注 [M]. 济南:齐鲁书社,1980:182.

不寐。总闻曰：敬天者有灾则罪己，慢天者有灾则罪人，此遭变异而反渎侮者，必以某人某人致此，在位相过及之，同类者相和，有识者独忧也。"❶ 此说认为君子为交友不慎而忧愁不寐。

按：此种观点认为，小人欲与君子交往，君子不从，所以小人怨恨君子，而君子为此无法入睡。此说颇有新意，但《诗总闻》出现在宋代疑古辨伪的学术背景下，虽欲废弃《诗序》解诗的穿凿附会，但有时候违心而作的解释，并不比《诗序》高明。

二、关键词句与《终风》诗旨

在上述众说中，笔者认为，《终风》一诗的主旨，是"庄姜伤己不见答于庄公"之作。有关《终风》主旨的解读，先从几个关键词入手。

（一）"终风且暴"考辨

其一，"终"。古今学者对"终风"之"风"并无异议，分歧皆出在"终"字上。有的学者将"终风"作为一个整体来解释，即认为"终风"是某一种风，但又观点不尽相同。

第一，终日之风。《毛传》："终日风为终风。"苏辙《诗集传》："终风，终日之风也。风、霆、噎、雷，皆以喻州吁之昏暴也。"❷

按：《尔稚》有对"风"较为完整的分类："南风谓之凯风，东风谓之谷风，北风谓之凉风，西风谓之泰风，焚轮谓之穨，扶摇谓之猋。风与火为庵，回风为飘。"其中，并没有出现"终风"。《尔雅·释天》又言"日出而风为暴。风而雨土为霾。阴而风为曀。天气下地不应曰雾，地气发天不应曰雾"。❸ 亦未出现"终

---

❶ （宋）王质. 诗总闻［M］. 文渊阁四库全书经部诗类72册：460.
❷ （宋）苏辙. 苏氏诗集传［M］. 文渊阁四库全书经部诗类70册：330.
❸ （晋）郭璞注，（宋）邢昺疏. 十三经注疏：尔雅注疏［M］. 北京：北京大学出版社，1999：173.

风",所以"终风"不是天气现象。

第二,"终",毕,尽。毛《传》:"卒,竟。"孔《疏》:"终,亦竟也。"❶《礼记·乡饮酒义》:"终,遂焉。"马瑞辰《毛诗传笺通释》:"《经义述闻》曰:'终,犹既也。'是也。"❷

按:此种说法,单独解释"终"字,没有问题,但是将"终风"二字割裂,从贯通文意上来说,不太妥当。

第三,"终"字形成"终……且……"句式。**按**:考之邶鄘卫风诗其他篇目中的"终"字,《燕燕》一诗中有"终温且惠,淑慎其身"。"终"与"且"相对。同样《北门》有"终窭且贫,莫知我艰"。《定之方中》篇:"卜云其吉,终焉允臧。"这些诗篇,将"终"训为"且"。但若将《终风》一文中的"终风"的"终"字也训为"且",则与"风"字割裂,会影响文意的贯通,有拘泥、咬文嚼字之嫌。

第四,"终风"作"西风"解。孔颖达《毛诗正义》:"终风,《韩诗》云:西风也。"王应麟《诗考》:"《释文》:'终风,西风也。'"❸

按:以《甲骨文编》一为参考,"终"与"冬"甲骨文中形状基本一致。"终"是🔸,"冬"为🔸,"终"就是冬。所以"终风"当解释为"冬风"。《韩诗》释"终风"为"西风",是有道理的。在这个基础上,"终风"内涵可以进一步引申。如姚舜牧《重订诗

---

❶ (汉)毛亨传,(汉)郑玄笺,(唐)孔颖达疏,李学勤主编.十三经注疏:毛诗正义[M].北京:北京大学出版社,1999:126.

❷ (清)马瑞辰撰,陈金生点校.毛诗传笺通释[M].北京:中华书局,1989:118.

❸ (宋)王应麟.诗考[M].文渊阁四库全书经部诗类75册:601.

经疑问》："终风，风之恶者也。"❶ "终风"就是"恶风"，也是可以讲得通的，这种恶风突然而来，瞬间而去，不可捉摸，与"暴"联系了起来。

其二，"暴"。"暴"是"疾"的意思。"疾"，即迅猛、猛烈之意。《毛传》云："暴，疾也。"郑《笺》、朱熹《诗集传》、吕祖谦《吕氏家塾读诗记》等都持一样的观点。这种观点，又引出"疾风"说。《尔雅》："日出而风曰暴。"《玉篇》："疾风也。"孔颖达《毛诗正义》："《释天》云：'日出而风为暴。'孙炎曰：'阴云不兴而大风暴起。'然则为风之暴疾，故云疾也。"陈奂《诗毛氏传疏》："日出而风，则专释诗首章'暴'，字之意，言'日出'以别于'霾'、'曀'也。"由此又引出"疾雨"说。《六家诗名物疏》："'暴'作'瀑'，疾雨也。"严蔚《诗考异补》："《说文解字》，疾雨也。诗曰'终风且暴'。"《诗三家义集疏》同此说。

"暴"是"狂"的意思。《毛诗原解》："狂风终日不休，子之狂暴亦犹此矣。"❷《田间诗学》："暴，狂也，谓竟日狂风也。……比庄公之意态变幻，不可测识也。"❸

"暴"是"突然"的意思。罗典《凝园读诗管见》云："暴，突起也。"姜炳璋《诗序补义》云："暴，猝然而来，以比州吁之乱之骤也。"

按：文章第二章有"终风且霾"，第三章言"终风且曀"。"暴"作"疾风""疾雨"解是讲得通的。而"暴"作"狂""突

---

❶ （明）姚舜牧．重订诗经疑问［M］．文渊阁四库全书经部诗类80册：603．

❷ （明）郝敬．毛诗原解［M］．上海：上海古籍出版社，续四库全书58册：273．

❸ （清）钱澄之．田间诗学［M］．文渊阁四库全书经部诗类84册：433．

然"解释，亦有一定启发。笔者认为，"终风且暴"就是突然爆发的疾风、疾雨。反映了诗中所念之人捉摸不定的精神状态，以及对女主人公的伤害，也才能引起下文的"中心是悼"。

（二）"顾我则笑"与诗旨

"顾我则笑"，是解读整首诗的关键，因为在这里，诗中出现另一个主人公。是谁"顾我"？州吁？庄公？戴妫？或是另有其人？"则笑"又是谁笑？"顾"和"笑"的主语是否同一人？可惜没有更多资料可供参考。

其一，"顾"。关于"顾"字，一般有两种观点。第一，"看、视"。郑《笺》："既竟日风矣，而又暴疾。兴者，喻州吁之为不善，如终风之无休止。而其间又有甚恶，其在庄姜之旁，视庄姜则反笑之，是无敬心之甚。"第二，"还视"说。何楷《诗经世本古义》："顾，《说文》云'还视也'。"闻一多《诗经通义乙》："《诗》'顾'字皆用为动词，无作介词者。《说文》：'顾，还视也'。"

按：从前文的"终风"与"暴"字解释看，《终风》应该描写的是一个悲伤的女子形象，而且是被嫌弃或者遗弃的对象。所以"顾"应该解释为"看"比较合理。结合上下文解释看，若解释为"还视"，则说明互动还比较频繁，在这一点上，庄姜悲伤的对象是庄公，要比州吁合理些。

其二，"顾我则笑"。"笑"，毛《传》："笑，侮之也。"笑，"唉"的异体。《广韵》："唉，俗笑字。"

按：联系生活实际并结合诗篇大意，《诗经世本古义》认为："陆德明云：笑，喜也。顾我则笑，玩一'则'字，便见原无笑意。"综上，可以推知，这个"顾我"的对象是夫妻更为合适。万时华《诗经偶笺》："'顾我则笑'中初无美意，玩一'则'字，分明话不投机，一团冷笑光景，……属假意，又不好说破他，看他浮浪默默悲伤，非敢怒不敢言之谓。"❶ 丈夫内心疏远妻子，偶遇后，流露出笑容，这样的笑与其说是真心，不如说是客套。《诗经广大全》："顾我则笑，观一'则'字，便见原无笑意。"

（三）"谑浪笑敖，中心是悼"

其一，谑浪笑敖。关于"谑"字，朱熹《诗集传》云："谑，戏言也。"❷《说文》："谑，戏也，从言，虐声。《诗》曰：'善戏谑兮。'"《尔雅·释诂》："虐、浪、笑、敖，戏谑也。"❸ 毛《传》："谑浪笑敖，言戏谑不敬。"所以"谑、浪、笑、敖"四字，方家大多认为其意类似，都是"戏谑"的意思。孔颖达《毛诗正义》："《释诂》云：'谑浪笑敖，戏谑也。'舍人曰：'谑，戏谑也。浪，意明也。笑，心乐也。敖，意舒也。戏笑，邪戏也。谑，笑之貌也。'郭璞曰：'谓调戏也。'《淇奥》云'善戏谑兮'，明非不敬也。"❹

按："顾我则笑"之郑《笺》："既竟日风矣而又暴疾兴者，喻州吁之为不善如终风之无休止，而其间又有甚恶，其在庄姜之旁，视庄姜则反笑之，是无敬心之甚。"这样看来，"谑浪笑敖"就成为"戏谑不敬"。卫诗其他作品中，也出现过"虐、浪、笑、敖"等字眼，如《卫风·淇奥》："善戏谑兮，不为虐兮。"《邶风·柏舟》"微我无酒，以敖以游"。如此看来，"敖"字作为"嬉笑"之貌更为普遍。所以这个"笑"者，如果是卫庄公之笑，可能更符合

---

❶ （明）魏浣初．鼎镌邹臣虎增补魏仲雪先生诗经脉讲义［M］．济南：齐鲁书社，四库全书存目丛书第66册，1997：26.

❷ （宋）朱熹．诗集传［M］．北京：中华书局，1958：18.

❸ （晋）郭璞注，（宋）邢昺疏，李学勤主编．十三经注疏：尔雅注疏［M］．北京：北京大学出版社，1999：17.

❹ （汉）毛亨传，（汉）郑玄笺，（唐）孔颖达疏，李学勤主编．十三经注疏：毛诗正义［M］．北京：北京大学出版社，1999：126.

文意。

其二，"中心是悼"。中心是心中，这个没有太多疑问。关于"悼"字，一般有两种说法。第一，"伤"说。郑《笺》："悼者，伤其如是。"《毛诗正义》："言天既终日风，且其间有暴疾，以兴州吁既不善，而其间又有甚恶，在我庄姜之傍，顾视我则反笑之，又戏谑调笑而敖慢，己庄姜无如之何，中心以是悼伤，伤其不能止之。"❶ 第二，"惧"说。何楷《诗经世本古义》："悼，《说文》云'惧也'，不知其所以待我者终将何如，惟有中心自悼惧而已。"❷ 王先谦《诗三家义集疏》："《说文》：'悼，惧也。'……庄姜见公性情流荡无节，即其当前之欢爱，已虑有他日之弃捐，故中心因是而惧。"❸

按：单从"悼"字看，庄姜伤的对象如果是"州吁"，是解释得通的。范处义《诗补传》："其子戏谑敖慢，而无忌惮。"郝敬《毛诗原解》："狂风终日不休，子之狂暴亦犹此矣。有时见我，则嬉笑傲慢，无人子礼，将若之何？中心自悼伤而已。"❹ 如果庄姜伤的对象是卫庄公，亦可以讲得通。朱熹《诗集传》："庄公之为人，狂荡暴疾，庄姜盖不忍斥言之，故但以'终风且暴'为比，言虽其狂暴如此，然亦有'顾我则笑'之时，但皆出于戏慢之意，而无爱敬之诚，则又使我不敢言，而心独伤之耳。盖庄公暴慢无常，而庄姜正静自守。"但比较而言，诗中能让庄姜黯然神伤者如果是庄公，应该更为合理。

---

❶ （汉）毛亨传，（汉）郑玄笺，（唐）孔颖达疏，李学勤主编．十三经注疏：毛诗正义［M］．北京：北京大学出版社，1999：126.

❷ （明）何楷．诗经世本古义［M］．文渊阁四库全书经部诗81册：722.

❸ （清）王先谦．诗三家义集疏［M］．北京：中华书局，1987：141.

❹ （明）郝敬．毛诗原解［M］．上海：上海古籍出版社，续四库全书58册：273.

且考之史料，庄姜少年嫁与庄公，庄公后来又娶厉妫、戴妫、嬖人，生州吁。那么从年龄上说，庄姜应该比州吁母亲还要年长一些。州吁会不会调笑庄姜，可能性有，卫国也不是没有这风俗。但庄姜与州吁有弑子之恨，《左传》明载"庄姜恶之"。所以"顾我则笑""谑浪笑敖"，不太可能发生于这二者之间。如《读风偶识》所言："州吁，弑君之贼也，庄姜，妇人不能讨则已耳，岂当爱之而复望其爱己？"❶ 所以，庄姜与州吁之间，"顾我则笑""谑浪笑敖"即使有可能，但结合下文"悠悠我思""愿言则怀"，似乎这种爱怨交织的情感，更适合于夫妻之间。

（四）"莫往莫来，悠悠我思"

毛《传》认为"莫往莫来"指的是州吁、庄姜之间的母子关系："人无子道以来事己，己亦不得以母道往加之。"《毛诗正义》亦云："毛以为天既终日风，且又有暴，甚雨土之时，以兴州吁常为不善，又有甚恶恚怒之时，州吁之暴既如是，又不肯数见庄姜。时有顺心，然后肯来。虽来，复侮慢之，与上互也。州吁既然则无子道以来事己，是'莫来'也。由此，己不得以母道往加之，是'莫往'也。今既莫往莫来，母子恩绝。悠悠然我心思之，言思其如是则悠悠然也。……以本由子不事己，己乃不得以母道往加之。故先解'莫来'，后解'莫往'，经先言'莫往'者，盖取便文也。"❷

按：上述认知，是基于"莫往莫来"为"不来不往"的意思。但纵观全文，这种意思与上文的"惠然肯来"，显然产生了矛盾。

---

❶ （清）崔述. 读风偶识 [M]. 上海：上海古籍出版社，续四库全书64册：258.

❷ （汉）毛亨传，（汉）郑玄笺，（唐）孔颖达疏，李学勤主编. 十三经注疏：毛诗正义 [M]. 北京：北京大学出版社，1999：127.

因而朱熹《诗经集传》认为，这个"来往"指的是庄公与庄姜之间的关系，庄公虽然狂惑，"然亦或惠然而肯来，但又有莫往莫来之时，则使我悠悠而思之，望其君子之深，厚之至也"。考之"暮"字，古代无"暮"字。"莫"字，甲骨文中作𦱤，日落草中，因而古代"莫""暮"通用。"莫往莫来"即为"暮来暮往"，符合夫妻关系，而不适合母子之礼。再考之"悠悠"，朱熹《诗集传》："悠悠，思之长也。"郑《笺》："我思其如是，心悠悠然。"州吁杀了完才上位，庄姜对于这个弑子之人，即使能维持表面上的和睦，也不可能达到"思之长"的程度。《终风》首句以"终风且暴"起兴，整首诗情感基调表面是"悼"，实则为"思"。因为思念，才导致"寤言不寐，愿言则嚏"。这种辗转反侧、寤寐思服的思念，更适合于夫妻感情。女主人思念深厚而又矜持有度，如牛运震《诗志》所言："思则气塞而逆，嚏字写得妙。"所以，"莫往莫来，悠悠我思"之"思"的对象，是庄公，而非州吁。

三、《终风》之"天象"与诗旨

商代之前，就有自然崇拜的习俗，包括风、云、雨、雪等气象崇拜。《史记·乐书》："舜弹五弦之琴，歌南风之诗，而天下治。……夫南风之诗者，生长之音也。舜乐好之，乐与天地同意。得万国之欢心，故天下治也。"❶周代执"以德配天、明德慎罚"的观念，自然事物也染上了伦理色彩，《礼记·玉藻》："君子之居恒当户，寝恒东首，若有疾风、迅雷、甚雨，则必变，虽夜必兴，衣服冠而坐。"❷天象影响先民的喜怒哀乐，晏子《穗歌》："穗乎

---

❶ （汉）司马迁．史记［M］．杭州：浙江古籍出版社，2000：406.

❷ （清）朱彬撰，饶钦农点校．礼记训纂［M］．北京：中华书局，1995：448.

不得稼，秋风至兮殚零落，风雨之弗杀也。太上之靡弊也。"❶

(一)"天象"以起兴

《终风》一诗，每章以"终风且暴""终风且霾""终风且曀""曀曀其阴"起兴。"暴"在前文中，已经考证为突然性天气特征，"霾""曀""阴"也是自然现象，毋庸多言。《诗经》中有不少以风、雨等天气状况起兴的作品，如《殷其雷》之"殷其雷，在南山之阳"；《谷风》之"习习古风，以阴以雨"；《北风》之"北风其凉，雨雪其雱"；《正月》之"正月繁霜，我心忧伤"等。早期先民生活不易，进而对自然之风感受敏锐、深刻。这类自然天象常带浓烈的悲苦之情。如"邶鄘卫"风诗中的篇目，《谷风》以"习习谷风，以阴以雨"起兴，言弃妇对过去美好生活的回忆；《伯兮》以"其雨其雨，杲杲日出"，写思念远人的心情。

翟相君："考察《诗经》中所有涉及风、雷、雨、雪的诗篇，凡是以风、雷、雨、雪起兴者，都含有怀人、相会、和睦相处的善意，概无例外。""终风且暴，顾我则笑"，就是讲述诗的女主人遭受非理性对待的内心世界。《毛诗正义》："终风且暴，顾我则笑。兴也。"《终风》一诗以"终风"起兴，以自然界的"冬风"来比喻内心的感受，从文化心理、创作习惯上来说，是合理的。

(二)"风"与两性

"风"字甲骨文为 ✦ (《合集》28057)，"凤"的甲骨文是 ✦ (《合集》09573)❷，二者形态相似。"凤"是殷商玄鸟崇拜的承载者，于是"风"字本身就隐含着生殖能力。

《诗经》中的"风""雨"等自然意象，与两性情感、关系有

---

❶ 张纯一. 晏子春秋校注 [M]. 上海：上海书店出版社，1996：54.
❷ 陈梦家. 梦甲宝存文 [M]. 北京：中华书局，2006：206-207.

关,已为方家共识。闻一多《诗经的性欲观》:"风便是性欲的冲动。由牝牡相诱之风,后来便引申为'风流'、'风骚'之风,也都有性的意味……男女相诱是否也称风,我们不知道,然而《尚书》曰:'马牛其风,臣妾逋逃'确乎是将牝牡相诱和男女相诱一样的看待了。"❶《说文解字》训"风":"风动虫生,故虫八日而化。"认为风是两性动物相诱的媒介。

按:"风"的两性色彩在《终风》中也许表现得并不明显,但"风"之男女合欢的象征意义,应该会影响到《终风》。所以,在这种大的文化背景下,"终风"之"风"不再简单只是一种物理现象,也应该承载着类似的文化功能。如方玉润所言:"骤雨迅雷其止可待,至于曀曀之阴,虺虺之雷,则殊未有开霁时也。我之度日亦若是乎?则何时始克见天日乎?中夜披衣起而不寐,忧心抑郁,结而成疾,则怀抱终无可解之一日矣。四章宜分两面解,《终风》诸句作兴不作比,诗意乃长,诗境乃宽,即诗笔亦曲而不直。否则专怒庄公,有何意味耶。"❷ 综上,从"终风"的比兴意义上来说,《终风》一诗更适合于夫妻之情。

四、史料中的"庄公、庄姜感情"考论

有关卫庄公与庄姜的关系,由《诗序》切入,有四篇。如《绿衣》:"卫庄姜伤己也。妾上僭,夫人失位而作是诗也。"《日月》:"卫庄姜伤己也。遭州吁之难,伤己不见答于先君,以至困穷之诗也。"《终风》:"卫庄姜伤己也,遭州吁之暴,见侮慢而不能正也。"《硕人》:"闵庄姜也。庄公惑于嬖妾,使骄上僭。庄姜贤

---

❶ 闻一多.闻一多全集:神话编:诗经编(上)[M].武汉:湖北人民出版社,1994:184.

❷ (清)方玉润撰,李先耕点校.诗经原始[M].北京:中华书局,1986:202.

而不答，终以无子，国人闵而忧之。"且这四篇诗中，以《终风》的争议最大。

考之《左传》与《史记》的记载，在考辨《燕燕》一诗时，已有相关内容的录入，此处不再赘录。从史料看，庄公宠幸嬖妾，嬖妾之子州吁又好战且骄横，庄姜对纵容州吁的庄公，应该会有一定的不满。而庄公不听劝谏，又不能预见未来的祸患，所以也称不上贤明，但亦未表现出残暴。

后宫女子宠幸与否，与其性格有关，《硕人》极写庄姜之美："手如柔荑，肤如凝脂，领如蝤蛴，齿如瓠犀，螓首蛾眉，巧笑倩兮！美目盼兮！"脾气又"贤"，虽然无子，但应该不会是受冷落的原因。而且根据《左传》《史记》记载，庄姜无子，庄公并没有动摇她的正妻地位，而且还让其收养了戴妫的儿子。在王位继承上，卫庄公也选择庄姜之子作为国君。这些至少说明，庄公不是违礼之人，夫妻关系不会特别糟糕，他并没有彻底冷落庄姜。《读风偶识》："余按春秋传文，绝无庄姜失位而不见答之事。桓公，戴妫子也，而庄姜以为己子立以为太子，非夫妇一体，安能得之于庄公，且使庄公好德也，必无妾上僭之事；如好色也，庄姜之美，谁能踰之，而反使之失位乎。至乎嬖人而生子亦人君之常事，春秋传中多矣，不得以此为不答庄姜证也。原序所以为是说者无他，皆由误解春秋传文，谓庄姜无子由于庄公之不答，是以《硕人》序云：庄姜贤而不答，终以无子。然有子无子岂尽在答与不答哉，汉薄氏宋李妃皆以一夕之幸而有子，赵飞燕合德专宠嫉妒而卒无子，今世夫妇相爱不忍畜妾而无子者何限？乃以庄姜无子遂悬坐庄公以不答

之罪，可谓汉庭煅炼之狱矣。"❶

此外，在本书第一章，笔者曾经写到卫国国内政治混乱，因其多出昏君。而卫国昏君为世人所知，也是因为《左传》的记载。但考之《左传》，除了宠爱州吁导致后来的混乱外，《左传》并没有记载卫庄公其他所谓的劣迹。由此可见，庄公未必贤明，但不残暴。庄公宠幸州吁母子，却又守正庄姜之位，甚至过继子嗣与之，对庄姜有一定的情义。从庄姜角度来看，正是这种恩义，使得其对庄公的感情比较复杂，爱怨兼备。

综上所论，《终风》一诗主旨，应如《诗集传》所言，是"庄姜伤庄公而不见答"，所起的思念之情。胡广《诗传大全》："详味此诗有夫妇之情，无母子之意。若果庄姜之诗，则亦当在庄公之世，而列于《燕燕》之前。《序》说误矣。须溪刘氏曰：'州吁无戏笑之理，分明是怨庄公也'。安成刘氏曰：'一章言庄公狂暴，二章言其狂惑，皆止一句为比。而庄公犹有顾笑惠来之时，所谓暴慢无常，狂惑暂开者也。三章则暂开而复蔽，四章则愈防而未已。皆是以两句为比，若以此诗继《绿衣》之后，次《日月》，次《燕燕》，读之尤可。备见姜氏初作《柏舟》、《绿衣》惟自忧叹而止于和平。未尝指讥公之为人也。至于《终风》则言其狂惑蔽锢，而犹不忍斥言。及《日月》然后，极其词，此岂情之所得已哉。'"❷《终风》比较完美地呈现了庄姜对庄公的复杂情感。

---

❶ （清）崔述．读风偶识 [M]．上海：上海古籍出版社，续四库全书 64 册：258-259．

❷ （明）胡广．诗传大全 [M]．文渊阁四库全书经部诗78册：416 页．

第三节 《邶风·考槃》诗旨考

学术界对《考槃》诗的主旨有多种看法，代表性的有刺庄公说、赞美隐士说、恋歌说、讽仕宦风气说等。诸说都有一定道理，亦皆有可取之处。

一、前人主要观点

(一) 刺卫庄公说

此说以《诗序》为开端，从者较多。

《诗序》："《考槃》，刺庄公也。不能继先公之业，使贤者退而穷处。"

孔《疏》："作《考槃》诗者，刺庄公也。刺其不能继其先君武公之业，修德任贤，乃使贤者退而终处于涧阿，故刺之。"

袁燮《洁斋毛诗经筵讲义》："庄公之先公是为武公，笃于好善，能听其规谏，而厥子弗克遵业，使贤者退而穷处，此《考槃》之诗所以作也。……考槃之硕人也，有如是之贤而庄公不能用，将谁与治其国乎？后之为人上者三复此诗，深以庄公为戒，勤求贤士，毋使考槃于荒野之间，则可以立邦家之基矣。"

严粲《诗缉》："刺庄公也。疏曰：庄公不能继先公之业，使贤者退而穷处。前人用贤以建功业，弃而不用，则不能继之矣。此《序》与秦《晨风》序意同。"

姜炳璋《诗序补义》："《淮南子》曰：'人皆鉴于止水，不鉴于流潦。'夫可以扬清激浊，抑贪止竞，其惟隐者乎！故录《考槃》。《孔丛子》曰'吾于《考槃》见遁世之士无闷于

世也.'此诗形容硕人处,全在'独'字、'永'字,如后世
梁鸿之隐霸陵山,弹琴自娱,夏子冶之入林,虑山中人无知
者。管幼安客辽东坐一木榻,五十五年皆是也。然则此时之世
为何世,其君为何如君,故曰刺庄。"

陈启源《毛诗稽古编》:"《考槃》,《笺》云誓不忘君之
恶,诚害于理。而《小序》以为刺庄公,则不误也。《朱子》
非之云,诗未有见弃于君之意,不知君不弃贤,贤者何为而
隐。孔子曰:吾于《考槃》见遯世之士而无闷于世。遯世无
闷,岂有道时所为哉。是乃邦有道,而贫且贱者。"

(二) 赞美隐士说

刘瑾《诗传通释》:"《孔丛子》:子曰:'吾于《考槃》见遁世
之士无闷于世。'辅氏曰:'《孔丛子》所记,深得诗意。'"❶ 今之
论家从此说者较多。但认为《考槃》是赞美"隐士"的观点,又
分为三种情况。第一种认为《考槃》是诗人描写隐士生活情态,第
二种认为是隐士自叙隐居生活的感受之作。无论哪种,都与隐者有
关。第三种观点认为,《考槃》言在歌颂隐者之,而意在刺卫庄公。
分析如下。

《考槃》是"隐者"自成其乐之诗。欧阳修《诗本义》:"考
《考槃》,乐也,考槃在涧,硕人之宽,独寤寐言,永矢弗谖。谓硕
人居于山涧之间,不以为狭,而独言自谓不忘此乐也。硕人之宽涧
居,虽狭贤者,以为宽也。永矢弗过者,谓安然乐居涧中不复有所
他之也。永矢弗告者,自得其乐不可妄以语人也。"❷ 他如:金其
源《读书管见》"考槃在涧三章各两句"条:"既谓贤者穷处成乐,

---

❶ (元) 刘瑾. 诗传通释 [M]. 文渊阁四库全书经部诗 76 册:370.
❷ (宋) 欧阳修 诗本义 [M]. 文渊阁四库全书经部诗 70 册·200.

应无两心相战俗情，不当复露窘态。诗盖言其隐居山中，无论在涧、在阿、在陆，皆得安闲自适，故不思复出也。"《诗所》："《序》，说失之故。朱子以为美隐者之诗也，观其辞意，乃隐者所自作自谓。"❶《伊川经说》卷三"考槃"条："贤者之退，穷处涧谷间，虽德体宽裕，而心在朝廷，寤寐不能忘怀，深念其不得以善道告君，故陈其由也。"《诗经今注今译》："这是隐者无地而不自乐之诗。"

《考槃》是诗人赞美"隐者"。《诗集传》首次提出这种看法："诗人美贤者隐处涧谷之间，而硕大宽广，无戚戚之意，虽独寐而寤言，犹自誓其不忘此乐也。"此说否定了"刺庄公"，而强调了"美贤者"，此说一出，后世影响较大，附论者甚多。《诗经原始》也认为："《考槃》，赞贤者隐居自乐也。"他如，《诗经通论》："此诗人赞贤者隐居，自矢不求世用之诗。"高亨《诗经今注》："这首诗是赞美一个隐居山林的贤士。"等等，不一而足。

《考槃》一诗是美贤者，刺庄公，美在此而刺在彼。胡承珙《毛诗后笺》："此《序》是推本作诗者言外之意，诗词则止专美硕人，犹《简兮》亦止美硕人而《序》云'刺不用贤也'。……陈氏见复曰：'《序》谓此君上之失贤，朱谓美隐居之得所，美在此则刺在彼矣，美在言中，刺在言外。'"❷

（三）恋歌说

闻一多《风诗类钞》："'独寐寤言'是说一人独自睡去而梦与他人相对谈话。'独寐寤歌'，'独寐寤宿'义仿此。"他认为《考槃》是两性用对唱的方式款曲互通，类似于山区少数民族的情歌互

---

❶ （清）李光地. 诗所 [M]. 文渊阁四库全书经部诗86册：25.
❷ （清）胡承珙. 毛诗后笺 [M]. 上海：上海古籍出版社，续四库全书67册：144.

答之俗。同样的风俗也存在于《陈风·东门之池》篇中。《东门之池》"东门之池……可与晤歌。……可与晤语。……可与晤言"。"晤言""晤歌""晤语"是情诗,所以"《东门之池》是情诗,本篇想也是一样"。❶ 蓝菊荪《诗经国风今译》:"味原诗,当系一位农村的小伙子在睡梦中梦见他和他的情人幽会时的誓言的诗歌。据诗上看来,这位小伙子也许是位牧童,他的情人可能也是位牧女吧。他们白天在溪涧山丘上割牧草击瓦盆,永结同心,许下誓言。这位小伙子在睡梦中想到白天情景,高兴得情不自禁,这是很自然的事。这种遗俗少数民族地区今天还依然保存。"❷ 袁梅《诗经译注》则认为是女子在梦中梦到了男子:"一个沉湎于爱情的女子,辗转相思,独自唱歌以抒情。她先是在独眠的梦中与爱人互言、互歌,醒来重温美梦,倍感难堪,所以又发而为歌。觉寐之际,思绪相牵。"

(四) 其他

有关《考槃》的主旨,还有一些其他的看法。如《考槃》是嫔妃见弃之作,《诗总闻》:"当是国君之贤女,与邻邦为配耦者,道不同,志不合,故遭弃也。"《考槃》是讽刺仕宦的作品,牟庭《诗切》:"《考槃》,刺仕宦不止也。""诗言考树盘根于山阿之底,喻虚名之士偃塞于卑下之位也。""考树盘根于山破之阿,喻虚名之士沉浮于小宫之位也。""考树盘根于山顶之陆,喻虚名之士,致身于尊宠之位也。"

二、《考槃》关键词句与诗旨

《考槃》一诗的主旨辨析,依然从诗歌文本入手。笔者先对

---

❶ 闻一多. 闻一多全集:风诗类钞甲 [M]. 武汉:湖北人民出版社,1994:468.

❷ 蓝菊荪. 诗经国风今译 [M]. 成都:四川人民出版社,1982:270.

《考槃》诗的一些关键字、词进行分析、解读。同时，在考诸贤观点的基础上，笔者赞成《考槃》的主旨是"美贤者隐退，而自成其乐"。

（一）考槃

其一，"考"。《尔雅》："考，成也。"《说文解字》："考，老也。"《说文解字》段注："凡言寿考者，此字之本义也。引申之为成也。《考槃》……是也。"❶ 笔者认为训"考"为"成"，毋庸置疑。"考"又是敲击，《庄子·天地》："金石有声，不考不鸣。"《唐风·山有枢》："子有钟鼓，弗鼓弗考。"

其二，"槃"。"考槃"也作"考盘"。《尔雅·释诂》："般，乐也。"郝懿行《尔雅义疏》："般者，昇之假音也，《说文》云：'昇，喜乐貌。'昇……通作般，《诗·般》笺：'般，乐也。'又通作槃，《考槃》传：'槃，乐也。'"❷ 由此可知，般、昇、槃、盘四者可相互假借。又，据《说文解字》段注，"般"可引申为般游、般乐，《释言》："般，还也。还者今之环字，旋也。荀爽注易曰：盘桓者，动而退也。般之本义如是，引申为般游、般乐。象舟之旋，说从舟之意。"所以，训"槃"为乐是有依据的。《毛传》："考，成。槃，乐也。"欧阳修《诗本义》、马瑞辰《毛诗传笺通释》、王先谦《诗三家义集疏》皆从是说，训"考槃"为"成乐"。

其三，"考槃"。朱熹《诗集传》："考，成也。槃，盘桓之意。言成其隐处之室也。陈氏曰：考，扣也。槃，器名。盖扣之以节

---

❶ （汉）许慎撰，（宋）徐铉校定. 说文解字 [M]. 北京：中华书局，2013：171.

❷ （清）郝懿行. 尔雅郭注义疏 [M]. 上海：上海古籍出版社，续四库全书187：406.

歌，如鼓盆拊缶之为乐也。二说未知孰是。"❶ 陈傅良《毛诗解诂》云："考，扣也。槃，器名。盖扣之以节歌，如鼓盆拊缶之为乐也。"金其源《读书管见》"考槃在涧三章各两句"条："《卫风·考槃》：'考槃在涧，硕人之宽。'《传》：'考，成。槃，乐也。山夹水曰涧。'"

按：考之前说，"考槃"，诸家有比较一致的解释，基本都认为是敲击乐器或者敲盘，目的在于击器成声，配合唱歌。这种行为犹如庄子鼓盆而歌，体现了隐者旷达的精神。如《毛诗李黄集解》黄熏说："考槃者，犹考击其乐以自乐也。"❷

(二)"在涧""在阿""在陆"

其一，"在涧"。"涧"本指山间流水。《经典释文》："《韩诗》作干。"《周易·渐卦》有"鸿渐于干"。《经典释文》引郑注："干，水傍，故停水处。"陆注："水畔称干。"❸ 《史记索隐》："干，水边也。"由此可见，《考槃》诗中之"考槃在涧"，就是在涧之畔"考槃"——鼓盆。

其二，"在阿"。毛《传》："曲陵曰阿。"《文选·思玄赋》五臣注："阿，山下也。"《尔雅·释地》："大陵曰阿"。《玉篇》："水岸也，邸也。"上文中"考槃在涧"已是隐者歌于水边。"考槃在涧"就是边走边敲边歌，已经来到了山脚下。

其三，"在陆"。《诗集传》："高平曰陆。"高平往往与"低洼"相对。《穆天子传》："爰有（亩）数水泽，爰有陵衍平陆（大阜曰陵，高平曰陆）。"所以，"陆"应该是指平地。"考槃在陆"就在

---

❶ （宋）朱熹.诗集传［M］.北京：中华书局，1958：35.
❷ （宋）李樗，黄櫄.毛诗李黄集解［M］.文渊阁四库全书经部诗71册：163.
❸ （唐）陆德明著，黄焯.经典释文［M］.北京：中华书局，1983：61.

平坦之地上考槃。

按：由此可见，"在涧""在阿""在陆"，都是表示隐者"考槃"的地方，为敲盘作歌之所。如同《伐檀》中的"河之干"、"河之侧""河之漘"；《硕鼠》中的"乐土""乐国""乐郊"；《有狐》中的"淇梁""淇厉""淇侧"等。"涧""阿""陆"在诗歌篇章结构中处于对等位置，"涧"在山中，"陆"为平地，"阿"在两者之间。诗人敲盘作歌，从山中行至山脚，文意递进、情感合理。持《考槃》主旨为"刺仕宦说"者，以树的盘根之处，来比附"涧""阿""陆"之排列井然，并以此来象征"硕人"力求上迁的仕宦之路，虽不乏新意，但也有穿凿附会之嫌。

（三）"硕人"

《考槃》一诗的主人公是"硕人"。先来界定这个"硕人"的身份。"硕人"一词在《诗经》中共出现9次，其中有6次出现于"邶鄘卫"风诗中：《卫风·硕人》中有"硕人其颀"和"硕人敖敖"；《邶风·简兮》中有"硕人俣俣"；《考槃》中有"硕人之宽""硕人之薖""硕人之轴"。

关于"硕人"的身份。毛《传》认为："硕人，大德也。"❶《诗集传》《诗本义》《诗经通论》《诗经原始》等都认为"硕人"是指"贤者"。《后汉书·周黄徐姜申屠传赞》："悾悾硕人，陵阿穷退。"李贤注："硕人，谓贤者。"陈子展认为"硕人"是"大德之人"。多数方家在"硕人"指的是"高大""美好"方面，基本一致。但也有部分学者认为"硕人"是庄姜，原因是《卫风·硕人》中的"硕人"明指是庄姜，因而"硕人"就应是庄姜的代称、

---

❶　（汉）毛亨传，（汉）郑玄笺，（唐）孔颖达疏，李学勤主编. 十三经注疏：毛诗正义［M］. 北京：北京大学出版社，1999：161.

专称。所以，《考槃》中的"硕人"，也应该指庄姜。但这种由此及彼的通解之法未必准确。单就《考槃》之诗而言，"硕人"所居之地是"涧""阿""陆"，而庄姜贵为庄公之后，地位尊贵当不至于处于如此冷冽的地方。

关于"硕人"的性别。《诗总闻》认为《考槃》中"硕人"为女性："妇人虽有望情，亦有厚意，当是国君嫔御相嫉相间至此，弗谖不忘其旧好也。"❶ 王先谦《诗三家义集疏》则认为，硕人的性别既可为男性，也可为女性，不必拘泥："大人犹美人，《简兮》咏贤者，称'硕人'，又称'美人'，郑《笺》以为即一人，是其证也。古人硕、美二字为赞美男女之统词，故男亦称'美'，女亦称'硕'，若泥'长大''大德'为言，则失之矣。"❷ 此说甚是，"硕人"的性别，并不影响《考槃》的主旨探索，贤者既可为男性，亦可为女性。

（四）"硕人之宽""硕人之薖""硕人之轴"

其一，"宽"字。有明确指代为居住之处的。《淮南子·说山训》高诱注："家，穴。"《周易·系辞》认为"宽"是"上古穴居而野处"。"宽"读为"穴"，有居室之义。《说文》："宽，屋宽大也。"❸ 有指其为空间的。《尔雅·释言》："宽，绰也。"《尔雅义疏》："谓宽裕也。"《诗集传》训"宽"为"广"。《诗经通论》以"宽"为"屋宇宽广"。有指"宽"为道德、精神层面上内涵的。《读诗质疑》："孔《疏》：穷处山涧之间而能成其乐者，乃大人宽博之德。"训"宽"为"德之宽博"。毛《传》、郑《笺》言"有

---

❶ （宋）王质. 诗总闻 [M]. 文渊阁四库全书经部诗72册：482.

❷ （清）王先谦. 诗三家义集疏 [M]. 北京：中华书局，1987：275.

❸ （汉）许慎撰，（宋）徐铉校定. 说文解字 [M]. 北京：中华书局，2013：148.

穷处，成乐在于此涧者，形貌大人，而宽然有虚乏之色"。❶《诗三家义集疏》以"宽"为"心自宽绰"。

按：综合考量，"宽"的解释无非是两种情况，第一类接近本义，多与宽敞、宽广有关。第二类是引申之义，引申至道德、精神层面上的心胸宽阔、德行宽博。《卫风·淇奥》有"宽兮绰兮"句，毛《传》："宽能容众。"所以，此处的"宽"应该是由指屋之宽大，进而引申为心胸宽阔、德行宽博。《尚书·皋谟》："谓度量宽宏。"《考槃》中的"硕人"居涧畔而无逼仄之感，内心宽厚，则犹如居于广厦之间。严粲《诗缉》："穷处山涧之中，而成其乐者，乃是硕大之贤人，其心甚宽裕。"❷

其二，"薖"字。毛《传》训之为"宽大貌"。《说文》："空也。"高诱也认为是"空也"。《广雅·释诂》注："薖，空也。"《诗经原始》认为"薖"为"安乐窝"。

按："薖"与"宽"在诗中位置对等，"考槃在阿，硕人之薖"言隐者硕人，视山脚之处犹如庭院。如果将"薖"解释为安乐窝，有一些道理，但在文意上不连贯。所以"薖"为"宽大"之意比较合适。

其三，"轴"字。关于"轴"字，一种解释为"进"。毛《传》："轴，进也。"《毛诗正义》："《传》轴为进。"《释诂》也言："轴，进也。"另一种训为"病"。《鲁诗》作"逐"。郑《笺》亦言"逐，病也"。《释诂》："逐，病也。"还有一种训为盘桓。这种解释源于"轴"的本义，《说文解字》："轴，所以持轮者也。"方玉润《诗经原始》："轴者，言其旋转而不穷，犹所谓游于环中者也。亦有任其

❶ （汉）毛亨传，（汉）郑玄笺，（唐）孔颖达疏，李学勤主编．十三经注疏：毛诗正义［M］．北京：北京大学出版社，1999：220．

❷ （宋）严粲．诗缉［M］．文渊阁四库全书经部诗75册：83．

旋转不出乎此之意。"由此,"轴"可引申为盘旋、盘桓。《诗集传》认为"轴"为"盘桓不行之意"。

按:"硕人"忘情于"涧""阿"之中,乐而盘桓、徜徉于其间。"考槃"而歌,往复山间,状似"轴"于"轮"中之貌,所以,训"轴"为"盘桓",要胜于训之为"进"或者"病"。又,通过上面的考察,可知"宽""薖"指的是宽敞、宽大,以及心胸、道德宽厚,"轴"为"盘桓"。"硕人之宽""硕人之薖""硕人之轴",连起来体会,就是硕人身处山林之中,阿涧之处,不但不觉得狭隘,反而觉空间宽敞,心情舒畅,自得其乐而盘桓于此间。如《诗经原始》所言:"所乐在是,所安即在是,虽终其身弗忘也,虽有他好弗踰也,虽有所得亦弗告也。"❶ 诗人敲盘作乐,由涧畔至于山间、山脚、至山下。涧畔是居室,山间为是庭院,山脚、山下为门户,往来其间,无俗世之烦扰,怡乐于天地之间。如朱鹤龄《诗经通义》所言,《考槃》之诗:"一章其志坚,二章其愿足,三章其乐深。"❷

(五)"永矢弗谖""永矢弗过""永矢弗告"

"永矢弗谖""永矢弗过""永矢弗告"是隐者心情的表达。其一,"谖"。《方言》:"谖,哀也。"《说文》:"谖,欺也。"《尔雅·释训》:"忘也。"❸《礼记·大学》引《诗》作"諠"。"諠",《韵会》:"与谖同,诈也。""永矢弗谖"就是永不忘记。

其二,"过"。《说文》:"度也。"《玉篇》:"度也,越也。"

---

❶ (清)方玉润撰,李先耕点校.诗经原始 [M].北京:中华书局,1986:175.

❷ (清)朱鹤龄.诗经通义 [M].文渊阁四库全书经部诗85册:57.

❸ (晋)郭璞注,(宋)邢昺疏,李学勤主编.十三经注疏:尔雅注疏 [M].北京:北京大学出版社,1999:109.

《正韵》："超也。"综之，郑《笺》解释比较合理："不复入君之朝。""永矢弗过"就是永不失去这种生活，永不入朝。《国语·周语》有言："夫天地之气，不失其序。若过其序，民乱之也。""失其序""过其序"意义一样，所以"过"也是"失"的意思。

其三，"告"。《广雅·释诂》："号，告也，"即大声号呼。《集韵》："告，居六切，音菊。"《小雅·采芑》有"陈师鞠旅"句。《毛传》："鞠，告也。"所以，"告""鞠"同义。《尔雅》："鞠，穷也。"而"穷"的意思，《说文》谓之："极也。"《小尔雅·广诂》："穷，竟也。""永矢弗告"就是希望这种生活永不结束。

按："永矢弗谖""永矢弗过""永矢弗告"，此三处当是硕人表明用自己甘心隐居泉林，而绝不"谖"、不"过"、不"告"，以沽名钓誉，以退为进入君之朝。许谦《诗集传名物钞》："《考槃》在涧，可谓幽僻硕德之人居之。则见其宽广，此君子居之何陋之有之意。于是独寐于此寤，而自言誓永弗忘此乐矣。二章同意。歌则长其言也至。曰宿则惟于此留止，且不以语人，是遯世无闷，自乐于心，并其言忘之矣。"❶

三、《考槃》诗旨辨析

（一）《考槃》非言情之诗

如前文所言，此说谓《考槃》或为男子爱慕女子，或为女子思恋男子。如闻一多称之为"记梦也"。此诗确实有言情性质，可备为一说。但这种观点持有者更多为现代人。五四运动之后，学界流行以爱情斥儒学，驰骋主观想象，随意考释，不足以取代前说。

（二）《考槃》非"刺庄公说"

《考槃》"刺庄公说"观点，最早来自毛《传》，能自圆其说，

---

❶ （元）许谦. 诗集传名物钞［M］. 文渊阁四库全书经部诗76册：54.

但也有存疑成分。从诗歌内容看。此说刺庄公"使贤者退而穷处"。《毛传》:"穷,犹终也。"郑《笺》亦云:"穷,犹终。"❶ 按照这种观点,贤者退处于"涧""阿"的原因,是庄公不任用贤才,而使得贤者困顿退隐山林。这样,就说明诗中的贤者——"硕人"隐居泉岩,不是自己主观的选择,而是被迫的举动。那么,贤者心中或多或少会有不平之气。但由上文考证辨析过程中的字句解释观之,《考槃》诗中,看不出所谓的郁闷、不平。而且,《考槃》各章语气一贯,节奏舒缓,语调平和,全不似抑郁之作。《钦定诗经传说汇纂》:"涧、阿、陆,总是一处。其地两山夹水,其上有陆,其傍有阿。中有流水,故硕人得隐处其间。通三章总形容一个'宽'字之乐,惟大斯宽。"整首诗中,多写"硕人"陶然而乐,醉意溪畔,而不见忿忿之情。刺庄公使贤者"退"之说,与《考槃》诗中的情感体验是矛盾的。

从历史材料看。史料中对卫庄公的记载并不多,《左传》、《史记》中只记载了他娶庄姜、立桓公及纵容公子州吁等几件事。《左传》:"卫庄公娶于齐东宫得臣之妹,曰庄姜,美而无子,卫人所为赋《硕人》也。又娶于陈,曰厉妫,生孝伯,早死。其娣戴妫生桓公,庄姜以为己子。公子州吁,嬖人之子也,有宠而好兵,公弗禁,庄姜恶之。石碏谏曰:'臣闻爱子,教之以义方,弗纳于邪。骄、奢、淫、泆,所自邪也。四者之来,宠禄过也。将立州吁,乃定之矣,若犹未也,阶之为祸。夫宠而不骄,骄而能降,降而不憾,憾而能眕者鲜矣。且夫贱妨贵,少陵长,远间亲,新间旧,小加大,淫破义,所谓六逆也。君义,臣行,父慈,子孝,兄爱,弟

---

❶ (汉)毛亨传,(汉)郑玄笺,(唐)孔颖达疏,李学勤主编. 十三经注疏:毛诗正义 [M]. 北京:北京大学出版社,1999:220.

敬，所谓六顺也。去顺效逆，所以速祸也。君人者将祸是务去，而速之，无乃不可乎?' 弗听，其子厚与州吁游，禁之，不可。桓公立，乃老。"❶ 娶庄姜、立桓公是庄公生平中不可避免的事情。而他不听石碏之谏，纵容州吁，亦是抹不去的污点，但此事是其晚年所为，并不一定能反映他执政的全貌。

另据《左传》《史记》记载，卫庄公至卫文公的一百多年中，除了文公外，最有政绩的是庄公。其父武公，先"修康叔之政，百姓和集"，后又辅佐周室平定犬戎之乱，"甚有功，周平王命武公为公".❷ 从常理来看，庄公不可能很快就抛弃"先公之业"。而且在武公至文公的百年时间内，卫国的政治还算清平，史料中基本无战乱记载。庄公继承了武公之业，《诗序》却言诗旨是刺庄公"不能继先公之业，使贤者退而穷处"。因此，庄公"不能继先公之业"无令人信服的证据。

要之，既然《考槃》不是情诗，且诗中无刺，综合前说，其主旨当是赞美隐居之乐。《诗本义》："考，成。槃，乐也。'考槃在涧，硕人之宽。独寐寤言，永矢弗谖'，谓硕人居于山涧之间不以为狭，而独言自谓不忘此乐也。'硕人之宽'，洞居虽狭，贤者以为宽也。'永失弗过'者，谓安然乐居涧中，不复有所他之也。'永失弗告'者，自得其乐，不可妄以语人也。"❸ 程俊英《诗经注析》说："这首诗创造了一个清淡闲适的意境，文字省净，词兴婉惬，趣味幽洁，'读之觉山月窥人，涧芳袭袂'。"❹ 正是本诗真实写照。

❶ （西晋）杜预. 春秋左传集解 ［M］. 上海：上海人民出版社，1977：22-23.

❷ （汉）司马迁. 史记 ［M］. 杭州：浙江古籍出版社，2000：499.

❸ （宋）欧阳修. 诗本义 ［M］. 文渊阁四库全书经部诗70册：200.

❹ 程俊英，蒋见元. 诗经注析 ［M］. 北京：中华书局，1999：161.

春秋时期，不乏隐者，如介子推、楚狂接舆、荷杖老人之流。《孔丛子》也引用孔子之言，将《考槃》视为隐者之歌："孔子曰：'吾于《考槃》，见士之遁世而不闷也。'"❶ 孔子周游失志，甚至也动过"道不行，乘桴浮于海"，"居九夷"的念头："予欲居九夷，或曰：陋！如之何？子曰：君子居之，何陋之有。"❷ 《考槃》为当时隐士抒怀之作，比较妥帖。

❶ （清）阮元. 孔丛子注 [M]. 南京：江苏古籍出版社，1988：43.
❷ （清）刘宝楠. 论语正义 [M]. 上海：上海书店出版社，1996：183.

结　语

　　《诗经》研究虽历经千年，但仍有讨论与研究的空间。"邶鄘卫"风诗，较为真实地再现了卫风时代，三卫之地的社会生活、自然环境、历史文化、社会习俗、审美情感等。解读"邶鄘卫"风诗，有助于加深对《诗经》蕴含魅力之理解。

　　"邶鄘卫"风诗既受殷商旧习浸染，又承商代礼制规范。其独特的二元性文化特征，成为商周社会的文学记忆。然而，由于历史年代过于遥远，再加上史志、实物资料、证据的匮乏。"邶鄘卫"风诗的研究，存在界定上、理解上的诸多困难。先贤的相关研究，或关注训诂，或关注习俗，或关注文学审美等。对"邶鄘卫"风诗的研究，整体性、系统性的研究还有待深入。有鉴于此，笔者将"邶鄘卫"风诗，与其所产生的地理环境、人文环境、历史环境、文化氛围相结合。同时，辅之以名物考辨、主旨解析，梳理"邶鄘卫"风诗文本中的先民生活轨迹。

　　地域环境与文学之间，关系微妙。彼此相互联系、折射，而又互为因果。文学能够从一个侧面呈现地域特征，地域环境中的人与物的因素，又会影响到文学思维方式、审美习俗、作品的情感体验等。所以本书首先探索"邶鄘卫"风诗存在的地理、历史、人文环境。

　　其次，殷周双重文化的碰撞，形成了"邶鄘卫"风诗的文化基础，使得卫诗时代人们的生活习俗、社会习俗叠加二元性因素。本书解读了"邶鄘卫"风诗对殷商文化、周代礼乐文化的继承，如婚恋习俗、祭祀传统等。殷周文化对"邶鄘卫"风诗的影响并不平衡，但又不能简单以多少判断，呈现出一种融合与冲突并存的复杂性状态。

文学研究，不是一个静态的过程。草木鸟兽名物，其背后承载的是巨大的文化功能。所以，本书接着探析"邶鄘卫"风诗中的动植物名物及其文化表象，如"飞鸟情结""桑间濮上"之风等。同时，卫地风诗有着《诗经》中最详细的服饰传统记载，本书力图在阐述的过程中，让读者感受周代的礼乐制度。

文学研究，根本是文本的研究。本书最后又对《邶风·燕燕》《邶风·终风》《卫风·考槃》3 首诗的主旨进行探析。在这一过程中，进行篇章结构、关键词句的关照、考量。

本书尽可能地以独立问题作为研究入手点，重在突出问题意识。但在对"邶鄘卫"风诗进行解读的过程中，碍于笔者的学识、能力以及一些客观条件，如文献资料匮乏等的限制，"邶鄘卫"风诗研究，还有很多问题并未进一步得到展开论述。如"邶鄘卫"风诗与他风比较问题、卫地风诗的音韵问题、卫地风诗的创作年代考辨等问题。此外，在进行文本主旨探析时，也仅仅以 3 首诗为例，这些缺憾，希望有机会成为笔者努力的方向。

参考文献

（一）论著

[1] （汉）班固撰，（唐）颜师古注．汉书［M］．北京：中华书局，1962.

[2] （汉）董仲舒．春秋繁露［M］．长沙：岳麓书社，1997.

[3] （汉）高诱注．吕氏春秋［M］．上海：上海书店出版社，1996.

[4] （汉）葛洪．抱朴子［M］．上海：上海书店出版社，1996.

[5] （汉）焦延寿著，尚秉和注．焦氏易林［M］．北京：光明日报出版社，2005.

[6] （汉）孔安国注，（唐）孔颖达疏，李学勤主编．十三经注疏：尚书正义［M］．北京：北京大学出版社，1999.

[7] （汉）刘安著，（汉）高诱注．淮南子［M］．上海：上海书店出版社，1996.

[8] （汉）刘熙．释名［M］．北京：中华书局，1985.

[9] （汉）刘向等，何建章注释．战国策［M］．北京：中华书局，1990.

[10] （汉）刘向著，张涛译．列女传译注［M］．济南：山东大学出版社，1990.

[11] （汉）刘向撰，向宗鲁校注．说苑校证［M］．北京：中华书局，1987.

[12] （汉）毛亨传，（汉）郑玄笺，（唐）孔颖达疏，李学勤主编．

十三经注疏：毛诗正义［M］．北京：北京大学出版社，1999.

［13］（汉）申培．诗说［M］．文渊阁四库全书经部诗类 87 册．

［14］（汉）司马迁．史记［M］．杭州：浙江古籍出版社，2000.

［15］（汉）宋衷注，（清）秦嘉谟等辑．世本八种［M］．北京：商务印书馆，1957.

［16］（汉）王充．论衡［M］．上海：上海书店出版社，1996.

［17］（汉）王符著，（清）汪继培笺．潜夫论注［M］．上海：上海书店出版社，1996.

［18］（汉）许慎撰，（宋）徐铉校定．说文解字［M］．北京：中华书局，2013.

［19］（汉）应劭撰，王利器校注．风俗通义校注［M］．北京：中华书局，1981.

［20］（汉）郑玄注，（唐）孔颖达疏，李学勤主编．十三经注疏：礼记正义［M］．北京：北京大学出版社，1999.

［21］（汉）郑玄注，（唐）贾公彦疏，李学勤主编．十三经注疏：周礼注疏［M］．北京：北京大学出版社，1999.

［22］（汉）郑玄注，（唐）孔颖达疏，李学勤主编，龚抗云整理．十三经注疏：礼记正义［M］．北京：北京大学出版社，2000.

［23］（魏）王弼，（唐）孔颖达．周易正义［M］．北京：中国致公出版社，2009.

［24］（吴）陆机．毛诗草木鸟兽虫鱼疏［M］．钦定四库全书经部三（明北监本）.

［25］（晋）杜预．春秋左传集解［M］．上海：上海人民出版社，1977.

［26］（晋）范宁集解，（唐）杨士勋疏，李学勤主编．十三经注疏：春秋穀梁传注疏［M］．北京：北京大学出版社，1999.

［27］（晋）顾野王撰，胡吉宣校注．玉篇校释［M］．上海：上海
古籍出版社，1989．

［28］郭沫若．郭沫若全集——甲骨文字研究［M］．北京：科学出
版社，1982．

［29］郭沫若．殷契粹编［M］．北京：科学出版社，1965．

［30］（晋）郭璞注，（清）洪颐煊校．穆天子传［M］．长沙：岳麓
书社（据平津馆本四库校刊），1992．

［31］（晋）郭璞注，（宋）邢昺疏，李学勤主编．十三经注疏：尔
雅注疏［M］．北京：北京大学出版社，1999．

［32］（晋）张华注．禽经［M］．影印文渊阁四库子部．

［33］（南朝宋）范晔撰，（唐）李贤等注．后汉书［M］．北京：中
华书局，1965．

［34］（南朝宋）裴骃．史记集解［M］．北京：中华书局，1959．

［35］（梁）任昉．述异记［M］．北京：中华书局，1992．

［36］（梁）刘勰著，陆侃如，牟世金译注．文心雕龙［M］．济南：
齐鲁书社，1996 年．

［37］（梁）萧统编，（唐）李善，吕延济等注．六臣注文选［M］．
北京：中华书局，1987．

［38］（后晋）刘昫．旧唐书［M］．北京：中华书局，1973．

［39］（北魏）郦道元著，陈桥驿校证．水经注校证［M］．北京：
中华书局，2007．

［40］（隋）萧该撰，（清）李盛铎刻．汉书音义［M］．清光绪李氏
重刻本．

［41］（唐）杜佑撰，王锦文、王永兴等点校．通典［M］．北京：
中华书局，1992．

［42］（唐）李泰著，贺次君辑校．括地志［M］．北京：中华书

局，1980.

［43］（唐）张守节．史记正义［M］．北京：中华书局，1959.

［44］（宋）蔡元度．毛诗名物解［M］．哈佛大学汉和图书馆藏（通志堂本）．

［45］（宋）范处义．诗补义［M］．文渊阁四库全书经部诗类72册．

［46］（宋）洪兴祖撰，白化文，许德楠等点校．楚辞补注［M］．北京：中华书局，2013.

［47］（宋）李昉．太平御览［M］．北京：中华书局，2011.

［48］（宋）李昉，李穆，徐铉等．太平御览［M］．北京：中华书局，2000.

［49］（宋）黎靖德．朱子语类［M］．北京：中华书局，2011.

［50］（宋）罗泌．路史：四库全书版［M］．国名纪．卷四．

［51］（宋）欧阳修．诗本义［M］．四部丛刊三编经部．

［52］（宋）欧阳修．诗本义［M］．文渊阁四库全书经部诗类70册．

［53］（宋）司马光．类篇［M］．北京：中华书局，1984.

［54］（宋）司马光．资治通鉴［M］．北京：中华书局，2015.

［55］（宋）苏辙．道德真经注［M］．上海：华东师范大学出版社，2010.

［56］（宋）苏辙．诗集传［M］．续四库全书56册．上海：上海古籍出版社，2002.

［57］（宋）苏辙．毛诗补疏［M］．续四库全书56册．上海：上海古籍出版社，2002.

［58］（宋）王质．诗总闻［M］．文渊阁四库全书经部诗类72册．

［59］（宋）魏庆之撰，王仲闻点校．诗人玉屑［M］．北京：中华

书局，2007.

［60］（宋）严粲．诗缉［M］．四库全书，直隶总督采进本．

［61］（宋）乐史撰．天平寰宇记［M］．日本宫内厅书陵部所藏宋本影印本．北京：中华书局，2000.

［62］（宋）朱熹．仪礼经传通解［M］．上海：上海古籍出版社，2002.

［63］（宋）朱熹．诗集传［M］．北京：中华书局，1958.

［64］（宋）朱熹撰，徐德明校点．四书章句集注［M］．上海：上海古籍出版社，2001.

［65］（元）许谦虚．诗集传名物钞［M］．文渊阁四库全书经部诗类76册.

［66］（明）陆化熙．诗通［M］．续四库全书61册．上海：上海古籍出版社，2002.

［67］（清）戴望．管子校正［M］．上海：上海书店出版社，1996.

［68］（清）戴震．戴震全集·与是仲明论学书［M］．上海：上海古籍出版社，1980.

［69］（清）陈奂．诗毛氏传疏［M］．北京：中国书店，1984.

［70］（清）陈奂．诗毛氏传疏［M］．上海：商务印书馆，1930.

［71］（清）陈立撰，吴则虞点校．白虎通义疏证［M］．北京：中华书局，1994.

［72］（清）崔述．丛书集成新编：读风偶识．［M］．台北：新文丰出版有限公司，1985.

［73］（清）方玉润撰，李先耕点校．诗经原始［M］．北京：中华书局，1986.

［74］傅杰编校．王国维论文集：殷周制度论［M］．北京：中国社会科学出版社，1997.

[75] （清）顾栋高辑，吴树民，李解民校．春秋大事表［M］．北京：中华书局，1993．

[76] （清）郭庆藩．庄子集释［M］．上海：上海书店出版社，1996．

[77] （清）郝懿行．诗问［M］．续四库全书69册．上海：上海古籍出版社，2002．

[78] （清）胡培翚．宋元明清十三经注疏汇要：仪礼正义［M］．北京：中央党校出版社，1999．

[79] （清）焦循．毛诗补疏［M］．续四库全书65册．上海：上海古籍出版社，2002．

[80] （清）焦循．孟子正义［M］．上海：上海书店出版社，1996．

[81] （清）李诒经撰．诗经蠹简［M］．四库未收书辑刊．清单伟志慎思堂刻本．

[82] （清）刘宝楠．论语正义［M］．上海：上海书店出版社，1996．

[83] （清）姜炳璋．诗序补义［M］．文渊阁四库全书经部诗类89册．

[84] （清）马瑞辰撰，陈金生点校．毛诗传笺通释［M］．北京：中华书局，1989．

[85] （清）皮锡瑞．尚书大传疏证［M］．师伏堂丛书影印本卷五，光绪丙申年间．

[86] （清）孙诒让．墨子闲诂［M］．上海：上海书店出版社，1996．

[87] 孙作云．诗经与周代社会研究［M］．北京：中华书局，1966．

[88] （清）王夫之．诗经稗疏［M］．四库全书：湖南巡抚采进本．

[89] （清）王聘珍．大戴礼记解诂［M］．北京：中华书局，1983．

[90] （清）王士禛．分甘余话 ［M］．北京：中华书局，1989.

[91] （清）王士禛撰，勒斯仁点校．池北偶谈 ［M］．北京：中华书局，1982.

[92] （魏）王肃注，杨朝明，宋立林．孔子家语通解 ［M］．济南：齐鲁书社，2009.

[93] （清）王先谦．诗三家义集疏 ［M］．北京：中华书局，1987.

[94] （清）王先谦．荀子集解 ［M］．上海：上海书店出版社，1996.

[95] （清）王先慎．韩非子集解 ［M］．上海：上海书店出版社，1996.

[96] （清）魏浣初撰，邹之麟增补．鼎镌邹臣虎增补魏仲雪先生诗经脉讲意 ［M］．四库全书存目丛书66册.

[97] （清）魏源．诗古微 ［M］．济南：岳麓书社，2004.

[98] （清）徐复．广雅诂林 ［M］．南京：江苏古籍出版社，1992.

[99] （清）姚际恒著，顾颉刚标点．诗经通论 ［M］．北京：中华书局，1958.

[100] （清）朱彬撰，饶钦农点校：礼记训纂 ［M］．北京：中华书局，1995.

[101] 陈铁镔．诗经解说 ［M］．北京：书目文献出版社，1985.

[102] 陈子展．诗经直解 ［M］．上海：复旦大学出版社，1993.

[103] 程俊英．诗经译注 ［M］．上海：上海古籍出版社，1985.

[104] 方韬译注．山海经 ［M］．北京：中华书局，2011.

[105] 高亨．诗经今注 ［M］．上海：上海古籍出版社，1980.

[106] 龚克昌．全汉赋评注 ［M］．石家庄：花山文艺出版社，2003.

[107] 黄怀信、张懋镕、田旭东撰，李学勤审定．逸周书汇校集注

[M]．上海：上海古籍出版社，1995．

［108］何健章．战国策注释［M］．北京：中华书局，1990．

［109］蓝菊荪．诗经国风今译［M］．成都：四川人民出版社，1982．

［110］刘仲平．司马法今注今译［M］．台北：台湾商务印书馆，1991．

［111］吕思勉．先秦史［M］．上海：上海古籍出版社，1982．

［112］李济．安阳［M］．上海：上海人民出版社，2007．

［113］马承源．上海博物馆藏战国楚竹书［M］．上海：上海古籍出版社，2001．

［114］马持盈．诗经今注今译［M］．台北：台湾商务印书馆，1979．

［115］钱钟书．管锥编［M］．北京：生活·读书·新知三联书店，1999．

［116］山东省古籍整理规划项目．二十五史别史：帝王世纪［M］．济南：齐鲁书社，1998．

［117］王国维．观堂集林［M］．北京：中华书局，1977．

［118］王国维撰，黄永年点校．古本竹书纪年辑校——今本竹书纪年疏证［M］．沈阳：辽宁教育出版社，1997．

［119］闻一多．闻一多全集：风诗类钞［M］．台北：里仁书局，2000．

［120］闻一多．闻一多全集：诗经通义甲［M］．武汉：湖北人民出版社，1994．

［121］闻一多．闻一多全集：神话编诗经编上［M］．武汉：湖北人民出版社，1994．

［122］徐元诰撰，王树民，沈长云点校．国语集解［M］．北京：

中华书局，2002.

[123] 徐中舒. 甲骨文字典［M］. 成都：四川辞书出版社，1990.

[124] 许维遹. 韩诗外传集释［M］. 北京：中华书局，1980.

[125] 谢无量. 诗经研究［M］. 上海：商务印书馆，1923.

[126] 杨伯峻. 春秋左传注［M］. 北京：中华书局，1995.

[127] 殷时学校注. 乾隆汤阴县志［M］. 汤阴：汤阴县地方志办公室，2003.

[128] 余冠英. 诗经选［M］. 北京：人民文学出版社，1979.

[129] 于省吾. 泽螺居诗经新证［M］. 北京：中华书局，1982.

[130] 袁梅. 诗经译注［M］. 济南：齐鲁书社，1980.

[131] 张少康. 中国文学理论批评史［M］. 北京：北京大学出版社，2005.

[132] 朱凤瀚. 商周家族形态研究［M］. 天津：天津古籍出版社，2003.

[133] 孙作云. 诗经与周代社会研究［M］. 北京：中华书局，1966.

[134] 李炳海. 诗经解读［M］. 北京：中国人民大学出版社，2008.

[135] 姚小鸥. 诗经三颂与先秦礼乐文化［M］. 北京：北京广播学院出版社，2000.

[136] ［英］弗雷泽. 金枝［M］. 徐育新，汪培基，等译. 北京：大众文艺出版社，1998.

[137] 邬国义，胡果，李晓路. 国语译注［M］. 上海：上海古籍出版社，1994.

（二）论文

[1] 谷丽红. 《诗经·国风·邶鄘卫》考论［D］. 北京：首都师范大学，2012.

[2] 杨洁. 《诗经》郑、卫诗歌研究［D］. 济南：山东师范大

学，2015.

［3］毕丽丽．先秦两汉"卫风"文献研究［D］.沈阳：沈阳师范
大学，2014.

［4］李勇．卫地风诗与商周礼俗研究［D］.保定：河北大
学，2010.

［5］陆莉．《诗经》"三卫"与齐、秦风诗地域性比较研究［D］.
拉萨：西藏大学，2015.

［6］胡亚萍．"郑卫之音"批评与秦汉儒家诗学观［D］.银川：宁
夏大学，2015.

［7］严晓飞．郑卫婚恋诗女性情感经历研究［D］锦州：渤海大
学，2013.

［8］谢竹峰．《诗经·卫诗》民俗研究［D］.成都：四川师范大
学，2009.

［9］孙兴爱．《诗经·邶风》研究［D］.济南：山东师范大
学，2011.

［10］聂权．《邶风·日月》篇研究［D］.太原：山西大学，2011.

［11］陈艳霞．地域文化与诗经《邶》《鄘》《卫》三风研究［D］.
曲阜：曲阜师范大学，2007.

［12］翟相君．《北门》臆断［J］.山东师范大学学报（哲学社会
科学版），1984（1）.

［13］卜师霞．《诗经·载驰》诗意考辨［J］.黔南民族师范学院
学报，2007（02）.

［14］孟伟．诗经《邶风·旄丘》诗意新说［J］.语文学刊，2001
（4）.

［15］尹海江，谭肃然．《诗经·木瓜》主旨论析［J］.怀化学院
学报，2012（1）.

［16］王伟论．论《邶风·简兮》为祭祖祈雨诗［J］．焦作师范高等专科学校学报，2008（3）．

［17］王志芳．诗经《鄘风·蝃蝀》中"蝃蝀"意象的文化内涵［J］．广西社会科学，2012（1）．

［18］王伟．诗经"氓"字考辨［J］．中国农业大学学报（社会科学版），2003（1）．

［19］李沁杰．《静女》释义考［J］．黑龙江史志，2013（23）．

［20］梁高燕．从对《邶风·静女》中"彤管"的考证谈有关诗句的重译［J］．云南农业大学学报（社会科学版），2011（5）．

［21］常燕娜．从出土文献看《诗经·墙有茨》"蒔"字的训诂［J］．丝绸之路，2015（4）．

［22］董作宾．《邶风·静女篇》"荑"的讨论》［J］．现代评论，1926（4）．

［23］夏凤．《诗经·邶风》中的石家庄古歌［J］．当代人，2008（10）．

［24］赵会莉．《邶风》《鄘风》《卫风》中的地域文化风俗［J］．文学教育，2014（3）．

［25］别亚飞．从《鄘风》《邶风》《卫风》探卫国之民风［J］．贵州文史丛刊，2009（4）．

［26］邱奎，吕雪梅．《诗·卫风》意象的地域文化特征：以《淇奥》竹意象为例［J］．宜春学院学报，2010（1）．

［27］王志芳．季札叹"邶鄘卫"美哉渊乎之"渊"［J］．滨州学院学报，2013（2）．

［28］孙艳平．《邶风·绿衣》与《唐风·葛生》两性抒情视角下的情感探析［J］．太原大学教育学院学报，2015（1）．

［29］李晓雯．《氓》与《谷风》叙事风格与艺术特色比较探析

[J]. 东北师范大学学报（哲学社会科学版），2013（5）.

[30] 丁桃源．《诗经·式微》艺术特色浅谈 [J]．甘肃教育，2006（7）.

[31] 王尔．国风《邶风·二子乘舟》诗史稽考 [J]．文艺研究，2012（11）.

[32] 叶当前．诗经《邶风·燕燕》诗本事的纷争 [J]．河南科技大学学报（社会科学版），2010（2）.

[33] 翟相君．诗《鄘风·载驰》原始 [J]．西北大学学报（哲学社会科学版），1985（3）.

[34] 邬玉堂．《墙有茨》与"昭伯烝于宣姜"无干—兼论收继婚制 [J]．齐齐哈尔师范学院学报（哲学社会科学版），1989（5）.

[35] 邵炳军．诗《鄘风》创作年代考论 [J]．中州学刊，2011（2）.

[36] 王伟．论"邶鄘卫"三风的称名之异及编次意义 [J]．西北民族大学学报（哲学社会科学版），2009（3）.

[37] 冯浩菲．论卫诗三分的时间 [J]．诗经研究丛刊，2004（6）.

[38] 陈静．卫国故城：见证古城朝歌的繁荣昌盛 [J]．淇河文化研究，2013（8）.

[39] 吕华亮．从《诗经》名物的研究纠正今人对诗意之误解 [J] 淮北煤炭师范学院学报》，2009（1）.

[40] 杨维娟．从诗经《鄘风·君子偕老》的服饰看周代社会的审美 [J]．黑龙江教育学院学报，2005（3）.

[41] 朱国伟．《诗经·硕人》中几个名物考释 [J]．玉林师范学院学报，2011（6）.

[42] 倪晋波．"蟏蛸"的文化衍义 [J]．九江师专学报，2003（3）.

［43］林光华.诗经《邶风·燕燕》质疑与文化阐释［J］.徐州工程学院学报（自然科学版），2003（4）.

［44］任向红.《静女》中国古代文化对女性形象的一种期待［J］.现代语文（文学研究版），2008（3）.

［45］金荣权.诗经《邶风·匏有苦叶》与先秦婚俗［J］.江西社会科学，2003（12）.

［46］竺可桢.中国近五千年来气候变迁的初步研究［J］.中国科学，1973（2）.